HAFFMANS KRIMINALROMANE
BEI HEYNE

KINKY FRIEDMAN

Frequent Flyer

KRIMINALROMAN

AUS DEM AMERIKANISCHEN
VON
GEORG DEGGERICH

WILHELM HEYNE VERLAG
MÜNCHEN

HAFFMANS KRIMINALROMANE BEI HEYNE
Herausgegeben von Gerd Haffmans und Bernhard Matt
Nr. 05/92. Im November 1994.

Die Originalausgabe ›Frequent Flyer‹ erschien 1989 bei
William Morrow and Company Inc., New York.

Der Text der Widmung entstammt dem Song
»Wild Man From Borneo« von Kinky Friedman.

The tattooed lady left the circus train,
Lost all her pictures in the rain,
I wonder if you're happy, I wonder if you're free,
I wonder if you'll ever know the mark you left on me.

I'm the wild man from Borneo
The wild man from Borneo
You come to see what you want to see
You come to see but you never come to know.

Zum Gedenken an
John R. Morgan, Jr.
1945–1984

Einzig berechtigte Taschenbuchausgabe
Wilhelm Heyne Verlag GmbH & Co. KG, München
Printed in Germany 1994
Konzeption und Gestaltung: Urs Jakob
Umschlagillustration: Nikolaus Heidelbach
Umschlaggestaltung: Atelier Ingrid Schütz, München
Gesamtherstellung: Ebner Ulm

ISBN 3-453-08091-2

I

Durchfluggebiet.

Für einen New Yorker ist natürlich alles zwischen New York und Los Angeles Durchfluggebiet.

Ich befand mich auf einem verschneiten Friedhof draußen vor Cleveland, Ohio, und der zur Beerdigung angemietete Dudelsackspieler trug lange Unterbüxen unter seinem Kilt. Es war so kalt, daß die Tränen zu Graupeln gefroren, noch ehe sie am Boden aufschlugen.

Am Nachmittag zuvor hatte jemand bei mir angerufen. Ich hatte in meinem Loft im Village am Schreibtisch gesessen und vor mich hin gedöst. Eine fremde Stimme sagte: »Sie waren doch ein Freund von John Morgan, oder?« Es war einer dieser merkwürdigen und verstörenden Augenblicke im Leben, in denen einen die Vergangenheitsform überrollt wie der Kurswagen Endstation Sehnsucht.

»Yeah«, sagte ich, mit meinem inneren Gleichgewicht ringend.

»John ist gestern in Columbus gestorben.«

Die Stimme machte eine Pause, und ich zündete mir eine Zigarre an, um mich irgendwie zu beschäftigen.

»Er hat oft von Ihrer gemeinsamen Zeit im Friedenskorps gesprochen. Sie waren doch im Dschungel von Borneo, stimmt's?«

»Yeah.« Ich sah das strahlende Lachen in John Morgans Blick.

Seine Augen hatten die Farbe von Bananenstauden jenseits aller Träume.

»Die Beerdigung ist morgen in Cleveland«, sagte die Stimme. »Meinen Sie, daß Sie kommen können?«

»Yeah«, sagte ich.

Der Typ gab mir die genaue Uhrzeit und den Ort durch, und ich notierte mir alles. Er nannte auch seinen Namen, aber als ich den Hörer auflegte, hatte ich ihn schon wieder vergessen. Selbst wenn er sich als Mork vom Ork vorgestellt hätte, wäre mir kaum ein »Nannu-nannu« über die Lippen gekommen. Bei dieser Art Telefongesprächen ist man sowieso nur halb dabei. Mit dem einen Ohr hört man die Stimme am anderen Ende der Leitung, während das andere angestrengt einer Musik hinterherhängt, die van Gogh vielleicht komponiert hätte, wenn er sich die Augen ausgestochen hätte, anstatt sich sein Ohr abzuschnippeln.

Eine Zeitlang lauschte ich der Musik, bevor sie vom Rumpeln der Müllwagen in der Vandam Street verschluckt wurde.

Dann telefonierte ich mit Kelly, meiner freundlichen Reisevermittlerin, und sagte, daß ich einen Ausflug unternehmen müsse.

»Geschäftlich oder zum Vergnügen?« fragte sie.

»Ich fahre nach Cleveland«, sagte ich.

Und hier stand ich nun auf diesem Knochenacker. Meine Gedanken wirbelten wie die Schneeflocken durcheinander und schlugen wie die Schneeflocken in stummer Endgültigkeit auf kalten Marmor.

Der Priester hatte seine *cosa nostras* gesprochen, und der Dudelsackpfeifer quietschte und furzte sich tapfer durch ein beschwingtes irisches Liedchen, bei zehn Grad minus und als letztes Geleit für jemanden, den er wahrscheinlich nicht einmal kannte. Dudelsackpfeifer haben heutzutage nicht viel zu tun. Wenn sie zufällig einen Gig bekommen, sagen sie nicht nein.

Bei einer Hochzeit wäre ich vermutlich eingeschritten. Aber dies hier war keine Hochzeit. Es war eine Beerdigung. Die einzige Beerdigung, bei der man ein Recht hat einzuschreiten, ist die eigene, und da ist man bereits voll eingespannt.

Ich hatte John seit fünf Jahren nicht mehr gesehen, und überhaupt waren wir uns in den gut zwanzig Jahren seit meiner Rückkehr in die Staaten nur vier- oder fünfmal begegnet. Das störte mich jedoch nicht weiter. Die einzige Möglichkeit, heutzutage eine gute Freundschaft aufrechtzuerhalten, besteht darin, sich um alles in der Welt aus dem Weg zu gehen.

Wenn man allerdings zwei Jahre mit jemandem im Dschungel verbracht hat, kennt man sich ziemlich gut, und als der gelackte Bestattungsunternehmer mich morgens zum offenen Sarg geführt hatte, wußte ich gleich, daß da etwas faul war.

Ich blickte verstohlen zu Johns Eltern hinüber. Zwanzig Jahre abgezogen, und sie sahen genau so aus wie auf dem Bild, das John mir auf Borneo gezeigt hatte. Dann ließ ich meinen Blick über die restlichen Angehörigen und Freunde schweifen, die um den Sarg und die gähnende Grube herumstanden. Der Schmerz auf ihren Gesichtern schien tief und aufrichtig zu sein.

Ich war verwirrt, aber es schien mir einfach nicht die richtige Zeit noch der Ort, meine Hand zu erheben und in einem bestimmten Punkt um Klärung zu bitten. Ich behielt meine Gedanken für mich, während ich mit eisigem Blick das Herablassen des Sarges in den gefrorenen Boden verfolgte. Fünf Jahre können einen verändern, dachte ich. Aber niemals so stark. Nein, ich redete mir nichts ein.

Die Beerdigung konnte ich nicht aufhalten. Aber da war

noch etwas, was ich nicht aufhalten konnte. Ich konnte nicht umhin, mir weiter Gedanken zu machen.

Warum war der Leichnam, der da begraben wurde, *nicht* John Morgan?

2

Auf dem Rückflug von Cleveland nach New York wurde kein Film gezeigt. Aber das war auch nicht nötig. In meinem Kopf lief eine Doppelvorstellung, und als wir in LaGuardia runtergingen, hatte sich alles zu einem kranken, zähen Brei aus *Lord Jim* und *Die Körperfresser kommen* zusammengeklumpt. Sie hatten auch keinen Trickfilm gezeigt. Der sollte später kommen, aber davon wußte ich nichts.

In LaGuardia schnappte ich mir ein Taxi, das von einem der Landessprache nicht mächtigen Herrn aus der Dritten Welt namens Hassan gelenkt wurde. Wie sich herausstellte, sprach er gerade genug Englisch, um mir zu befehlen, meine Zigarre auszudrücken. Widerwillig tat ich ihm den Gefallen, schließlich wollte ich der Dritten Welt nicht noch zusätzliches Leid antun.

»Der letzte gute Araber«, brummelte ich, während ich die Zigarre ausdrückte, »war wahrscheinlich Mohammed.« Ich weiß nicht, ob Hassan das verstand, aber er gab ein paar unverständliche Geräusche von sich, und schon dröhnten wir auf den Parkway.

Ich ließ mich nach hinten sinken, um die Fahrt zu genießen. Wenn man für eine Weile Amerika besucht hat, ist es immer wieder schön, nach New York zurückzukehren.

Hassan hatte noch nie von Dingen wie Greenwich Village oder der George Washington Bridge gehört, und er zeigte sich auch wenig erfreut über die Neuigkeit, daß ich ein großer Bewunderer des berühmten islamischen Dichters Danny Thomas war. Als wir vor 199B Vandam ankamen, herrschte im Taxi der gleiche eisige Frost wie draußen. Ich gab Hassan ein dem Service entsprechendes Trinkgeld. Er machte mit der Hand eine unschöne Geste des Mittleren Ostens und fuhr davon.

Der Lastenaufzug mit der einen nackten Glühbirne wurde gerade benutzt, also nahm ich beide Beine unter den Arm und lief mit dem Koffer vier feuchte Treppenfluchten hoch. Auf drei mußte ich ein Dreirad und eine leere Flasche Early Times aus dem Weg kicken. Schlampig, der Kleine, aber einen guten Geschmack bei Whiskey.

Ich schloß die Tür des Loft auf. Es roch nach verwesenden Zigarrenleichen. Vielleicht mit einer kleinen Extraportion Katzenscheiße. Es war ziemlich wie mit der Liebe. Erst wenn man fort war, wurde einem die Sache klar. Drinnen war es ungefähr drei Grad unter Null. Kälter als die Brust einer exzentrischen alten Lady. Ich ging zum Radiator, um ihn anzustellen, aber er lief bereits. Das Ding strahlte etwa soviel Wärme ab wie ein paar Bräute, mit denen ich früher mal zu tun hatte. Immerhin wollte er sich nicht hinsetzen und ein vernünftiges Gespräch mit einem führen.

Auf dem Weg zum Schreibtisch bemerkte ich einen ziemlich frischen Katzenhaufen genau auf halber Strecke zwischen meinen beiden roten Telefonen. Sie hingen zwar beide am gleichen Anschluß, aber es erhöhte irgendwie die Bedeutung dessen, was sich durch die Leitung zu einem windet. Natürlich war die Aussicht, mit dem Katzenschiß in der Mitte zwischen beiden Apparaten ein Gespräch entgegenzunehmen, alles andere als anregend.

Katzen machen einem oft Geschenke. Mal ist es ein Vogel, mal ein anderes Elendshäufchen. Dieses hier hatte keine Flügel.

Ich starrte auf das Katzenhäufchen, das ungefähr die Form von Nicaragua hatte, als die Telefone klingelten. Vorsichtig hob ich den Hörer zur Linken ab.

»Sprechen Sie«, sagte ich.

»Sind Sie Kinky?« Es war die rauchige, mit einem ausländischen Akzent unterlegte Stimme einer jungen Frau.

»Wer fragt danach?«

»Ich heiße Carmen«, sagte sie. »Ich bin John Morgans Verlobte.«

Sei dir da mal nicht so sicher, dachte ich.

»Irgend etwas ist passiert«, sagte sie. »Ich muß Sie sehen.« Ich spürte, wie die Kälte im Raum mich plötzlich erschauern ließ.

»Gut«, sagte ich, »von wo aus rufen Sie an?«

»Von einem Ort, wo Leute verschwinden«, sagte sie.

3

Ich beseitigte den Katzenkot, aber das schien wenig zur Luftverbesserung beizutragen. Hier war ich nun zurück aus Cleveland, und doch lag John Morgan für mich nicht unter der Erde. Sollte ich denn als einziger unter über dreihundert Leuten bei der Beerdigung erkannt haben, daß da ein kleines Problem existierte?

Ich ging in die Küche rüber und öffnete das Fenster. Ich blickte auf New York. Einen durchgefrorenen Lagerschuppen. Ein paar rostige Feuerleitern. Eine Reklametafel mit einem Flieger, der irgendwohin düste. Schöner Ausblick.

Aber man kann New York nicht so sehen, wie man San Francisco oder San Diego oder Dallas sieht. New York ist wie eine feine Dame im Nebel. Von einem Blickwinkel aus betrachtet, sieht sie aus wie ein verführerisches junges Ding. Von einem anderen wie eine abgetakelte alte Nutte.

In New York muß man alle Winkel kennen.

Es gibt in New York mehr Menschen, Tauben und Schlaglöcher als Schwellen bei der Eisenbahn oder Sterne am Himmel, und Lederstrumpf würde Platzangst bekommen. Aber die Leute in der Stadt sind da anders. Sie spüren alle, daß es eine Menge bedeutet, einfach nur hier zu sein. Ein Straßenräuber in New York weiß beispielsweise, daß er sich an der Spitze seiner Zunft befindet. Kinderschänder, bezahlte Killer, mordsüchtige Perverse, sie alle haben in New York ein geheimes Lächeln füreinander. Sie wissen, sie sind die Stars.

Von meinem Küchenfenster aus konnte ich eine Bank an der Ecke sehen, auf der ein Schwarzer und eine alte Frau nebeneinandersaßen. Beide schienen mit sich selbst zu reden. Nicht weiter schlimm. Ich rede seit Jahren mit mir selbst. Man sagt, die Probleme fangen dann an, wenn man auf sein eigenes Gequassel antwortet. Mit Antworten konnte ich heute abend nicht dienen. Ich schloß das Fenster.

Es war Freitagabend in der trostlosen Mitte eines frostigen Februars. Die Zeit rückte unausweichlich auf acht Uhr vor, Stoßzeit für Millionen von Menschen, sich aktiv Genuß zu verschaffen. Ich gehörte nicht dazu. Ich wartete, daß der Genuß zu mir kam.

Anfang der Woche hatte ich meinem Kumpel McGovern versprochen, heute abend bei ihm vorbeizukommen. McGovern war ein stattlicher halb indianischer, halb irischer Reporter bei der ›Daily News‹, der mir bei verschiedenen Anlässen in der Vergangenheit widerwillig unschätzbare Dienste geleistet hatte. Ich wußte zwar nicht, wie er mir diesmal helfen konnte, aber man konnte nie ganz sicher sein.

Und wenn nicht, würde mir McGovern immerhin meine Leibspeise servieren: Chicken McGovern.

Ich zog Hut und Mantel an, steckte mir ein paar Zigarren für unterwegs ein und ging zur Tür. Die Katze hielt sich noch immer irgendwo versteckt, aber das war mir nur recht. Eine Person weniger, von der man sich verabschieden mußte.

4

»Dieses Sofa«, sagte McGovern und wies nickend auf die Couch, auf der ich gerade saß, »hat zweimal den Atlantik überquert.« Es war ein samtrosa Gerät und nahm ungefähr die Hälfte seines schmucken, mit Zeitungen übersäten Apartments ein. McGovern machte eine Pause, um sich aus einem großen Glas einen Longdrink zu genehmigen.

»Faszinierend«, sagte ich. »Wann ist das Chicken McGovern soweit?« Der Duft erinnerte mich an fernöstliche Curries. Und an ein paar andere Dinge mehr. Irgend etwas mußte da faul sein ...

»Es gehörte früher Dermot Purgavie«, fuhr McGovern fort, »dem berühmten Kolumnisten der ›London Daily Mail‹, der es zusammen mit seiner ersten Frau an Bord der *Queen Elizabeth II* nahm ...«

Ich hatte John nie einen Bart tragen gesehen, und dennoch hatte die Leiche einen Bart gehabt. Trotzdem, dachte ich, hätte ich meinen alten Freund wiedererkannt ...

»... und es von New York in ein viktorianisches Wohnzimmer ins Londoner Hampstead brachte. Nach einer Weile entschied die erste Frau, daß sie das Sofa nicht sonderlich leiden konnte – oder eher Dermot ...«

... Entweder ging meine Phantasie mit mir durch, oder hier geschah etwas wirklich sehr Merkwürdiges ...

». . . Also entfernte Dermot das Sofa wie sich selbst aus dem viktorianischen Wohnzimmer, kehrte mit ihm an Bord der *QE 2* zurück . . .«

. . . Wenn ich nicht aufpaßte, dachte ich, brauchte ich bald selbst eine Couch und den dazugehörigen Seelenklempner . . .

». . . und deponierte es in einem Lagerhaus in New Jersey. Kannst du mir soweit folgen?«

»Ich fürchte, ja«, sagte ich.

»Dann brannte das Lagerhaus in New Jersey ab.«

»Was für eine spannende Geschichte.«

»Aber sie ist damit noch nicht zu Ende.«

»Nein, natürlich nicht.«

»Das Sofa wurde offiziell für tot erklärt. Dermot kassierte fünf Riesen von der Versicherung. Der zweiten Frau gefiel es genausowenig wie der ersten. Und da hat Dermot es mir gegeben.«

»Großzügig«, sagte ich. Wenn John Morgan offiziell tot war, dachte ich, und er war nicht der gleiche Typ, den ich von Borneo kannte, wo dann –

»Ich erinnere mich vage an einen herumstreunenden Countrysänger, der nichts dagegen hatte, wenn er hin und wieder auf dem Sofa pennen durfte. Tom Baker, Frederick Exley, Vaughn Meader und den großen australischen Journalisten Piers Akerman nicht zu vergessen.«

Piers hatte mir erzählt, wie er einmal auf McGoverns Couch übernachtet hatte und der freundliche Gastgeber sich auf ihn gesetzt und dabei seinem Skrotum schwere Verletzungen zugefügt hatte. Aber es machte wenig Sinn, das jetzt wieder aufzuwärmen; das Chicken McGovern war fast fertig. Ich rede nie über Religion, Politik oder McGovern-Anekdoten, wenn ich Chicken McGovern esse. Man bekommt davon Blähungen.

Während wir uns also über das Chicken McGovern hermachten, das allererster Güte war, erzählte ich McGovern alles über meinen Trip nach Cleveland.

»Wenn ich morgen in der Redaktion bin«, sagte McGovern, »sehe ich nach, ob ich ihn unter den Leichen im Keller finde.« Er lachte sein herzhaftes irisches Lachen. »Das Wortspiel war nicht beabsichtigt.«

5

Während ich durch die kalte Nacht nach Hause ging, fing ich an, mich wie die Hauptperson in Kafkas *Der Prozeß* zu fühlen, ein Opfer von Situationen und Umständen, die unwirklich und weit entfernt schienen und weder zu kontrollieren noch zu begreifen waren. Es war ein unangenehmes, beinahe beängstigendes Gefühl.

Im Lastenaufzug auf dem Weg zum Loft fragte ich mich, ob ich nicht tatsächlich nahe daran war, den Verstand zu verlieren. Wie sagte doch der Sicherheitsbeamte im Texas Tower über den lammfrommen Charles Whitman, nachdem dieser den Turm bestiegen und sechsundzwanzig Personen umgemäht hatte: »Kann jedem passieren.«

Als ich ins Loft trat, saß die Katze auf dem Küchentisch und wartete auf mich. Ihre Augen waren leicht zusammengezogen und wechselten von Grün auf Gelb wie bei einer mitfühlenden Verkehrsampel. Es genügte, um meine Nakkenhaare in höchste Alarmbereitschaft zu versetzen. Der Katze gelang es stets, meine tiefsten Ängste mit verblüffender Genauigkeit umzusetzen. Dieses Mal gab es keinen Zweifel. Irgend etwas war so faul wie der saure Regen.

Ich gab der Katze etwas Thunfisch. Ich überlegte, das Katzenklo zu entleeren. Ich ging ins Badezimmer und spähte in die Naßzelle, in der ich das Katzenklo deponiert hatte.

Bis auf eine unselige Ausnahme – als ich eines Morgens auf dem dritten Saturnring weilte – stellte ich es vor dem Duschen immer raus. Nur als kleiner Tip eines Hausmanns.

Das Katzenklo sah nicht gerade gut aus. Genau wie der Rest der Welt. Ich beschloß, beides so zu lassen. In letzter Zeit war ich immer etwas zögerlich mit der Reinigung des Katzenklos, nachdem mein Freund Ratso, der Herausgeber des ›National Lampoon‹, vor etwa einem Jahr in seiner cleveren Watson-Manier für über eine Viertelmillion Dollar erstklassiges Kokain darin versteckt hatte.

Natürlich war ich derjenige, vor dem er es verstecken wollte.

Das Resultat war höchst unerfreulich gewesen.

Aber ich mußte zugeben, sah man von dem Zwischenfall mit dem Katzenklo einmal ab, daß Ratso mir bei meinen Ausflügen in die Verbrechensbekämpfung eine große Hilfe gewesen war.

Ich riskierte noch einmal einen Blick in das Katzenklo. Für ein paar Wochen sollte es wohl noch reichen. Das war mehr, als ich mit Gewißheit über mich selbst sagen konnte.

Ich ging zurück ins Wohnzimmer und dachte über John Morgan nach. Es ist schon komisch, wie bereits eine kurze Zeitspanne Zweifel in einem aufkeimen läßt. Wie Eindrücke verblassen, deren man früher so sicher war. Ich wußte nicht, woran ich war.

Ich goß mir einen doppelten Schluck Schlangenpisse in meinen alten Stierhornbecher und ging damit rüber zum Schreibtisch. Ich konnte verschiedene Dinge tun, dachte ich. Ich konnte Feuer unter McGoverns fettem irischem Hintern machen und zumindest auf die Schnelle Morgans Nachruf aus den Zeitungen in Cleveland bekommen. Bei Gott, Computer waren eine feine Sache. Ich konnte auch auf meinem eigenen Hintern sitzenbleiben und darauf warten, daß diese geheimnisvolle Carmen-Braut sich wieder meldete. Ich konnte ein paar meiner alten Kumpels aus dem Friedenskorps anrufen, die John ebenfalls von Borneo her kannten, und herausfinden, ob sie etwas von seinem jüngsten Ableben gehört hatten oder nicht.

Ich tätigte ein paar Anrufe. Einen mit Dylan Ferrero in Texas und einen mit Joe Hollis in North Carolina. Beide Male keiner zu Hause.

Ich stand auf und wischte ein paar Spinnweben von meinem alten Stereogerät. Ich legte eine Kassette ein, die Ratso mir gegeben hatte. Chinesische Kinder singen Weihnachtslieder. Wegen meiner langen Jahre als tourender Countrysänger hatte ich eine Abneigung gegenüber dem Gesang der menschlichen Stimme entwickelt. Wenigstens brauchte ich bei dieser Kassette nicht den Text zu verstehen.

Ich ging zurück zum Schreibtisch, kippte das halbe Glas hinunter, nahm eine Zigarre aus meinem Sherlock-Holmes-Kopf aus Porzellan und zündete sie an, ihre Spitze dabei immer schön über der Flamme haltend. Ich lehnte mich im Stuhl zurück, legte die Füße auf den Tisch, kippte den restlichen Schluck runter und lauschte der chinesischen Version von »Kling, Glöckchen, kling«.

Freitag abend im Big Apple.

6

Ein kaffeebrauner Fluß. Ich hatte ihn deutlich vor Augen, während ich an jenem Abend mit einer ganzen Reihe von Kurzen und zahlreichen chinesischen Weihnachtsliedern auf dem Buckel an meinem Schreibtisch saß. Er schien einem Märchenbuch zu entspringen, friedvoll und vertraut, seine träge Bahn unter tropischer Sonne fortzusetzen, um dann, an einem nie ganz genau zu erkennenden Punkt, an

Fahrt zu gewinnen und zu jenem trüben und unkontrollierbaren Ding zu werden, das einem in den Ohren dröhnt, die Augen blendet und unerbittlich an den Windungen des Verstands vorbeischießt, um jenseits der Ufer der Vorstellungskraft zu entschwinden.

Eine der beruhigenden Eigenschaften des Dschungels auf Borneo, oder des *ulu,* wie man dort sagt, ist es, ziemlich beständig zu sein. Obwohl bekehrungswütige Missionare mit drittklassiger Erziehung Jesus als Heinzelmännchen verkaufen und den Eingeborenen beibringen, ihre Perlenketten wegzuwerfen, sich die Haare abzuschneiden und »Oh, Susanna« zu singen, kommt der Fortschritt, wie wir ihn zu nennen pflegen, nicht so recht voran. So sagen die Stammesangehörigen der Kayan zum Abschied: *»Pleheigh, pleheigh, tuan«,* was grob übersetzt etwa »langsam, langsam, Herr« bedeutet.

Die Kayan, ehemalige Kopfjäger, sind ein schönes und sanftes Volk. Sie tragen ihr Haar im Stil der frühen Beatles, und das seit Hunderten von Jahren. Bei den Männern stehen Tätowierungen hoch im Kurs, und die Frauen tragen schwere Ohrringe, so daß ihre Ohrläppchen schließlich fast bis zu den Brüsten reichen.

Die männlichen Kayan bohren oft Löcher durch ihre Penisspitze und ziehen einen an beiden Enden mit Federn geschmückten Knochen hindurch. Man nennt dies einen *palang,* von dem vermutlich das Noppenkondom abstammt. Unglücklicherweise verursacht der *palang* bei den Frauen oft starke Blutungen und ist deshalb etwas aus der Mode geraten. Mein Freund Joe Hollis wollte immer einen *palang* haben, aber am Ende entschied er sich zur großen Enttäuschung aller für eine Tätowierung.

Im Westen kann man nie sicher sein, was von einem Tag auf den nächsten passiert. Wenn man morgens aufwacht, muß man erst auf die Katastrophenmeldungen warten, um zu erfahren, ob man sicher vor die Tür treten kann. Dann wartet man auf den Wetterfrosch, der einem sagt, was man anziehen soll. Was aber Borneo betraf, so war ich mir ziemlich sicher, daß es immer noch so aussah wie in meiner Erinnerung. Natürlich konnte man das nie so genau wissen. Vielleicht sah ich die Dinge inzwischen mit anderen Augen. Zwanzig Jahre konnten einen Träumer weit mehr verändern als einen Fluß.

Ich schloß die Augen und konnte John Morgan und mich in einem kleinen Boot bei Anbruch der Dunkelheit sehen. Soweit ich mich erinnern konnte, mußten wir uns vier oder fünf Tagesreisen flußaufwärts von Long Lama befinden, dem kleinen Dorf, in dem wir beide stationiert waren. John hatte mir erzählt, daß er zuvor in diesem Gebiet an einem öffentlichen Gesundheitsprojekt gearbeitet hatte. Ich war noch nie so tief in den *ulu* vorgestoßen. Die Bäume entlang des Flusses sahen riesig, geheimnisvoll und irgendwie bedrohlich aus.

»Durianbäume«, sagte John. »Die Früchte sind von einer harten, stacheligen Schale umgeben. Hin und wieder fallen sie Leuten auf den Kopf und töten sie.«

»Gut zu wissen.«

Morgan lächelte unheilvoll. »Und«, sagte er, »wenn man Durianfrüchte ißt und dabei *tuak* trinkt, den Wein der Eingeborenen, stirbt man auch.«

»Yeah«, sagte ich, »aber ich wette, bis dahin ist es ein verdammt weiter Weg.«

»Immer noch besser, als wenn einem der Kopf mit einem *parang* abgetrennt und in einen Korb gesteckt wird, um in irgendeinem Langhaus den *ruai* zu schmücken.«

»Ach, komm schon«, sagte ich, »das gibt's doch nicht mehr.« John lächelte diabolisch, und ich konnte sehen, wie er als kleiner Junge ausgesehen haben mußte.

»Hat Hitler seinen Schnäuzer gestutzt?« fragte er.

Die Bäume wurden unsichtbar, und Himmel und Wasser gingen ineinander über. John hatte behauptet, wir befänden uns in der Nähe eines Langhauses, und ich hoffte bei Gott, er hätte damit recht. Man kennt die Dunkelheit nicht, wenn man nie den *ulu* bei Nacht erlebt hat. Es kursierten Sagen über Gespenster, oder *bantus,* wie die Kayan sie nannten. Es gab Schwarze Magie, die seit Generationen gewissenhaft praktiziert wurde. Es gab Geschichten über Hexen, die Ohren wie Flügel hatten und damit durch die Luft segelten. Die dunkle Nacht des *ulu* brach unerbittlich über uns herein. Allein das reichte beinahe aus, um seine Perlenketten wegzuwerfen und »Oh, Susanna« anzustimmen.

Nachdem wir uns, länger als mir lieb war, nur mit einer Taschenlampe und einer Ölfunzel hatten treiben lassen, sahen wir plötzlich vor uns auf dem Fluß tanzende Lichter. Bald erkannten wir Männer in schmalen, hölzernen *prahus,* die Fackeln bei sich hatten.

»Was zum Teufel ist das?« fragte ich. »Ein Kriegstrupp?«

John lachte. »Eher eine Truppe auf Fischfang.« Seine Augen blitzten und sagten wie gewöhnlich mehr als seine Worte.

Wir beobachteten eine Weile, wie die Fackeln lautlos auf dem nächtlichen Fluß auf uns zutrieben. »Wegen der Strömung«, sagte John, »und weil sie vom *tuak* unter *mahbok* leiden, fangen sie nie viele Fische. Deshalb heißt ihr Wort für fischen übersetzt auch ›die Fische besuchen‹.«

Im Lampenlicht konnte ich Johns Gesicht sehen – jung, glatt und sanft wie die Seele der Kayan. In dieser Nacht auf dem kaffeebraunen Fluß fühlte ich mich ihm sehr nah.

»Die Fische besuchen«, sagte ich. »Gefällt mir.«

»Es gehört dir«, sagte er.

7

Samstag morgen pflegte ich einen überaus unangenehmen, fast schon überfütterten Kater und lauschte McGovern beim Deklamieren des Nachrufs auf John Morgan aus dem ›Cleveland Plain Dealer‹. Ein verdammt toller Einstieg ins Wochenende.

»Nicht schlecht für den Durchschnitt«, sagte McGovern fröhlich. »Vielleicht ein wenig steif.« McGovern lachte laut, und mein Kater rutschte mir bis über den linken Augapfel.

»Klasse, McGovern. Sehr einfühlsam, sich über einen Freund in Zeiten der Trauer lustig zu machen.«

»Trauer?« rief McGovern. »Du hast doch selber gesagt, du wüßtest nicht so genau, wen du da zu Grabe getragen hast! So wie ich die Sache sehe, bleiben dir nur zwei Möglichkeiten.«

Es gab noch eine dritte Möglichkeit, nämlich den Hörer aufzulegen, aber der Nachruf war so lückenhaft und wenig entgegenkommend, daß ich mich hilflos an den Hörer klammerte wie an eine Rettungsleine der *Lusitania.* Beinahe die einzige Sache, die der Nachruf bestätigt hatte, war, daß Morgan beim Friedenskorps in Südamerika gewesen war. Entweder lag hier eine Fehlinformation vor, oder John war tasächlich mit dem Friedenskorps in Südamerika gewesen, bevor er nach Borneo abkommandiert worden war. Eine ungewöhnliche Anweisung, aber so etwas kam vor. Ich mußte das überprüfen.

»Und die zwei Möglichkeiten wären . . .?« fragte ich ziemlich gereizt. Ich fing an, mich irgendwie schwindlig zu fühlen.

»Das sollte wohl offensichtlich sein«, sagte McGovern.

»Wenn es so offensichtlich wäre, würde ich nicht früh um neun mit einem großen, gutgelaunten Iren telefonieren. Was zum Teufel sind also die beiden Möglichkeiten?«

»Kümmere dich um einen Exhumierungsbefehl«, sagte McGovern, »oder, wie du zu sagen pflegst, um eine gründliche Untersuchung vom Hals aufwärts.«

Ich folgte der dritten Möglichkeit und legte auf.

Noch verärgert über McGovern und halb von wabbernden Nebeln umgeben, beheizte ich die Espressomaschine, fütterte die Katze und suchte, laut die Türen schlagend, in der Küche nach meiner IMUS-IN-THE-MORNING-Kaffeetasse. Offenbar hatte jemand sie mitgehen lassen.

»Der Diebstahl muß sich ereignet haben, während ich in Cleveland war«, brummelte ich verbittert in Richtung Katze. Die Katze fraß und wollte nicht gestört werden. Sie gab keine Antwort.

Ich entdeckte eine angestoßene, aber gleichwohl geeignete Ersatztasse, füllte sie mit zähflüssigem, dampfendem Espresso und ging damit rüber zum Schreibtisch. Ich nahm ein paar Probeschlürfer, befeuerte eine halb gerauchte Zigarre, die ich aus dem Papierkorb fischte, und dachte über die rätselhaften Ereignisse nach, die in den vergangenen achtundvierzig Stunden in mein Leben eingedrungen waren.

Da war zunächst die verwirrende Geschichte in Cleveland, die mit dem Anruf über Morgans Tod begonnen und mit einer großen Zahl amerikanischer Durchschnittsbürger aufgehört hatte, die einen Leichnam beerdigten, von dem ich fast sicher war, daß er nicht zu John Morgan gehörte.

Dann hatte diese Frau angerufen, die sich als Carmen vorgestellt und gesagt hatte, sie wäre mit John Morgan befreundet gewesen und würde von einem Ort anrufen, wo Leute verschwänden. Ich erinnerte mich, daß ich während des Anrufs ein plötzliches Frösteln gespürt hatte. Jetzt, im fahlen Licht des Samstagmorgens, überkam mich erneut ein Schauder. Ich nahm einen kräftigen Schluck Espresso und paffte ein paarmal an der Zigarre, um den Kopf freizubekommen.

Jeder normale Mensch wäre damit erst einmal reichlich bedient gewesen, aber dann mußte ich noch McGoverns nervtötende Abhandlung über die Geschichte seiner Couch über mich ergehen lassen, mit Gespenstern im Nacken zwanzig Blocks durch finsterste Nacht stapfen und meinen Geisteszustand ernsthaft in Zweifel ziehen, um bei meiner Ankunft zu Hause die Augen der Katze ihre Farbe wechseln zu sehen.

Ich fragte mich, ob für diese Art von Situation eine Selbsthilfegruppe existierte. Wenn ja, wollte ich nicht dazugehören.

Fügte man all dem noch das Verschwinden meiner liebsten Kaffeetasse hinzu, konnte man sich vorstellen, in was für einem zerbrechlichen Geisteszustand ich mich befand. Jeder Seelenklempner wird bestätigen, daß Menschen, die bereits unter großer geistiger Anspannung stehen und dann auch noch ihre IMUS-IN-THE-MORNING-Kaffeetasse verlieren, gerade mal einen Texas-Twostep davon entfernt sind, sich für Jesus oder Napoleon zu halten.

Für Napoleon war ich zu groß und für Jesus zu a-l-t.

Vielleicht hatten sie jemand anderen, der zu mir paßte.

8

Die meines Wissens einzige Person, die John Morgan genauso gut gekannt hatte wie ich, war Dylan Ferrero. Ich hatte Dylan auf Borneo kennengelernt, und nach unserer Rückkehr in die Staaten war er der Roadmanager meiner Band, der Texas Jewboys, geworden. Nachdem die Jewboys beschlossen hatten, ein paar Freisemester einzulegen, hatte er seine Sonnenbrille und sein Pythonjackett gegen Mantel und Krawatte eingetauscht, geheiratet, sich niedergelassen und war Lehrer geworden. Nichts für ungut. Hätte ich vielleicht auch getan, nur konnte ich nie die richtige Krawatte finden.

»Dylan«, sagte ich, »ich glaube, ich habe schlechte Nachrichten.«

»›Bad news travels like wildfire; good news travels slow.‹« Dylan zitierte gern Zeilen aus Rock'n'Roll-Songs, ein Charakterzug, über den ich mich manchmal aufregte, aber er hatte so viele gute Eigenschaften und ich so viele schlechte, daß ich gewöhnlich darüber hinwegsah.

Ich erzählte Dylan, was in Cleveland vorgefallen war. Im Gegensatz zu mir war er ein geduldiger Zuhörer und schluckte alles mit betretenem Schweigen.

Dann sagte er: »Also, um Himmels willen, Kumpel, warum rufst du nicht bei seinen Eltern an und fragst nach?«

»Dylan, es war eine Beerdigung mit offenem Sarg.«

»Scheiße«, sagte er. »Ich habe Morgan seit mehreren Jahren nicht gesehen, aber wie ich zuletzt gehört hatte, war er wieder in Fernost. Er schien ziemlich häufig mal hier und mal dort zu sein. Ich kann einfach nicht glauben, daß er tot ist. In etwa wie ›something's happenin' and you don't know what it is, do you, Mr. Jones?‹«

»Dylan«, sagte ich gereizt, »kannst du dich im Zusammenhang mit John an irgendwelche merkwürdigen Zwischenfälle auf Borneo erinnern?«

»Nun, ich weiß noch, wie Morgan eines Morgens einen Medizinmann der Eingeborenen zu Hollis' Hütte brachte, der ihm einen *palang* verpassen sollte. Das war schon recht ungewöhnlich. Hollis war zwar zu der Zeit ziemlich auf dem Eingeborenen-Trip, aber dann hat er in letzter Minute den Schwanz eingekniffen.«

»Das ist verständlich«, sagte ich.

»Ich glaube, er sah ein, daß ein Knochen in der Nase eine Sache ist, ein Knochen in der Hose aber eine ganz andere.«

»Durchaus«, sagte ich. »Hör zu, wenn dir außer der *palang*-Geschichte noch was anderes einfällt, ruf mich an.«

»›If my memory serves me well‹«, sagte er, »aber es ist nun einmal ›long ago and far away‹.«

Nachdem ich das Gespräch mit Dylan beendet hatte, kehrte ich in Gedanken zu John Morgan zurück und lächelte dabei wehmütig.

9

»Dieses Carmen-Geschöpf klingt interessant«, sagte Ratso, während er ein Stück Schweinefleisch, das annähernd die Form und die Größe eines Golfballs hatte, mit zwei Stäbchen in seinen Mund beförderte. Ich hatte ihm die ganze Geschichte erzählt. Es war kurz vor elf, und wir saßen beim Dim Sum im Golden Palace in der Mott Street. Ratso sprach den Namen »Carmen« wie »Common« aus.

»Was hatte sie noch für einen Akzent?« fragte er. Er fischte nach einem Stück Shrimps, das von einer durchsichtigen Schleimhaut überzogen schien.

»Einen ausländischen«, sagte ich.

»Das hilft uns wenig. Nach deinem Maßstab hat jeder, der nicht ›Danke, Mann. Und schönen Tach noch‹ sagt, einen ausländischen Akzent.«

»Ganz so beschränkt bin ich auch nicht, Ratso. Tatsächlich klang ihr Akzent weitaus angenehmer als deiner. Sie hörte sich irgendwie nach distinguierter Mexikanerin an.« Ich nahm mir irgendeinen Mischmasch in schwarzer Bohnensoße.

Um uns herum plapperten vier Generationen Chinesen Kauderwelsch. Ihre Worte schienen von der Decke des großen Raums herabzutropfen und wie kleine asiatische

Vögel durcheinanderzuflattern. Ratso bemerkte, daß ich ihnen zuhörte, und machte ebenfalls eine Pause, um zu lauschen.

»Klingt hübsch – fast wie Musik – nicht wahr?« sagte er. »Ich frage mich, was sie sich so alles erzählen.«

»Wahrscheinlich ›Danke, Mann. Und schönen Tach noch‹«, sagte ich. Ich zog eine Zigarre hervor und begann mit einem kleinen inflammatorischen Vorspiel. Ich goß uns beiden noch eine Tasse heißen chinesischen Tee nach.

»Weißt du«, sagte Ratso, »diese Sache mit ›dem Ort, wo Leute verschwinden‹, kommt mir irgendwie bekannt vor. Hast du schon mal darüber nachgedacht?«

»Oh, ein oder zwei Albträume lang. Ich vermute, sie ruft entweder aus dem Bermuda-Dreieck an oder vom Transporterraum auf Raumschiff *Enterprise*.«

»Laß mich mal einen Augenblick überlegen«, sagte Ratso in seiner besten Watson-Manier. »Ein Ort, wo Leute verschwinden . . .«

»Nimm dir so viel Zeit, wie du willst«, sagte ich. »Wir werden die Toten nicht zurückholen.«

»Wenn er denn tot ist«, sagte Ratso.

Einige Zeit später, als wir westlich von Canal Street herumspazierten, kamen wir an einem großen Flohmarkt vorbei, der Ratso in den achteinhalbten Himmel katapultierte und mich vor Langeweile direkt unters Pflaster zog. Ich versuchte Ratso weiterzudrängeln, aber dann sah ich in seinen Augen eine kleine Flamme, die aufloderte wie ein Frauenherz beim Schaufensterbummel vor Tiffany, und ich latschte relativ bereitwillig neben ihm her. Immerhin stammte praktisch seine komplette Garderobe von hier. Das hier war Ratsos Fifth Avenue. Ratsos Savile Row.

Als wir endlich in Soho ankamen, hatte das Wetter ein paar Grad zugelegt. Es war fast schon warm genug, um

Touristen zu verarschen. Vor einem neueröffneten Schickimickischuppen, der nur gebrauchte Dashikis verkaufte, griff Ratso plötzlich nach meinem Arm.

»Diese Carmen, wenn es sie gibt – «

»Selbstverständlich gibt's die«, sagte ich. »Sie hat mich angerufen.«

»Selbstverständlich«, sagte Ratso und blickte mich entgeistert an.

Es folgte eine unangenehme Stille, während der Ratso meinen Arm losließ und dann sagte: »Schon mal was von den *desaparecidos* gehört?«

»Aber klar«, sagte ich. »Das neue mexikanische Restaurant in der Upper East Side.«

Ratso lachte ziemlich gönnerhaft. »Falsch, Kinkster, leider daneben«, sagte er. »Die *desaparecidos* sind eine Gruppe von Leuten – insgesamt mehrere tausend –, deren Ansichten denen der Regierungen gewisser lateinamerikanischer Staaten direkt zuwiderlaufen. Seit Beginn der sechziger Jahre ist diese Gruppe mit ihren sämtlichen Anhängern im wahrsten Sinne des Wortes verschwunden. Nicht einmal die Familienangehörigen haben auch nur die leiseste Ahnung, wo sie geblieben sind.«

Ich starrte Ratso einen Moment lang an. »Watson«, sagte ich, »du setzt meiner Verwunderung immer wieder Grenzen. Aber was hat das alles mit John Morgan zu tun?«

Ratsos Blick drückte große Bestürzung aus. Es lag ein Teil Trostlosigkeit darin, ein Teil Zweifel, und wenn ich es nicht besser gewußt hätte, hätte ich auch ein Teil Mitleid gesagt.

»Er war – oder ist – dein Freund«, sagte Ratso sanft. »Erklär's du mir.«

10

Carmen meldete sich nicht. Überhaupt war der Telefonverkehr eher bescheiden. Der Katze und mir blieben dadurch an diesem Wochenende verdammt viele Mußestunden.

Im Loft über uns stampfte Winnie Katz' Lesben-Tanzschule das ganze Wochenende über in unregelmäßigen Intervallen. Sobald das Geräusch aufhörte, wurde es scheinbar vom grummelnden Refrain eines griechischen Chors von Müllwagen im Süden von Vandam Street aufgegriffen. Alles in allem war es eine friedvolle Zeit, die unmittelbar zur Selbstreflexion einlud. Selbstreflexion heißt natürlich, daß man eine Scheibe seines Lebens unters Mikroskop schiebt, sauber einstellt und genau hinschaut. Dann tritt man einen Schritt zurück und versucht, stoßartiges Auskotzen zu vermeiden.

Irgendwann an diesem Wochenende faßte ich den Entschluß, daß mir eine Affäre mit Winnie Katz nicht ungelegen käme. Sie war von zurückhaltender Attraktivität und ziemlich charakterstark, und sie erinnerte mich an eine Kleptomanin, der ich einst auf einer Polizeiwache in Nashville begegnet war. Ich war dort, weil ich von einem Balkon gepinkelt hatte, oder was Songwriter in diesen Tagen sonst so machten, und sie, weil sie in einem der besseren Kaufhäuser Nashvilles sieben Packungen Eyeliner oder sonstwas hatte mitgehen lassen. Sie war schick gekleidet, sah gut aus und war in Tränen aufgelöst. Ihr Make-up floß in Strömen, und insofern hatte sie mit dem Eyeliner vermutlich keinen schlechten Griff getan. Schließlich erschien ihr leicht pikierter ehelicher Vormund und nahm sie mit, kurz bevor sie mein Herz aus dem Regal verschwinden ließ. Aber beim Hinausgehen hatte sie mich auf eine Art angesehen, die mich jetzt an Winnie Katz denken ließ. Damals waren Lesben schlimmer dran als Kleptomaninnen, aber die Einstellungen ändern sich.

Natürlich ist der Versuch, was mit einer Lesbe anzufangen, nicht gerade das Gelbe vom Ei. Zumindest hatten wir einige gemeinsame Interessen.

Ich steckte eine neue Zigarre an und streichelte die Katze.

Irgendwie mußte ich mich noch anderweitig beschäftigt haben, denn ehe ich mich versah, war es Sonntag abend geworden, und ich sah mich mit Ratsos Nagetierstimme am Telefon konfrontiert.

»Kinkster«, sagte er, »ich hole dich morgen früh ab.«

»Wieso?« fragte ich. »Wo soll's denn hingehen?«

Ratsos Stimme hatte leicht besorgt geklungen, und seine Unruhe steckte auch mich an.

Es gab eine ziemlich verlegene Pause. Dann sagte Ratso: »Laß dich überraschen.«

Ich goß einen herzhaften Schluck aus einer griffbereiten Flasche Jameson in das Stierhorn. Ich kann Überraschungen auf den Tod nicht leiden, aber noch weniger gefiel mir dieser merkwürdige Ton in Ratsos Stimme. Sie klang wie ein untypischer Versuch, herablassend zu wirken.

Ich kippte den Whiskey.

»Na prima«, sagte ich.

11

Montag morgen war ich gerade dabei, einen ziemlich altersschwachen Bagel aufzuwärmen, als ich unten auf dem Bürgersteig irgendein lärmendes Kreischen hörte. Ich ging zum Küchenfenster und blickte durch das graue Februarnieseln nach unten. Zuerst war nichts zu erkennen. Dann begannen sich drei dunkle Schemen gegen den trüben Hintergrund abzuzeichnen wie verschwommene Figuren auf einer fotographischen Platte.

Ich rieb mir die Augen, öffnete das Fenster und sah noch einmal hin. Ratso, McGovern und Rambam, ein Privatdetektiv, mit dem ich ein paarmal zusammengearbeitet hatte, standen aufgereiht auf dem Bürgersteig und riefen zu mir hoch. Die drei sahen aus wie übriggebliebene Weihnachtssinger mit langen Gesichtern.

»Schmeiß den verdammten Puppenkopf runter!« schrie Rambam. Ich sah auf dem Kühlschrank nach, und da lag er – der kleine schwarze Puppenkopf mit dem stoischen Lächeln und dem Hausschlüssel fest im Mund verankert. Oben am Kopf war ein kleiner selbstgebastelter Fallschirm befestigt, und als ich genauer hinsah, entdeckte ich auch ein paar Spinnweben. Das war ganz o.k. Puppen müssen wie die Menschen gelegentlich ihr müdes Haupt ausruhen.

Ich stand vor dem Fenster und blickte liebevoll auf den Puppenkopf in der Hand. Für einige war es bloß ein Puppenkopf. Andere mochten darin eine ziemlich kurz geratene Concierge sehen. Für mich war es ein Freund.

Ich warf den Kopf meines Freundes in angeschnittenem Winkel aus dem Fenster, wobei ich die Fallrichtung des eisigen Sprühregens, der von Süden her gegen das Gebäude schlug, mit einkalkulierte. Der Kopf flog in eleganter Bahn über die Feuerleiter, segelte sanft zurück in Richtung Hudson Street, erwischte in Höhe des ersten Stocks einen leichten Abwind, und Ratso hielt ihn wie eine verzweifelte Brautjungfer in der Hand.

Für einen kurzen Augenblick sah ich Ratsos düsteren Gesichtsausdruck, als er den Puppenkopf aus der Luft fischte und dann zum Fenster hinaufblickte, und ich wußte, das ruhige Wochenende hatte ein E-n-d-e.

Die Praxis des Psychiaters lag auf der Charles Street, eine kurze, aber unter den gegebenen Umständen äußerst unangenehme Taxifahrt vom Loft entfernt.

Ich brauchte keinen Seelenklempner. Was sich in Cleveland ereignet hatte, reichte aus, um sogar einen normalen Menschen aus der Bahn zu kippen. Aber jedesmal, wenn ich im Taxi darauf zu sprechen kam, sagte Ratso nur: »Erzähl das Dr. Bock.«

»Aber sag ihm bloß nicht, daß wir schon mal seine Praxis gefilzt haben«, sagte Rambam. Seine Augen waren blau wie Stahl, und sie starrten mich an, als wäre ich eine Laborratte. Offenbar brachte man mich mit Gewalt zu dem gleichen Psycho-Fritzen, bei dem wir vor ein paar Jahren eine kleine Bernstein & Woodward-Operation durchgeführt hatten. Damals brauchte ich das Psychomaterial über einen abgemurksten Bisexuellen. Diesmal konnte mir das alles ganz und gar gestohlen bleiben. Nun, genau das würde ich Dr. Bock sagen.

»Ein Gespräch mit ihm kann nicht schaden«, sagte McGovern, als wir vier uns in das winzige Wartezimmer zwängten.

»Und ob es das kann«, sagte ich mit lauter, feindseliger und gereizter Stimme, worauf sich der Kopf der gnadenlos übergewichtigen Sprechstundenhilfe wie der eines großen Raubvogels zu mir umdrehte. Ratso ging zur Rezeption hinüber und redete mit ihr, während ich mich setzte und versuchte, dem einen Sinn abzugewinnen, was sich rasant zu einer reichlich nervtötenden, um nicht zu sagen würdelosen Veranstaltung entwickelte.

Sie waren zu dritt, die fette Sprechstundenhilfe und den schmächtigen Seelenklempner nicht mitgezählt, der sich irgendwo in seinem Loch versteckt hielt, und ich war ganz allein, es sei denn, ich hätte eine multiple Persönlichkeit und könnte für mehrere Leute durchgehen. Ich lehnte diesen Gedanken rundheraus ab. Wenn ich dermaßen durchgeknallt war, hätte die Katze mich längst verlassen.

Plötzlich hatte ich einen aus der Not geborenen großartigen Einfall. Ich würde meinen drei scheinheiligen Freunden ihren Willen lassen und Bock über John Morgan erzählen. Dann würde ich Bock bitten, mich in Hypnose zu versetzen. In meinem Bewußtsein waren die Erinnerungen an Borneo und Morgan genauso verblaßt wie mein alter Sarong, aber in meinem Unterbewußtsein konnte sich der Schlüssel zu dieser ganzen vertrackten Geschichte befinden. Es war einen Versuch wert.

Als die Sprechstundenhilfe meinen Namen aufrief, marschierten wir alle in Reih und Glied in die Praxis des Seelenklempners wie die Trapp-Familie beim Bergsteigen. Ratso und McGovern wollten wohl beide mit dem Kerl ein paar klärende Worte wechseln. Bock stand auf und kam auf uns zu, und wir alle mußten die üblichen Unannehmlichkeiten über uns ergehen lassen. Schließlich sagte Bock ungehalten: »Ich wüßte nicht, daß wir eine Gruppentherapie vereinbart hätten. Ich darf Sie also bitten, alle bis auf Kinky draußen zu warten.«

Ratso und McGovern nickten und gingen raus, genau wie Rambam, der sich, wie mir nicht entgangen war, die ganze Zeit in der Nähe von Bocks Schreibtisch herumgetrieben hatte, während die Spielführer einander vorgestellt hatten. Er zwinkerte mir zu, als er ins Wartezimmer ging.

Etwas über eine Stunde später befand ich mich selbst auf dem Weg ins Wartezimmer, geklempnert, posthypnotisiert und frisch wie ausgekotzt. Ich hatte nicht die leiseste Erinnerung an die Hypnose, und Bock, seine Berufsethik anführend, hatte hartnäckig die Herausgabe des Bandes verweigert, das er von der Sitzung gemacht hatte.

»Kein Band verläßt jemals diese Praxis«, hatte er abweisend gesagt. »Kommen Sie nächste Woche wieder, und wir können darüber reden.«

»Feistes Angebot«, sagte ich eher gedankenlos, als ich an der Sprechstundenhilfe vorbeikam. Wir gingen alle raus, bis auf Ratso, der zurückblieb, um mir die Rechnung aufzuhalsen, wie ich später erfahren sollte. Auch in unruhigen Zeiten gibt es konstante Größen.

»Jesus, das Band hätte ich gerne gehört«, sagte ich und schüttelte angeekelt das, was von meinem Kopf übriggeblieben war.

»Geh nächste Woche wieder hin«, sagte McGovern.

»Nicht nötig«, sagte Rambam und zeigte auf seinen Diplomatenkoffer. »Ich habe die Praxis verwanzt.«

Ich blieb stehen und sah Rambam einmal mehr bewundernd an.

»Irgendwo«, sagte ich, »dürfte H. R. Haldeman lächeln.«

12

». . . ich fühle, wie die Nadeln in mein Fleisch dringen . . . ich sehe Ströme von Blut . . . ich sehe eine große Menschenmenge, die mich umringt . . .«

»Christus«, sagte Ratso, als wir wieder im Loft waren und meine Stimme auf dem Band hörten, »vielleicht ist er doch mehr durch den Wind, als ich dachte.« Er sah zu mir herüber, während ich an meinem Schreibtisch saß. Ich zuckte mit den Schultern.

»Mach doch mal ein bißchen lauter, ja?« rief McGovern von der Couch. Rambam ging zum Diplomatenkoffer auf dem Küchentisch und fummelte an dem kleinen Kassettenrecorder herum.

». . . O Gott, sie sollen aufhören . . . sie wissen nicht, was sie tun . . .«

Auf dem Band war eine Pause. Ratso, Rambam und McGovern starrten mich gleichzeitig an. Ich rutschte verlegen auf meinem Stuhl herum. Ich bemühte mich, einen vergleichsweise gesunden Eindruck zu machen. Was ich da hörte, übertraf wirklich alle Erwartungen.

Wir warteten gespannt.

Als nächstes war Dr. Bocks Stimme auf dem Band zu hören. Er selbst schien etwas überrascht zu sein, vielleicht auch in einem klinischen Sinne erregt. Auch Psychoklempner schätzen die Abwechslung. Er fragte mich, was ich jetzt sehen würde.

»Ich kann's kaum erwarten«, sagte Rambam.

». . . sie geben mir noch mehr tuak *zu trinken . . . lassen mich weiter Betelnüsse kauen . . . Morgan ist auch dabei . . . lächelnd reicht er mir einen Stab Ganja. . . sie tauchen die Nadeln in Schweinefett . . . die Menge rückt näher an mich heran . . . ich liege am Boden des* ruai *. . . ich sehe zwei kleine Kayan-Jungen, die beide gleich aussehen, vielleicht acht Jahre alt . . . mit einem Haarschopf wie junge Kaulquappen . . . der eine hält eine Flasche* tuak *. . . der andere Bananenblätter, die fast so groß sind wie er selbst . . . es sind Eingeborene, aber sie haben außergewöhnliche, furchterregende blaue Augen . . . blau wie der Himmel . . . ich will etwas fragen, aber es geht nicht . . . der Schmerz kehrt mit einem Mal wieder . . . ich sehe explodierende Lichter . . . Morgan ist wieder da . . . Jetzt bandagieren sie meinen Arm mit Bananenblättern . . . Morgan redet mit mir . . . ›Hast ein paar tolle Stiche bekommen‹, sagt er. . . . Ich schaue auf meinen Arm, aber ich sehe nur Blut und Bananenblätter. . . .*

Ich schließe die Augen . . . ich höre Morgan sagen, ›Absolut starke Tätowierung, Mann. Jetzt müssen sie deinen Arm auf einem nichtjüdischen Friedhof einbuddeln.‹ . . .«

»Vielleicht«, sagte ich, während ich aufstand und allen einen Drink einschüttete, »wollt ihr drei ungläubigen Thomasse jetzt endlich zu der Überzeugung gelangen, daß ich mich nicht für Jesus Christus halte.«

»Eher eine Verkehrung des biblischen Themas«, sagte McGovern und kippte sein Glas runter, »aber trotzdem ein Grund zum Aufatmen.«

»Yeah«, sagte ich, »und ich möchte betonen, daß euer Vertrauen in mich wirklich sehr ermutigend war.« Ich trank mein Glas leer und füllte bei McGovern und mir wieder nach.

Ratso starrte immer noch sein Glas an. »Immerhin«, sagte er, »können wir jetzt ganz gewiß sein, daß dieser John Morgan, den du als deinen Freund ausgegeben hast, tatsächlich existiert. Zeig doch mal die Tätowierung.«

Ich krempelte meinen Ärmel hoch, und die drei rückten näher, um das bläuliche Abzeichen auf meinem linken Arm in Augenschein zu nehmen. »Es ist das Bild eines Hundes im Stil der Kayan«, sagte ich. »Das hier ist der Kiefer, und hier sind die Zähne. Und das ist das Auge«, fuhr ich fort und zeigte auf einen Punkt in der Mitte der ziemlich kunstvollen Zeichnung. »Wenn man stirbt, wird daraus eine Fackel, die einem den Weg zum Himmel leuchtet. Es beschützt meine Seele.«

McGovern kippte sein zweites Glas. »Da hat es ja gut zu tun«, sagte er.

Wir genehmigten uns noch ein paar Drinks, und McGovern und ich führten eine hitzige Diskussion über den Zwischenfall mit Piers Akermans Skrotum, als ich plötzlich den Eindruck hatte, aus der näheren Umgebung des Diplomatenkoffers eine weibliche Stimme zu hören.

»Was war das?« fragte McGovern.

»Ich habe doch gesagt«, sagte Rambam, »ich habe nicht nur Kinkys Sitzung aufgenommen, sondern die verdammte Praxis mit Wanzen bestückt. Das hier ist die nächste Patientin.« Rambam lächelte.

»Vielleicht sollten wir lieber ausmachen«, sagte McGovern.

»Laß nur laufen«, sagte Ratso. »Ich habe einen Abschluß in Devianz-Psychologie. Das interessiert mich.«

»Schade, hast du keinen Ethik-Kurs belegt«, sagte ich.

»Na, komm«, sagte Ratso und schüttete sich einen Schluck Jack Daniel's nach. Ich hatte für die leere Flasche Jameson bereits Verstärkung holen müssen. »Das tut doch niemandem weh. Nun laß schon laufen.«

»Also, Winnie«, sagte Dr. Bock, »bei unserem letzten Gespräch ging es um Schuldgefühle hinsichtlich Ihrer Faszination für eine Ménage à trois mit Edith Piaf und Mama Cass.«

McGovern verschluckte sich an seinem Drink. Ratso und Rambam prusteten so laut los, daß wir ein Stück des Gesprächs verpaßten. Ich sah zur Decke hinauf. Zumindest da oben war es im Augenblick ruhig.

Als nächstes hörten wir eine Stimme sagen, »– quält mich nicht mehr. Darüber bin ich hinweg. Ich bin heute aus einem anderen Grund zu Ihnen gekommen. Aber es ist mir irgendwie peinlich.«

»Alles, was Sie sagen«, sagte Dr. Bock mit fester Stimme, »verbleibt in diesem Raum.«

»Darauf hebe ich mein Glas«, sagte McGovern.

»Also, ich habe an meinem – an meinem ganzen Körper Ausschlag bekommen. Es ist sehr unangenehm, damit meine Tanzklasse zu unterrichten. Wenn man Leggins, ein Trikot und anderes mehr tragen muß und dabei so körperlich empfindet wie ich – also, Sie können sich sicher vorstellen, wie das ist, oder?«

»Aber natürlich«, sagte Dr. Bock.

»Ich war bei drei Ärzten. Ich habe alles versucht. Manchmal habe ich für kurze Zeit Ruhe, aber dann kommt es um so schlimmer wieder.«

»Klingt psychosomatisch«, sagte Dr. Bock. »Vermutlich im Zusammenhang mit frühkindlicher Vernachlässigung, Pubertätsängsten und Schuldgefühlen im Erwachsenenalter.«

»Aber davon trifft nichts auf mich zu, Dr. Bock. Tatsächlich scheint mich nichts weiter zu quälen als –«

»Als was, Winnie? Sagen Sie es nur.«

»Als Zigarrenqualm und Katzen«, sagte sie.

13

An diesem Abend machte ich mich allein auf den Weg ins Monkey's Paw, suchte Ärger, fand keinen, und stiefelte zurück zur 199B Vandam. Man sagt, wer Ärger sucht, der findet auch welchen, aber wahr ist, wer zu angestrengt sucht, der findet vermutlich überhaupt nichts. Um irgendwo fündig zu werden, darf man nicht danach suchen. Man kann sogar für Dinge beten, die man gar nicht haben möchte. Ein bißchen verdrehte Psychologie beim lieben Gott angewandt, und das Glück steht vor der Tür.

Natürlich bleiben manche Wünsche auch unerfüllt.

An diesem speziellen Abend wünschte ich mir etwas Thunfisch für die Katze und ein Fischeis für mich, aber unsere beiden Vorratsschränke waren in etwa so leer wie die Iris von Little Orphan Annie. Die Katze spähte angestrengt mit mir unter der Küchentheke durch, konnte kein Katzenfutter erblicken und wandte sich angeekelt ab. Ich bot ihr den Bagel an, zu dem ich am Morgen nicht mehr gekommen war, aber sie trollte sich von dannen. Multikulturelle Dinge standen in ihrer Wertschätzung ganz unten.

Ich hatte gerade meine Stiefel ausgezogen und wollte schon zu Bett gehen, als die Telefone klingelten. Nicht weiter tragisch. Passiert den Feuerwehrleuten alle Tage.

Ich überquerte das kalte Holzparkett auf meinen gebatikten Socken, die ich auf einem Kleinkunstmarkt von einem Typen erstanden hatte, der an seinem Stand nichts anderes als gebatikte Socken verkaufte. Man kann sich vorstellen, welche Drogen der Typ in seinem Leben eingeworfen hatte.

Ich schaffte es bis zum Schreibtisch und entschied mich für den Hörer zur Linken. Ich entschied mich fast immer für den Hörer zur Linken. Teils, weil ich Linkshänder bin, und teils, weil ich zu den Gewohnheitstieren gehöre. Hinzu kommt, daß ich bis jetzt, alles zusammengenommen, im Leben ganz gut gefahren bin und keinen Grund sehe, mittendrin den Hörer zu wechseln.

Es war Carmen. Sie befand sich im Pierre Hotel.

»Kinky«, sagte sie. »Könnten Sie jetzt gleich rüberkommen? Ich habe Angst.«

»Sobald ich meine Stiefel übergezogen habe. Wie ist Ihre Zimmernummer?«

»Elf-Null-Sieben ... Ich glaube, ich werde verfolgt. Da war jemand am Flughafen, und bei der Anmeldung in der Hotellobby habe ich ihn wiedergesehen.«

»Könnte ein Zufall sein. Wie sieht er aus?«

»Ein alter Mann ... Vielleicht täusche ich mich ..., aber irgend etwas an ihm verschafft mir eine Gänsehaut. Er trägt einen dunklen Anzug, dazu weiße Socken und hat eine blaue Blume im Revers.«

»Smarter Typ«, sagte ich.

Ich sagte ihr, ich sei gleich da und sie solle bis dahin auf ihrem Zimmer bleiben. Ich legte auf, zog meine Stiefel an und schnappte mir Jagdweste, Mantel, Cowboyhut und ein paar Zigarren für unterwegs. Ich überließ der Katze die Verantwortung und stürzte hinaus in die New Yorker Dunkelheit.

Es war nach elf, als ich auf der Hudson ein Taxi erwischte. Leichter Schneefall hatte eingesetzt, der im Licht der Straßenbeleuchtung beinahe zeitlos schien wie übriggebliebenes Lindbergh-Konfetti.

»Pierre Hotel«, sagte ich so beiläufig wie möglich zum Fahrer.

Es gab schlimmere Adressen.

14

Was dem Pierre an intimer Atmosphäre fehlte, wurde durch Opulenz wettgemacht. Es war keins von diesen Unten-bei-uns-zu-Hause-Hotels, aber seine Gäste waren weder unten noch zu Hause, und deshalb kümmerte es sie einen feuchten Dreck. Der Laden empfing einen Claus von Bülow oder eine Zsa-Zsa Gabor wie die Freiheitsstatue, aber jemand, der zu später Stunde mit einem Cowboyhut, einer Jagdweste und einer Zigarre hereinschneite, mußte die goldene Pforte möglicherweise eher weiter Downtown suchen.

Mein Freund Bill Osco aus L.A. stieg immer im Pierre ab, wenn er in New York war. Bill kleidete sich wie die meisten reichen Kalifornier: billige Jeans, billiges Jackett und Baseballkappe. Er hatte mir mal erzählt, wie er zwei Wochen im Pierre verbracht hatte und wie jeden Abend bei der Rückkehr ins Hotel ein Sicherheitsfritze in der Lobby auf ihn zugestürzt war und gesagt hatte: »Kann ich etwas für Sie tun?« Worauf Bill immer geantwortet hatte: »Yeah. Sie können mir aus dem Weg gehen, damit ich auf mein Zimmer gehen kann.«

Während ich das Taxi bezahlte und dem Türsteher, der so angezogen war wie der Erzherzog, dessen Ermordung den Ersten Weltkrieg ausgelöst hatte, ein Trinkgeld zusteckte, stellte ich mir vor, wie ich locker an der Eingangskontrolle vorbeischwänzeln würde. Es wäre doch gelacht, wenn es damit Probleme geben sollte. Zwei Sicherheitstypen schikanierten gerade einen Typ mit Baseballkappe, und ich marschierte schnurstracks, eine Zigarrenrauchfahne hinter mir herziehend, an ihnen vorbei. In der Lobby war wenig los. Niemand mit weißen Socken und blauen Blumen. Ich entdeckte einen bereitstehenden Fahrstuhl, schmuggelte die Zigarre mit rein und drückte auf elf.

Eine auf Ende fünfzig zu schätzende Frau war bereits im Fahrstuhl. Sie war gekleidet wie ein toter Teenager. Es dauerte nicht lange, und sie blähte ihre manikürten Nüstern, warf mir einen hochmütigen und leicht angewiderten Blick zu und marschierte auf vier aus der Otis-Kiste. In Aufzügen begegnet man jeder Art von Leuten.

Ich stieg auf elf aus, irrte eine Zeitlang durch das goldbeschlagene Labyrinth und stand schließlich vor 1107. Ich wollte gerade anklopfen, als ich bemerkte, daß die Tür nicht richtig zugezogen war. Ziemlich unvorsichtig von Carmen, dachte ich.

Ich klopfte trotzdem an. Nichts.

Ich trat ein und sah, daß der Raum zu einer größeren Suite gehörte. Vielleicht war Carmen auf der anderen Seite.

Ich durchquerte eine Art Wohnzimmer und gelangte in den hinteren Teil der Suite. Überall lagen Frauenklamotten verstreut, einschließlich einer am Boden liegenden Handtasche und eines Schals. Ziemlich schlampig von Carmen, dachte ich.

Ich hob die Handtasche auf und filzte sie. Ich kam mir ein bißchen wie Art Linkletter vor, wie er früher in seiner Fernsehshow in fremder Leute Handtaschen herumgeschnüffelt hatte. Die Handtasche einer fremden Frau zu durchwühlen war irgendwie nicht o.k., selbst wenn man sie auf dem Boden eines Hotelzimmers fand. Aber es gibt verteufelt viele andere Dinge auf der Welt, an denen verteufelt mehr faul ist. Die Reaktion auf eins davon konnte ich beim Blick in den Wandspiegel in meinen Augen lesen.

Wie ich erfuhr, lautete ihr Name Carmen Cohen. Melodischer Name.

Aus einem Land, wo Leute verschwinden. In diesem Fall Argentinien.

Jetzt war auch Carmen Cohen verschwunden. Ich empfand ein Gefühl der Verwirrung, in das sich ein noch stärkeres Gefühl der Bedrohung mischte. Ich war in eine Art verschwommenes Tableau geraten, allein in einer Suite des Pierre Hotels stehend und die Handtasche einer fremden Frau haltend, die verschwunden war, bevor sie mir etwas über John Morgan erzählen konnte, der ebenfalls nicht aufzufinden war.

Ich mochte Puzzles nicht besonders. Besonders solche, bei denen zunehmend klar wird, daß sie aus einem großen, blutigen und unheilvollen Schicksalsklotz gestanzt sind.

15

»In New York City werden jede Woche etwa zehntausend junge Dinger als vermißt gemeldet«, sagte Detective Sergeant Mort Cooperman, während er ziemlich planlos in Carmen Cohens Koffer herumstocherte. »Die meisten von ihnen werden natürlich nicht wirklich vermißt«, fügte er hinzu und ließ seinen Blick halbwegs skeptisch durch die Hotelsuite gleiten.

»Die meisten haben nur von Typen wie dir die Nase voll«, sagte Detective Sergeant Buddy Fox aus dem Durchgang zum Wohnzimmer. Der Hotelschnüffler an seiner Seite nickte mit dem Kopf wie ein leicht genervter Roboter.

»Die meisten«, sagte ich, »nehmen ihre Handtasche beim Rausgehen mit.«

»Siehst du, Fox«, sagte Cooperman mit dem Rücken zu uns, »genau wie ich dir gesagt habe. Es ist nicht Kinkys Handtasche.« Die Typen waren wirklich ungemein witzig.

Cooperman, Fox und ich waren so etwas wie eine verschworene Schicksalsgemeinschaft. Die Umstände hatten uns oft zusammengeführt, ohne daß man diese Begegnungen je als angenehm hätte bezeichnen können. Von aller Bescheidenheit abgesehen, hatten Ratso und ich eine Reihe von Fällen geknackt, die dem NYPD reichlich Kopfzerbrechen bereitet hatten. Um die Sache noch zu verschlimmern, hatte McGovern unser fachmännisches Geschick als Amateurdetektive in der ›Daily News‹ in einer Weise hochgejubelt, daß Cooperman vermutlich zweimal überlegen mußte, als er mir im letzten Jahr bei einer ziemlich haarsträubenden Geschichte im Madison Square Garden das Leben rettete. Gelegentlich konnte man deutlich erkennen, daß Cooperman an der Richtigkeit dieser Entscheidung zweifelte.

Gerade jetzt schien einer dieser Momente gekommen.

Just als Cooperman sich zu uns umdrehte, stürmte Ratso mit leicht keuchendem Atem ins Zimmer. Er trug eine lavendelfarbene Hose, einen mit kleinen Hockeyspielern übersäten Pulli und eine Waschbärmütze, an deren Vorderseite der Kopf des Tieres mit zugenähten Augen prangte.

Cooperman kniff für einen Moment selbst die Augen zusammen, in der Hoffnung, die Vision vertreiben zu können. Als das nicht funktionierte, fauchte er mit einer Stimme los, die auf beeindruckende Weise wie das Zischen der U-Bahn klang.

»Großartig«, sagte er. »Einfach großartig. Die gottverdammten Bobbsey Twins.«

»Was habe ich verpaßt?« fragte Ratso.

Ungefähr fünf Minuten später gab Cooperman Fox einen Wink, und beide gingen zur Tür. »Wir erstellen einen Bericht«, sagte er knapp.

»Moment mal«, sagte ich. »Es geht hier um eine vermißte Person.« Ich hatte ihnen bereits von Carmens Anruf erzählt sowie von ihrer Furcht, von einem Mann mit weißen Socken und einer blauen Blume verfolgt zu werden. Die Geschichte hatte ihr lausiges Benehmen um keinen Deut verändert.

»Was uns betrifft«, sagte Cooperman, »gilt sie bis jetzt nicht als vermißt.« Ratso und ich starrten in leisem Unglauben.

»Und wenn es eine von euren Bekannten ist«, sagte Fox mit schrillem Lachen, »wissen wir nicht, ob sie überhaupt als Person durchgeht.«

»Wenn ich wüßte, daß ihr an der Sache dranbleibt, könnte ich ruhiger schlafen«, sagte ich.

Im Eingang stehend, drehte Cooperman sich um und sah mich an. Sein massiger Rumpf verdeckte praktisch den gesamten Flur. »Wenn sie binnen vierundzwanzig Stunden nicht auftaucht, ruf uns an. Dann können wir sie offiziell für vermißt erklären und eine Akte anlegen. Im Augenblick können wir nichts weiter tun, es sei denn, sie ist minderjährig, Seniorin oder geistig minderbemittelt.« Cooperman drehte sich um und ging.

»Wie ihr«, fügte Fox mit spöttischem Seitenblick hinzu. Dann stiefelte er hinter Cooperman her zu den Aufzügen.

Ratso und ich sahen dem Hotelschnüffler zu, wie er den Zimmerschlüssel zweimal herumdrehte. Dann fuhren wir mit dem Aufzug runter zur Lobby.

»Was machen wir jetzt?« fragte Ratso.

»Wir telefonieren«, sagte ich.

16

»Kein Problem«, sagte Rambam und deutete zuversichtlich nickend auf den Hundertdollarschein in seiner rechten Hand. »Ich habe hier den Generalschlüssel für jedes Zimmer in diesem Hotel.«

Wir drei saßen in der Kellerbar des Pierre und tranken Whiskey zu ungefähr sechs Dollar pro Schluck. Ich gab wenig darauf, daß Ratso die Rechnung übernehmen würde. Ich informierte Rambam über die Bullen, das Zimmer, Carmens Anruf und natürlich über den alten Mann, die weißen Socken und die blaue Blume. Die ganze Geschichte schien irgendwie von einer leichten Aura des Unwirklichen umgeben.

»Ihr rührt euch hier nicht von der Stelle«, sagte Rambam und stand vom Tisch auf. »Ich rede nur mal ein Wort mit dem Kofferkuli.«

»Faß dich kurz«, sagte Ratso. »Die Bar hier macht gleich dicht, und in der Lobby herumzulungern ist schwieriger, als es aussieht.«

Rambam verschwand, Ratso bestellte eine neue Runde, und ich dachte nach. In Anbetracht der bestehenden Sicherheitsvorkehrungen und des Zeitrahmens, in dem wir operierten, dürfte es arge Probleme bereiten, jemand gegen seinen Willen aus dem Hotel zu schaffen. Ich hätte darauf wetten können, daß Carmen sich noch im Hotel befand. Und wenn sich jemand mit den Feinheiten verschlossener Hotelzimmer auskannte, so war es Rambam.

Ich erinnerte mich noch an die Zeit vor ein paar Jahren, als Rambam das fehlende Puzzleteil beigesteuert hatte, mit dem der durchtriebene Hank-Williams-Killer im Lone Star Café festgenagelt werden konnte. Dazu hatte er unerkannt in das verschlossene Hotelzimmer des Mörders einsteigen müssen. Natürlich war es damals nur das Gramercy Park gewesen, und dies hier war das imposante und leicht einschüchternde Pierre Hotel. Das hier würde ein härterer Brocken. Bedeutend härter. Aber manchmal bewährt sich das, was man in St. Mary Mead gelernt hat, auch in London. Ich hatte Vertrauen in den Jungen.

Rambam tauchte genau in dem Augenblick wieder auf, als der makellos befrackte Kellner Ratso und mich unsanft aus der Bar manövrierte. Über seinen Schultern hing etwas, das aussah wie ein in schickes Hotelpapier eingeschlagener Stapel Wäsche aus der Reinigung. Unter dem finsteren Blick des Kellners ging er zurück in die Bar, hob sein Glas auf das Wohl des verärgerten Mannes, kippte es runter und kam wieder zu uns zurück.

»Einen für den Aufzug«, sagte er.

Wir bewegten uns zu einem Alkoven neben dem Aufzug und nahmen in einem Plüschwald aus teuer aussehendem, unbequemem Mobiliar Platz.

»Genau wie dein Loft«, sagte Ratso.

»Genau wie Zimmer Siebzehn-Null-Zwei«, sagte Rambam.

»Du meinst also, sie hält sich dort auf?« fragte ich.

»Keine Ahnung«, sagte Rambam, »aber das ist das Zimmer dieses Greises mit den weißen Socken und der blauen Blume. Der Kofferkuli meint, der Typ wäre eine alte Schwuchtel. Zumindest sehe er so aus. Außerdem hat er ihn früher am Abend in Begleitung zweier großer, blonder Hünen gesehen, so daß er unter Umständen nicht allein ist.«

»Vielleicht feiern die da oben zusammen eine Orgie«, sagte Ratso.

»Vielleicht kannst du deinen ›National Lampoon‹ Presseausweis vorlegen, und sie lassen dich rein«, sagte ich. Ratso schob seine Waschbärmütze in eine ziemlich forsche Position.

»Reinkommen ist kein Problem«, sagte Rambam. »Das

eigentlich Schwierige in einer solchen Situation liegt möglicherweise darin, wieder hinauszukommen.«

17

»Zimmerservice«, sagte die Stimme.

Der Mann in der rot-goldenen Livree balancierte ein Essenstablett auf der rechten Hand. Mit der Linken klopfte er an die Tür zu 1702.

»Zimmerservice«, wiederholte er mit dem kaum spürbaren Tick einer für das Pierre ungewöhnlichen Intonation. Diesmal klopfte er lauter. Ratso und ich warteten etwa zehn Schritte weiter den Flur entlang, aber wir konnten die aufgebrachte Stimme hinter der Tür deutlich vernehmen.

»Wir haben keinen Zimmerservice gerufen«, sagte die Stimme, was nur logisch war. Mir wäre lieber gewesen, er hätte »ich« anstatt »wir« gesagt, aber daran ließ sich jetzt nichts mehr ändern. Manchmal bekommt man den Ärger, nach dem man sucht.

»Tut mir schrecklich leid, Sir«, sagte Rambam und blinzelte gefährlich zu mir und Ratso herüber. »Wenn Sie bitte die Empfangsquittung bestätigen möchten und darauf vermerken, daß Sie keine Bestellung aufgegeben haben. Ich muß das Tablett beim Abteilungschef stornieren lassen.«

Die Tür öffnete sich einen Spaltbreit, und Ratso und ich drückten uns eng an die Wand. Ein Unsichtbarer fühlte Rambam auf den Zahn. Ich spürte eine leichte Woge des Mitleids für den Kerl hinter der Tür. Er konnte in diesem Augenblick einfach nicht wissen, daß er dem wahrscheinlich gefährlichsten Zimmerkellner Amerikas in die Augen blickte. Natürlich wußte ich zu diesem Zeitpunkt selbst nicht, mit wem oder was wir es hier zu tun hatten. Hätte ich es gewußt, die leichte Mitleidswoge wäre von einer Flutwelle weitaus stärkerer Emotionen hinweggerissen worden.

Dann schloß sich die Tür, und ich hörte ein gedämpftes metallisches Geräusch, das so klang, als ob jemand die Türkette abzog, seine Knarre durchlud oder, auch wenn wenig dafür sprach, dem Tin Man ein neues Herz einpflanzte.

Die Tür ging auf.

Ein großer Blondschopf streckte sein Haupt nach draußen wie eine unheilverbreitende arische Schildkröte. Der Schädel hatte eine entfernte familiäre Ähnlichkeit mit Gorgeous George, dem Wrestler. Er kreiste beinahe mechanisch durch die Luft, bis plötzlich seine hinterlistigen Augen, die wie geschmuggelte Smaragde aussahen, sich mit meinem Blick trafen. Für den Bruchteil einer Sekunde sah ich ein Glimmen, das aus einer tiefen und frostigen Dunkelheit zu kommen schien. Dann versenkte Rambam das beladene Tablett auf Gorgeous' Haupt und kugelte wie eine teuflische, gewissenlose und rundherum fülligere Ausgabe von Alf über die Türschwelle.

Auf dem Weg zur Tür hörten Ratso und ich dumpfe Schläge und erstickte Schreie. Gorgeous kam wie ein Blitz auf Rädern aus der Tür geschossen, stieß frontal mit Ratso zusammen und prallte an der gegenüberliegenden Wand ab. Er blickte uns aus fiebrig-feuchten Augen an und stürzte dann den Flur entlang in Richtung Treppe.

»Vergiß ihn«, sagte ich, während Ratso sich langsam aufrappelte. »Wir suchen das Mädchen.«

Als wir beide uns zum zweitenmal der Tür näherten, schrie Rambam: »Achtung, Goldköpfchen!« Ein zweiter Mann, blond und irgendwie blutgeil, polterte durch den Eingang, wobei sich seine linke Schulter in Ratsos Eingeweiden verfing. Einmal mehr ging Ratso zu Boden. Sein Kollisionspartner sah zu, daß er fortkam.

Nachdem Ratso und ich endlich das Zimmer betreten konnten, knallte Rambam die Tür hinter uns zu. Die rechte Hälfte seines Gesichts näherte sich zusehends der Farbe seiner Kellnerlivree, aber ansonsten machte er einen recht zufriedenen Eindruck. Ratso hatte seine Waschbärmütze abgenommen und überlegte angestrengt, ob er sich lieber den Kopf oder den Magen halten sollte. Das Zimmer war wie ausgestorben.

»Wenn sie jetzt nicht im Mülleimer oder im Schrank steckt, sind wir wohl in ein Schwulentreffen geplatzt«, sagte ich.

»Es gibt nur einen Weg, das herauszufinden«, sagte Rambam. »Aber ich warne dich, es könnte fies werden.«

Ich drückte die Badezimmertür auf und ging hinein. Auf dem Boden lagen Frauenschuhe, Strümpfe, Rock und Bluse. Als ich zurück ins Zimmer trat, öffnete Rambam gerade den Schrank.

»Tür Nummer drei«, sagte er, während er am Türknauf zog.

Drinnen hing eine Frau, die man mit den Handgelenken an der Kleiderstange festgebunden und mit einem Kissenbezug geknebelt hatte. Sie trug nichts weiter als einen Seidenslip. Es war die bezauberndste Frau, die ich seit Jean Sebergs Abgang zu Jesus gesehen hatte.

Ratso ließ seine Waschbärmütze fallen und machte keinerlei Anstalten, sie aufzuheben.

Welche Droge auch immer sie Carmen vor ihrer Fesselung verabreicht hatten, ich hätte nichts dagegen gehabt, selbst ein paar Krümel anzutesten. Sie befand sich außer Frage an einem Ort, wo kein Bus mehr geht. Ratso hatte sich in ziemlich überzeugender Weise darum gekümmert, ihr einen Bademantel des Pierre Hotels überzustreifen und sie auf eins der Betten zu legen. Jetzt waren Rambam und ich dabei, das Jackett näher zu untersuchen, das einer unserer blonden Freunde im Zimmer vergessen hatte. Wir führten unsere Untersuchung an Ratsos Körper durch, der das Jakkett übergezogen hatte und sich im Ankleidespiegel betrachtete.

»Es gehörte wahrscheinlich Gorgeous«, sagte ich. »Er hat ungefähr deine Statur, und er war ziemlich in Eile.«

»Genau wie Goldköpfchen«, sagte Rambam.

»Was hast du ihm denn Schönes erzählt?« fragte Ratso. Er fingerte in den Jackentaschen herum, konnte aber absolut nichts finden.

Nach einer Weile hielt Ratso einen Papierfetzen in der Hand. Es war ein Abholschein für eine Filmentwicklung bei einem dieser Foto-Quick-Läden.

»Dürfte kaum von Carmen stammen«, sagte ich. »Wenn sie im Zimmer geblieben ist, wie ich ihr gesagt habe, hatte sie dazu keine Zeit.«

»Ich frage sie, wenn sie wieder zu sich kommt«, sagte Ratso.

»Tu das«, sagte Rambam. Er suchte das Jackett nach einem Firmenschild ab, konnte aber keins entdecken. »Interessant«, sagte er schließlich, »das Teil ist gereinigt worden.«

»Yeah«, sagte Ratso und sah sich den Ärmelstoff an, »sauber und gepflegt, na und?«

»Das meine ich nicht«, sagte Rambam. »›Gereinigt‹ heißt, daß jemand sich die Mühe gemacht hat, sämtliche Firmenabzeichen aus dem Stoff herauszutrennen. Das schützt die Anonymität, verbirgt das Herkunftsland und . . .« Rambam blickte die schlafende Frau auf dem Bett nachdenklich an.

»Und was?« fragte Ratso.

»Und heißt«, sagte Rambam grimmig, »daß wir möglicherweise bis zum Hals in irgendeiner verdammt unangenehmen internationalen Scheiße stecken.«

Ich trat ein paar Schritte zurück und blickte Ratso in seinem Jackett prüfend an.

»Du steckst drin«, sagte ich.

18

Der Dienstag morgen brach dunkel und bedrohlich über New York City herein. Genaugenommen war es gegen elf, als ich die Augen aufschlug. Der Morgen ist wie alles andere auf dieser Welt relativ. Manche Leute mochten seit sechs Uhr früh auf den Beinen sein, sich mit Sitzblockaden einen Parkplatz erstreiten, ihr Müesli essen oder anderen Landsleuten mit Telefonaten in aller Herrgottsfrühe auf den Wecker fallen. Wenn jemand um sechs aufstehen muß und sich für Tevje den Milchmann hält, ist das sein Problem. Für mich fängt der Morgen in dem Augenblick an, da es mir langsam dämmert, daß der sich sanft und warm an mich schmiegende Körper der Katze gehört.

Ich blickte aus dem Schlafzimmerfenster des Loft und konnte mich nicht entscheiden, ob das Fenster verdreckt war oder die City. Dann fielen mir die Ereignisse des vergangenen Abends wieder ein, und ich optierte für die City. Es ist heutzutage nicht ganz einfach, Leute zu finden, die bei der Stadtreinigung mit anpacken wollen.

Während die Espressomaschine fröhlich vor sich hin zu summen begann, zündete ich eine Zigarre an, setzte mich an den Schreibtisch und wälzte Gedanken, die so düster wie das Wetter waren. Carmen war, zumindest für den Augenblick, sicher in Ratsos Apartment gleich um die Ecke in Soho untergebracht. Wer auch hinter ihr her sein mochte, würde von Ratso nichts wissen. Fürs erste war es der geeignete Ort für sie, sofern sie es in einem winzigen Apartment mit dem ausgestopften Kopf eines Polarbären, einer anderthalb Meter hohen Statue der Jungfrau Maria, dreihundert Hockeyschlägern und grob geschätzt zehntausend Büchern aushalten konnte, die sich nahezu ausschließlich mit Bob Dylan, Jesus oder Hitler beschäftigten. Der Grund dafür, daß Ratso so viele Bücher brauchte, lag auf der Hand. Keins darunter besaß den Ehrgeiz, sich mehr als einer dieser Personen zu widmen. Man entdeckte so gut wie nie ein Buch über den Einfluß Jesus' auf Hitler oder über Bob Dylans Einfluß auf Jesus. Selbst in Anthologien war selten etwas von mehr als einem der drei zu finden. Eigentlich konnte ich mir nur eine Gemeinsamkeit zwischen Jesus, Bob Dylan und Hitler vorstellen, und zwar die Tatsache, daß Ratso insgeheim über alle drei weltweit am besten Bescheid wußte.

Donnerschläge ließen die Türen der Lagerschuppen in der Vandam Street erzittern. Ich goß mir einen Espresso ein und hing weiter meinen ausgesprochen paranoiden Gedanken nach. Noch paßte nichts wirklich zusammen, aber in mir regte sich der Verdacht, daß der Anruf in der letzten Woche, mit dem mir John Morgans Tod mitgeteilt worden war, wahrscheinlich gar nicht aus Cleveland kam. Es war eigentlich nur eine bloße Ahnung, aber je länger ich darüber nachdachte, desto glaubhafter schien sie mir.

Vielleicht würde Carmen uns die Antworten zu John Morgan liefern. Die Uhr zeigte 11:32. Ich wählte Ratsos Nummer. Ich ließ es fünfmal klingeln und legte auf, bevor ich mir seine sattsam bekannte Stimme vom Band anhören mußte. Vielleicht befanden sie sich noch jenseits der Welt. Vielleicht waren sie auch um sechs aufgestanden und kämpften per Sitzblockade um einen Parkplatz. Wenn die beiden sich nicht von selbst meldeten, würde ich es später noch einmal versuchen. Zumindest war Carmen in sicheren, wenn auch leicht liebestollen Händen.

Ich hatte den Abholschein für den Film Rambam gegeben, der sich schnellstens darum kümmern sollte. Wenn einem unserer blonden Freunde an dem Film gelegen war, würde er ihn sicherlich auch ohne Schein bekommen. Ich erwartete jeden Augenblick Rambams Meldung. Ich erwartete jeden Augenblick Ratsos Meldung.

Die einzige Meldung kam von der Lesben-Tanzschule, deren Stampfen über mir einsetzte. Es klang entfernt wie primitives Trommeln, das dem Donner antwortete. Man gab Gott eine Antwort. Nein, Frau gab Mutter Natur eine Antwort. Frau gab Vater Natur eine Antwort? Was auch immer, es war nervtötend. Aber zumindest hatte irgendwer auf irgendwas eine Antwort, und das war entschieden mehr, als ich selbst im Augenblick anzubieten hatte.

Ich schenkte mir einen Espresso nach, ging rüber ans Küchenfenster und blickte in den einsetzenden Regen. Zuerst war er blau und glänzend, wie die Augen ferner Frauen. Dann wurde der Regen stärker und wechselte seine Farbe zu einem satten und irgendwie wohligen New Yorker Grau. Dienstagskind raucht eine Zigarre und sieht dem Regen zu. Es gab schlimmere Wege, den Dienstagmorgen rumzukriegen, dachte ich, und in meinem Leben hatte ich mehr davon ausprobiert, als mir die Erinnerung lieb war.

Die Katze sprang auf die Fensterbank und starrte mit mir in den Regen. Ich träumte vor mich hin, daß die Katze und ich schiffbrüchig auf einem dunklen und tiefen und gefährlichen Ozean dahintrieben. Wovon die Katze träumte, wußte ich nicht.

Man sagt, Träume können einem nicht weh tun; nur der Träumer selbst kann es.

19

Ich hatte mich zu einem ziemlich traumlosen Expreß-Nickerchen auf der Couch ausgestreckt, als ich von einer Stimme aus der Tiefe geweckt wurde, die offenbar um so lauter wurde, je höher sie sich durch die konzentrischen Kreise einer urbanen Hölle zu mir hinaufschraubte. Ich ging zum Fenster rüber und sah Rambam unten auf dem Bürgersteig stehen. Obwohl der Regen leicht nachgelassen hatte, sah es so aus, als ob er ziemlich wild auf den Puppenkopf war. Der ungeduldigste New Yorker, der mir je begegnet war.

Puppenkopf und Fallschirm waren vom Vortag immer noch klamm, aber ich öffnete das Fenster und ließ ihn, schwungvoll wie einer dieser Madison-Avenue-Werbetypen mit einer umwerfend neuen Idee, nach unten gleiten. Es war ein ziemlich gelungener Wurf, wenn ich so sagen darf.

Der Abwurf eines Puppenkopfs bei Regen ist kein Gelegenheitsjob. Er setzt ein technisches Geschick voraus, das einem im Ferien-Bibelkurs nicht beigebracht wird. Darüber hinaus ist eine zeitaufwendige und intensiv gepflegte Beziehung zwischen Mensch und Puppenkopf erforderlich. Wenn es so einfach wäre, würde es selbstverständlich jeder machen.

Rambam kam wie ein Schnüffler aus einem Londoner-Nebel-Werbespot im Trenchcoat zur Tür herein. »Ich wußte gar nicht, daß Typen wie du solche Mäntel tragen«, sagte ich.

»Oh, yeah«, sagte er. »Es fing vor vielen Jahren in Europa und Lateinamerika an, als man eine Ewigkeit darauf warten mußte, bis die Puppen fielen.« Er schnippte den leicht aufgeweichten Puppenkopf zu mir herüber, und ich legte ihn behutsam auf den Kühlschrank zurück.

Rambam warf ein Päckchen auf meinen Schreibtisch.

»Fotos«, sagte er. Er ging rüber zur Espressomaschine und goß sich eine Tasse ein. »Mulberry Street hat nichts gegen dich in der Hand«, sagte er.

»Ich sage immer, der Kunde ist König.«

»Ich habe außerdem«, sagte er und nahm einen kräftigen Schlürfer, »ein paar Sachen über die Zimmergäste im Pierre letzte Nacht in Erfahrung gebracht. Unter Einbeziehung des Kofferkulis, der Zimmerverwaltung und anderer weniger ergiebiger Quellen beginnt die Sache langsam kostspielig zu werden.«

»Setz es auf meine Rechnung«, sagte ich.

»Genau diese Antwort habe ich befürchtet«, sagte Rambam. Er studierte den Bodensatz seiner Espressotasse und sagte: »Das Zimmer wurde von der 88 Leasing Corp. mit Sitz in Bayonne, New Jersey, gemietet. Sagt dir das was?«

»Besser als nichts«, sagte ich. Ich ging rüber zum Schreibtisch, fingerte eine Zigarre aus Sherlocks Kopf, köpfte das Ende mit meiner Zigarren-Guillotine und zündete sie mit einem Küchenstreichholz an, dabei ihre Spitze immer schön über der Flamme haltend. Dann öffnete ich das Fotopäckchen. Rambam schlurfte hinter meinem Rükken auf und ab und warf über meine Schultern hinweg einen Blick auf die Bilder.

Die erste Aufnahme zeigte einen Baum, auf den mit Kreide ein Symbol gekritzelt war. Vielleicht ein auf den Kopf gestelltes Peace-Zeichen, wie es die Hippies damals benutzten, als der Frieden hoch im Kurs stand. Ich hatte fast schon vergessen, wie es aussah. Die meisten Bilder waren Aufnahmen aus dem Dschungel – Bananenstauden, Gummibäume, Bäume, die ausreichend Platz für Tarzans Eigenheim boten, überwucherte Pfade, trübe Flüsse. Auf einigen Aufnahmen schien eine indische Höhlenmalerei abgebildet. Das Gemälde erinnerte auf den ersten Blick an Zeichnungen der Mayan – Sonneneruptionen, Urtiere, das indische Friedenszeichen, aus dem später das Hakenkreuz entstand, eine Gruppe von Strichmännchen, die aussahen wie frühe Vorfahren von Sherlock Holmes' tanzenden Männchen.

Etwa in der Mitte des Films befand sich eine großartige Aufnahme von John Morgan, die mir fast die Tränen in die Augen trieb. Er saß lachend auf dem Vordersitz eines Landrovers, der links am Rand einer schmalen Landstraße stand, während ringsum der Dschungel emporwuchs. Auf der rechten Straßenseite kam ihm ein mit ungefähr siebenundneunzig Passagieren besetzter Bus entgegen, Hühner und Ziegen nicht mitgezählt. Der Bus sah aus, als hätte er früher Ken Kesey gehört. Ich blickte noch einmal auf Johns Gesicht. Sein Haar fiel ihm wie gewohnt über die Augen, aber man konnte dennoch erkennen, daß in ihnen ebenfalls wie gewohnt der Schalk aufblitzte. Sonnensprenkel lagen auf seinem Gesicht. Er sah glücklich aus. Genau wie ich ihn in Erinnerung hatte.

Ich überflog die restlichen Fotos. Auf einem waren zwei alte Männer mit Panamahüten zu sehen. Einer hatte eine ziemlich auffällige Lücke zwischen den vorderen Schneidezähnen. Von John gab es keine weiteren Bilder. Das letzte Bild zeigte genau wie das erste einen Baumstamm mit einer ähnlich aussehenden Kreidemarkierung. Das war's.

»Die üblichen Bilder vom südamerikanischen Dschungel«, sagte ich. »Vierundzwanzig Aufnahmen, ohne die Möglichkeit einer zuverlässigen zeitlichen Datierung.«

Irgend etwas störte mich an diesen Aufnahmen. Wie ein lästiges Insekt, das unter dem Moskitonetz durchgekrochen war und sich nicht vertreiben ließ. Ich würde mir die Bilder in einem zweiten Durchgang genauer ansehen, dachte ich, wenn ich mit Carmen gesprochen hatte, aber irgend etwas stimmte hier nicht. Nur hatte ich nicht die leiseste Ahnung, was.

Schließlich steckte ich die Fotos zurück in den Umschlag. »Kennt man einen Dschungel«, seufzte ich, »kennt man sie alle.« Ich lehnte mich in meinem Stuhl zurück und zog nachdenklich an der Zigarre.

»Noch merkwürdiger als die Bilder«, sagte Rambam, »war der Satz, mit dem sich der Typ vom Fotoladen von mir verabschiedet hat.«

»Und was hat er gesagt?«

»Er sagte: ›Vielen Dank, Mr. Morgan.‹«

20

»Hallo«, sagte ich. »Dr. Hiram Dickstein am Apparat. Ich bin Körperschaftspsychologe.«

Die weibliche Stimme am anderen Ende der Leitung schien nicht sonderlich beeindruckt.

»Ja«, sagte sie.

»Ist dort das Bundesministerialbüro?«

»Ja.«

»In Trenton, New Jersey?«

»Ja.« Breiter Wortschatz.

»Ich brauche ein paar Informationen«, sagte ich, »über eine neue Körperschaft. Die 88 Leasing Corp.«

»Ich kann Ihnen die Angaben aus unserer Datei durchgeben. Einen Augenblick, bitte.«

Ich wartete. Es war kurz vor vier, und Ratso hatte sich immer noch nicht gemeldet. Sehr aufmerksam von ihm, in Verbindung zu bleiben. Ich fischte eine halbgerauchte Zigarre aus meinem texasförmigen Aschenbecher und befeuerte sie. Meistens schmeckten sie in diesem Zustand besser. Genau wie viele andere Dinge in diesem Zustand besser schmeckten. Die Lady war zurück in der Leitung.

»Ja, Dr. . . . äh . . .«

»Dickstein.«

»Ja, also, ich kann Ihnen die Geschäftsadresse zur Zeit der Eintragung ins Handelsregister geben.« Sie nannte den Namen eines Anwalts und eine Adresse in Bayonne, New Jersey, die ich auf meiner Big-Chief-Tafel notierte. »Es ist eine aktive Körperschaft, aber sie ist nicht neu. Eigentlich ist sie ziemlich alt.«

»Wie alt?«

»Nach der Eintragung in unserer Datei wurde sie 1946 gegründet.«

Ich bedankte mich und legte auf. Interessant, dachte ich. Für eine 1946 gegründete Firma war 88 Leasing Corp. ein merkwürdiger Name.

Dr. Hiram Dickstein natürlich auch.

Um fünf ging ich kurz vor die Tür, um etwas Katzenfutter und etwas Kinkyfutter zu besorgen. Ich kaufte das Katzenfutter in einem kleinen Lebensmittelladen der Tenth Street in der Nähe vom Sheridan Square, der von freundlichen Ausländern betrieben wurde, die sich auf Katzenfutter und Bier spezialisiert hatten. Ich selbst ging zum Abendessen – einsam und allein – in einen kleinen Coffee Shop auf dem Square. Man gab mir einen gemütlichen Platz am Fenster.

Die regengepeitschten Bürgersteige des Village leuchteten wie Spiegel mit Schlieren. Man konnte sich fast darin sehen. Ich überlegte, ob ich immer einsam und allein bleiben würde. Ich fragte mich, ob ich als alter Mann mit Fliege am Silvesterabend allein am Fenster eines kleinen Restaurants sitzen und zwei Hunden beim Bespringen auf dem Bürgersteig zuschauen würde. Zweifellos etwas, worauf man sich freuen konnte.

Ich lief quer über den Square – vorbei an zwei Bettlern, einem schwarzen Albino und einem wie füreinander geschaffenen Homosexuellenpärchen im Partnerlook, die alle im Park herumhingen. Ich überlegte, selbst für eine Weile herumzuhängen, aber ich befürchtete, zu gut dazu zu passen, und lief deshalb weiter zum Monkey's Paw. Es war der geeignete Ort, um zu trinken und – an ruhigen Abenden – um zu denken. Heute war ein ruhiger Abend.

Wo war John Morgan? Ich überlegte. In Südamerika? Auf Borneo? Auf einem Knochenacker in Cleveland? Irgendwo in New York versteckt? Der Junge kam dem Hörensagen nach einiges herum, aber das hier war einfach lächerlich. Vielleicht sollte die Frage eher lauten: Wer ist John Morgan?

Ich nippte an meinem Bass-Bier und drehte ein leeres Glas Jameson nachdenklich im Uhrzeigersinn auf der Mahagoniplatte. Carmen Cohen war der Schlüssel zu diesem Rätsel. Mit ein wenig Glück müßte Ratso inzwischen sämtliche Antworten aus ihr herausgequetscht haben. Die einzig weitere brauchbare Spur war neben den Fotos die Adresse der 88 Leasing Corp. in Bayonne, New Jersey. Ein Anwaltsbüro. Meine beiden heißesten Spuren waren also ein Anwalt und eine Frau, beide natürlich von Natur aus zum Verrat und zur Täuschung neigend. Nun, man muß mit dem arbeiten, was man hat.

Als ich zurück ins Loft kam, war es bereits ziemlich spät. Das Nachdenken hatte länger gedauert, als ich dachte. Ratso hatte auf dem Anrufbeantworter eine Nachricht hinterlassen. Seine Erfahrungen mit Carmen waren bislang »sehr enthüllend«. Er wollte die Dinge mit ihr »weiter ausforschen«. Im Augenblick, so die Nachricht, trieben sich Ratso und Carmen auf einer Party in der ägyptischen Botschaft herum. Er könne mich auch reinlotsen, sagte er, wenn mir danach wäre.

Mir war danach, ins Bett zu gehen. Die Ägypter waren einige Jahrtausende ohne mich ausgekommen, und ich ging davon aus, daß sie es noch eine Nacht länger aushalten konnten. Außerdem war es mit der ägyptischen Kultur ziemlich bergab gegangen, seit die Hebräer sich in die Vororte davongemacht hatten.

Ich lag im Bett und träumte von Pharaonen und Königen, als plötzlich das Telefon wie der Schrei einer heiligen Katze aus dem Inneren eines Mausoleums schrillte. Es war Dylan, der mich aus Texas anrief.

Ihm war noch etwas eingefallen.

21

»Wir vier«, sagte Dylan, »waren von Sibu aus zum legendären Quellgebiet des Ulu Ayer aufgebrochen. Im Langboot befanden sich insgesamt sechs Personen: Shanahan, Jones, Morgan, ich und zwei ibanische Führer. Wir hatten einen riesigen Dreispitz dabei, auf dem Shanahan ein Hühnchen aufspießen wollte, um damit unterwegs Krokodile zu angeln. Wir hatten einen Seidenfallschirm der Royal Air Force, der bei Bedarf im *ulu* ein geräumiges Zelt abgab. Wir hatten für zwei Wochen Verpflegung. Bloß ich hatte meine kleinen gelben Malaria-Tabletten vergessen.

Nach etwa sechs Tagen machten wir halt an einem ibanischen Langhaus, einem der letzten zivilisierten Außenposten entlang des Flusses. Wir schlossen schnell Freundschaft mit dem *tuai rumah,* dem Stammeshäuptling. Sie feierten ein großes Fest aus Anlaß einer Mondfinsternis, und wir alle bekamen *tuak* angeboten. Wie du weißt, wird die Zurückweisung angebotener Speisen oder Getränke im *ulu* als Beleidigung empfunden. Wer den *tuak* ablehnt, gilt als Hosenscheißer. Ein echter Mann trinkt, bis er kotzen muß, kommt zurück und säuft lustig weiter.«

»Ich frage mich, was sie von Quiche halten«, sagte ich. Ich hatte es mir mit einigen Kissen im Rücken bequem gemacht und fand langsam Gefallen an Dylans Geschichte. Ich erinnerte mich, daß Dylans *ulu*-Stories immer ziemlich gut waren, wenn auch so gut wie nie kurzatmig.

»Wir sitzen also alle auf dem *ruai,* und jeder – sogar die Kleinkinder – trinkt und raucht in Rinde gedrehten Dschungeltabak, und der Mond wird langsam von einem *hantu* – einem Geist der Eingeborenen – verschlungen, und um uns herum werden Gongs geschlagen. Ein paar Leute spielen auch auf der *sapei* – du weißt, die dreisaitige Gitarre der Eingeborenen – und tanzen den *najhat.*

Und plötzlich rollt Jones, der genau in der Mitte der Gruppe sitzt, mit den Beinen über dem Kopf nach hinten und brüllt in die Runde: ›Gebt mir Feuer.‹ Keiner rührt sich. Wieder schreit Jones aus tiefster Lunge: ›Gebt mir Feuer!‹ Shanahan reicht mit dem Feuerzeug rüber zu Jones' Arsch und zündet die Flamme. Im gleichen Augenblick feuert Jones einen spannenlangen blauen Fackelfurz ab. Einen der besten, die ich je gesehen habe. Die Iban waren natürlich in mehr als einer Hinsicht völlig aus dem Häuschen. Der rothaarige Teufel hatte eine Form der Magie vorgeführt, die sie noch nie zu Gesicht bekommen hatten. Es war ein wenig wie bei der ersten Demonstration des Schießpulvers für die Indianer Amerikas. Eine, kulturell gesprochen, überaus teilnahmsvolle und einprägsame Erfahrung.«

»Fein«, sagte ich. Ich wußte, daß ich Dylan besser nicht darum bat, endlich auf den Punkt zu kommen. Er war so sehr in seiner Geschichte versunken, daß er vergessen hatte, in Songtexten zu reden.

»Wie dem auch sei, mitten in der Nacht beschließt Shanahan, bei einem Eingeborenenmädchen einen *niap* zu wagen. Alle haben kräftig gezecht, und für viele ist der

Abend bereits gelaufen. Einer von Shanahans gewitzten ibanischen Freunden zeigt also auf die Tür eines *rumah,* doch als Shanahan reingehen will, ist sie verschlossen. Der Iban sagt ihm, er müsse über die Trennwand des Langhauses klettern und dann in den *rumah* springen, wo das junge *prempaun* schlafe.

Ungefähr fünf Minuten später hören wir ein lautes Krachen – du weißt, die Fußböden sind aus Bambusleisten –, und wir alle rennen rüber zur Tür; das *prempaun* öffnet, und im Boden klafft ein großes Loch. Wir blicken durch das Loch nach unten, aber da ist nichts. Nur gähnende Schwärze. Du weißt, diese Langhäuser werden auf Stelzen errichtet, und einige befinden sich sieben bis zehn Meter über dem Boden, manche sogar noch mehr. Also stürzen wir alle den *ruai* entlang, die Holzplanke runter – was *mabbok* übrigens einfacher geht als im nüchternen Zustand – und fangen an, unter dem Langhaus verzweifelt nach Shanahan zu suchen. Wir sind überzeugt, daß er sich das Genick gebrochen hat. Schließlich entdecken wir ihn mit dem Gesicht voran in ungefähr einem halben Meter tiefer Schweinegülle. Wir heben ihn hoch, und ihm ist nichts passiert. Und sein einziger Kommentar ist: ›Wahnsinnsnummer.‹

Etwa eine Stunde später sitzen nur noch der *tuai rumah* und ich zusammen und trinken. Alle anderen haben den Löffel abgegeben. Der Häuptling hat wirklich einen Narren an mir gefressen, weil ich ihm beim *tuak* Gesellschaft leiste. Als auch wir schließlich abstürzen, schleppt er mich zu seinem eigenen *rumah* und läßt mich höchstpersönlich in seinem Bett schlafen. Er geht irgendwo anders hin. Das Bett ist ein auf vier Pfosten ruhendes Schmuckstück, wie man es vielleicht in eleganten ehrwürdigen Hotels in den Staaten noch findet. Keine Ahnung, wo er es aufgetrieben hatte. Jedenfalls wird mir mitten in der Nacht fürchterlich schlecht. Ich stehe auf, stolpere, so weit es eben geht, und übergebe mich. Dann sehe ich zu, daß ich wieder ins Bett komme, und bin sofort weg.

Als ich am nächsten Morgen auf den *ruai* trat, konnte sich das ganze Langhaus vor Lachen kaum halten. ›Was ist los?‹ fragte ich. ›Du hast auf unseren Häuptling gekotzt‹, sagten sie.«

Ich bat Dylan, einen Moment dranzubleiben, stand auf, entdeckte eine Zigarre und den texasförmigen Aschenbecher und huschte zurück ins Bett. Eigentlich mochte ich es nicht, im Bett zu rauchen, aber das hier war eine Ausnahmesituation. Nicht, daß ich Dylans Geschichte humorlos fand. Nur war sie länger als der Punische Krieg. Ich zündete die Zigarre an.

»Schieß los«, sagte ich.

»Es stimmte tatsächlich. Er hatte mir sein Bett überlassen und neben mir auf dem Fußboden geschlafen. Aber er war ein guter Verlierer – er wollte mir weder den Kopf noch sonstwas abreißen. Ohnehin hatten sie bereits an die dreißig oder vierzig Köpfe, die in geflochtenen Körben von den Dachsparren des *ruai* baumelten.«

»Klingt alles nach ausgezeichneter Öffentlichkeitsarbeit«, sagte ich. »Und wie ging's weiter?«

»Okay«, sagte Dylan. »Am nächsten Tag fahren wir weiter flußaufwärts, und man erzählt uns die Geschichte von diesem großen weißen Tiger mit blauen Augen. Ein *hantu,* weißt du. Es gibt auf Borneo keine Tiger. Es gibt Panther, Orang-Utans, Kobras –«

»Ein alter Exil-Brite hat mir mal erzählt«, sagte ich, »das gefährlichste Tier im Dschungel sei die Biene.«

»Die Biene?«

»Die Biene. Ist einem im *ulu* ein Bienenschwarm auf den Fersen, ist man so gut wie tot, mein Freund.«

»Na gut, lassen wir das«, sagte Dylan. »Während wir also den Fluß weiter hinauffuhren, hörten wir von den Eingeborenen immer neue Geschichten über diesen großen weißen Tiger mit den blauen Augen. Ich fing an, Schwindelanfälle zu bekommen, die ich zu diesem Zeitpunkt fälschlicherweise auf meinen *tuak*-Konsum anstatt auf Malaria zurückführte. Da wir uns schon einmal so nahe am Quellgebiet befanden, unterbreitete ich den anderen den Vorschlag, uns von dort scharf links zu halten und nach dem weißen Tiger zu suchen. Natürlich würde uns dieser Weg durch tiefsten Dschungel und in ein Gebiet jenseits der Kayan-Grenzen führen, in dem sich unsere ibanischen Führer kaum auskannten und das allem Anschein nach allein von nomadischen Punan bewohnt wurde, die, wie du weißt, die einzigen wirklichen Pygmäen auf Borneo sind.

Die anderen hielten mich alle für verrückt.«

»Womit sie ganz recht hatten, oder?« sagte ich. »Aber erzähl weiter.«

»Nun, zwei Tage später lieferte ich ihnen den Beweis. Kurz vor Tagesanbruch packten einer der Führer und ich unseren *barang* und nahmen unseren Teil des Proviants mit – genug, wie wir glaubten, um uns damit bis ins Gebiet der Kayan durchzuschlagen. Dann machten wir uns durch dichten, urwüchsigen *ulu* auf die Suche nach dem Versteck des weißen Tigers. Für die anderen hinterließen wir im Langboot eine Nachricht. Ich weiß nicht, ob mich mein Dickschädel oder die Malaria zu diesem Trip angestiftet hatten, aber ich kann dir versichern, daß ich mich glücklich schätzen darf, noch am Leben zu sein.

Der *ulu* war so dicht, daß man stundenlang gehen konnte, ohne auch nur einmal die Sonne zu erblicken. Ich hatte so etwas noch nie erlebt. Am Abend des ersten Tages setzten Schüttelfröste und Schwindelanfälle bei mir ein, und ich wußte, daß ich Fieber hatte. Den ganzen Tag über hatten wir, bis auf die Skulptur eines als heilig geltenden Hornvogels auf einer kleinen Lichtung, kein Anzeichen von Menschenleben gesehen.

Gegen Abend des zweiten Tages erlebten wir etwas sehr Merkwürdiges. Ein Nebel schien sich durch den Dschungel zu wälzen – kalt, undurchdringlich und – was das Heimtückischste daran war – er schien sogar eine Art Leben zu besitzen. Er brachte die Augen des Iban ins Kullern und jagte mir, ich kann dir sagen, eine verschärfte Gänsehaut über den Rücken. Natürlich kann es auch die Malaria gewesen sein. Selbst heute bin ich mir da nicht ganz sicher.

Jedenfalls, als wir uns einige Schritte weiter auf einer Lichtung befinden, teilt sich plötzlich der Nebel, und ich sehe mich dem größten Tiger gegenüber, dem ich je in oder außerhalb eines Zoos begegnet bin. Er ist so weiß wie ein Schneegestöber, und seine Augen, groß wie Durianfrüchte, haben die Farbe tiefblauer, bernsteinharter Seen. Darin eingeschlossen entdecke ich etwas Fürchterliches, jenseits aller Vorstellungskraft, das danach schreit freizukommen. . . .«

»Natürlich«, sagte ich mit einem Räuspern, »könnte es auch die Malaria gewesen sein.«

»Sei dir da nur nicht so sicher, Kollege. Aber vielleicht hast du ja recht. Nun, die Geschichte geht noch weiter. Als ich wieder zu mir kam, schien hell die Sonne. Ich lag rücklings auf einer Art Lichtung. Ich setzte mich auf und sah mich nach meinem ibanischen Führer um, aber er war ausgebüchst wie die Graugans im Winter. Konnte ich ihm nicht verübeln.

Plötzlich wurde ich von den merkwürdigsten Gestalten umringt, die ich je gesehen hatte. Keine Punan. Zu groß. Keine Iban. Keine Kayan.«

»Kenya vielleicht«, sagte ich.

»Vielleicht. Aber was zum Teufel sie letztlich auch waren, ich hätte schwören können, daß einige von ihnen – wenn mir mein Verstand nicht das Gegenteil gesagt hätte – mich angeblickt und dann die Hand zum Nazigruß erhoben hatten.«

»Könnte die Malaria gewesen sein«, sagte ich, aber ein Frösteln stürzte wie eine österreichische Minilawine den Abhang meiner Wirbelsäule hinunter. Für einen Augenblick herrschte Funkstille.

»Bist du noch dran, Kumpel?« fragte Dylan.

»Ich fürchte ja«, sagte ich.

»Also denn, ich bin heil da herausgekommen, auch wenn ich nicht genau zu sagen wüßte, wie, und sechs Monate später erzähle ich die Geschichte ein paar Leuten in einer Bar in Kuching. Shanahan, Jones und Morgan sind auch dabei sowie ein paar andere – Dick Myers, John Schwartz, Jim Murchinson, Chris Cooke. Als ich mit der Geschichte zu Ende bin, hat's allen die Sprache verschlagen. Außer Morgan, der still dasitzt, mit dem Kopf nickt und sagt: ›Könnte eine Art anthropologischer Landbrücke sein.‹«

»Sicher«, sagte ich. »Eine anthropologische Landbrücke. So in der Art von die Perlenketten wegzuwerfen und ›Oh, Susanna‹ anzustimmen.«

»Yeah«, sagte Dylan. »Ich hielt selbst nicht viel von der Idee. Aber warte ab. Zwei Monate später verlasse ich das Land auf Nimmerwiedersehen und kehre in die Staaten zurück. Bevor ich aufbreche, versuche ich mit ein paar alten Freunden Kontakt aufzunehmen. Keiner hatte Morgan gesehen. Also rufe ich bei deinem alten Freund Effendi bin Addis an – du selbst warst gerade auf Urlaub in Thailand, du erinnerst dich, und wir konnten uns vor meiner Abreise nicht mehr sehen. Ich frage Effendi, wo Morgan steckt, und rate mal, was er sagt?«

»Morgan zündet Fackelfürze in der Moschee von Brunei?«

»Knapp daneben, Kumpel. Effendi sagt, er befürchte, unser Junge sei absolut *gilah*. Er sagt, Morgan treibe sich im Quellgebiet des Ulu Ayer herum. Effendi sagt, Morgan sei auf der Jagd nach einem weißen Tiger mit blauen Augen.«

22

Mittwochmorgen stand ich mit dem falschen Bein auf. Auf diese Art fand ich meine IMUS-IN-THE-MORNING-Kaffeetasse wieder. Ich stapfte mit meinem Fuß genau auf das verflixte Ding, rutschte aus und brach mir fast das Genick. Haushaltsunfall Nr. 467. Irgendeine Braut mußte sie an einem denkwürdigen Abend in jüngster Vergangenheit, der meinen grauen Zellen entfallen war, da liegengelassen haben. Ich landete auf dem Fußboden, und die Kaffeetasse landete unter dem Bett.

Während ich nach ihr suchte, sah ich mich heimlich Ausschau nach Nazis, Kommunisten, Zeugen Jehovas und ein paar anderen Dingen mehr halten, die ich als stille Beobachter der dunklen Seite meines Lebens nicht gebrauchen konnte. Natürlich gehörte ich seit meinem siebenunddreißigsten Lebensjahr nicht mehr zu der Kategorie von Leuten, die unter ihrem Bett nachsehen. Meiner Meinung nach passieren so viele haarsträubende Sachen, die einem das Leben vermiesen können, *im* Bett, daß das, was sich darunter abspielt, ohne Unterstützung klarkommen muß.

Ich entdeckte die Tasse, legte bei der Espressomaschine den ersten Gang ein und benutzte den ziemlich versteinerten Bagel als Frisbee, indem ich ihn aus dem Fenster in die Vandam Street segeln ließ und dabei eine Touristengruppe nur knapp verfehlte. Ich hatte keine Ahnung, was sie in die Vandam Street trieb. Vielleicht hatten sie sich verirrt. Sofern sie nicht aus einem Land stammten, in dem Müllwagen hoch im Kurs standen, hatten sie hier nichts verloren.

Ich konnte sie leicht als Touristen ausmachen, weil sie etwas besser als der durchschnittliche New Yorker gekleidet waren, ohne Eile dahertrabten und sich die Gegend ansahen. Kein New Yorker geht jemals langsam und sieht sich die Gegend an.

Natürlich konnte ich mir den Aufmacher in der ›Athol, South Dakota, Gazette‹ vorstellen, wenn der Bagel etwas weiter nach links gesegelt wäre: EINHEIMISCHER VON FLIEGENDEM BAGEL ERSCHLAGEN. Nun, eine Sache mehr, vor der man sich in der Großstadt in acht nehmen mußte.

Als der Espresso soweit war, goß ich mir eine Tasse ein, zündete eine Zigarre an und setzte mich an den Küchentisch, um einen Blick in das Fischpapier vom Vortag zu werfen. Es dauerte nicht lange, und ich war mit meinen Gedanken ganz woanders.

Ich hielt den Gedanken an Nazis unter meinem Bett für abwegig, und eigentlich glaubte ich auch nicht daran, daß Nazis gegenwärtig ihre dunklen und blutigen Fäden in das Gewebe meines Lebens – Made in the U.S.A. – flochten. Vielleicht hielten sich ihre Schatten immer noch irgendwo in den Innentaschen meiner Jugend versteckt, aber ich konnte in ihnen beim besten Willen nicht meine aktuellen Gegenspieler erkennen. In jedem von uns steckt ein kleines bißchen Nazi und ein kleines bißchen Jude, dachte ich. Der Umgang mit diesen unterschiedlichen Facetten unseres Wesens wird nicht zuletzt den Ausschlag geben, wie unser zukünftiges Leben aussieht und welche Art von Welt wir unseren Kindern und Kätzchen hinterlassen.

Ich ging zum Schreibtisch und wählte Ratsos Nummer. Es war ein zutiefst beglückendes Erlebnis, ihn endlich persönlich an der Strippe zu haben. Wir verabredeten uns um elf im La Bonbonniere, oder La Lobotomy, wie wir manchmal sagten, auf der Eighth Avenue. Wir hatten uns darauf geeinigt, daß er solo zum Frühstück erscheinen würde. Ich wußte so gut wie nichts über Carmen Cohen, und es war nicht auszuschließen, daß sie nicht die war, für die sie sich ausgab. Was auf die meisten Leute zutrifft, wenn man einmal genauer darüber nachdenkt.

Während ich die Katze fütterte und mich zum Gehen

anschickte, dämmerte es mir, daß ich in dieser Sache vielleicht zum erstenmal allen Ernstes auf Ratsos Beistand angewiesen war. Natürlich hatte er mir schon vorher geholfen, aber dann für gewöhnlich in seiner Rolle als Watson, der einem deutlich vor Augen führte, was man unter keinen Umständen zu denken oder zu tun hatte. Was Carmen betraf, würde ich sehen, was Ratso in Erfahrung gebracht hatte, und dann meine Vorkehrungen für ein persönliches Gespräch treffen.

Aber das Gefühl, Ratsos eher eklektische Hilfe gebrauchen zu können, saß diesmal ungleich tiefer. Und langsam setzte sich der finstere Verdacht in mir fest, daß diese Hilfe nichts mit Bob Dylan oder Jesus zu tun haben würde.

Manchmal ist man so sehr mit anderen Dingen beschäftigt, daß man nicht bemerkt, wie die Dunkelheit einen von allen Seiten umringt. In Wirklichkeit war diese Dunkelheit die ganze Zeit über da, aber man erkennt sie erst, wenn die Sommerzeit nicht mehr bis in die westliche Hemisphäre deiner Seele vorrückt.

Das Licht ist gedämpft wie bei leiser Unterhaltung. Dann wird es beinahe ganz finster, bis auf eine Kerze, vielleicht in Pilzgestalt, die aus der Hand des letzten Hippies dieser Welt stammt. Im Nu greift die Dunkelheit um sich, löscht die Kerze, erstickt den Geist und reißt einen unweigerlich hinab in ein indisches Tintenfaß, in dem die Übel der Jahrtausende ruhen.

So kann's kommen, wenn man unterm Bett nachsieht.

23

»Hübsche Jacke«, sagte ich zu Ratso, nachdem wir an einem kleinen Tisch in Fensternähe Platz genommen hatten. Im

La Lobotomy waren alle Tische in Fensternähe. Ratsos Jacke war schleimfarben.

»Siebenunddreißig Dollar auf der Canal Street«, sagte er nicht ohne Stolz. »Laß uns bestellen.«

Charles, der Koch und Besitzer des Ladens, nahm unsere Frühstücksbestellung entgegen. Charles gehörte zu den wenigen Franzosen, die ich leiden konnte, und zwar weil er vermutlich Grieche war. Charles ist ein französischer Name, und La Bonbonniere ist auch französisch, aber die Küche und das Ambiente glichen mehr einem griechischen Coffee Shop als einem französischen Restaurant. Griechische Coffee Shops gefallen mir besser als französische Restaurants. Sie sind amerikanischer.

Charles brachte uns den Kaffee. »Ich glaube nicht«, sagte Ratso, »daß Carmen viel mehr weiß als wir.«

»Großartig«, sagte ich. »Natürlich weiß sie etwas. Wäre sie sonst hergekommen, um nach mir zu suchen? Vielleicht bist du bloß ein schwacher Watson.«

»Mag sein«, sagte Ratso. »Vielleicht bist du bloß ein unausstehlicher Sherlock.« Er schlürfte seinen Kaffee.

»Hör zu, Ratso, du hast eine Menge Zeit gehabt, ihr auf den Pelz zu rücken.«

»Ich bin ihr auf den Pelz gerückt.«

»Genau das habe ich befürchtet. Du hast mich schwer enttäuscht, Watson.«

Wir tranken schweigend unseren Kaffee, bis Charles mit dem Frühstück anrückte.

Ich kaute gedankenverloren auf einem knuspertrockenen Stück Bacon herum und sah Ratso zu, wie er seine Eier mit Messer und Gabel in lächerlich kleine Häppchen zerlegte. Es war kein appetitlicher Anblick. Ich wartete.

Ratso schob ein überdimensioniertes Schinkenstück in den Mund und signalisierte mit der Hand, daß der Heimlich-Handgriff nicht nötig sein würde. Ich wartete.

Ratso ließ sich Zeit. Er kaute, schluckte, rülpste und sagte: »Morgan hat ihr erzählt, daß sein Job manchmal gefährlich werden könnte. Nicht nur gefährlich für ihn, wie er sagte, sondern möglicherweise auch gefährlich für sie. Er hat ihr nicht gesagt, worin dieser Job bestand, und sie hat ihn in dieser Frage offenbar nicht gedrängt.«

»Eher unwahrscheinlich.«

»Jedenfalls würde er ihr, falls irgend etwas ganz und gar schieflaufen sollte, ein vereinbartes Signal geben, woraufhin sie Argentinien so schnell wie möglich zu verlassen habe. Dabei sollte sie sich weder an die Botschaft noch an das Friedenskorps oder sonstwen wenden. Sie sollte vielmehr Johns alten Freund von Borneo ausfindig machen, einen Typ namens Kinky, der sich gewöhnlich in Texas oder New York herumtrieb. Der wüßte, was zu tun sei.«

Ich wußte nicht, was zu tun war. Ich starrte schweigend auf Ratso und aß ein weiteres Stück sehr knusprig gebratenen Bacon.

»Das vereinbarte Zeichen«, sagte Ratso, »war eine Art Symbol, das auf einem bestimmten Baum in Carmens Vorgarten zu sehen sein würde.«

Impulsiv zog ich die Fotohülle aus der Tasche meiner Jagdweste und reichte Ratso das oberste Bild. Das mit den Kreidezeichen auf dem Baum im Dschungel.

»Etwas in der Art?« fragte ich.

Ratso blickte erst auf das Foto, dann auf mich. »Yeah«, sagte er nachdenklich. »Das muß ich Carmen zeigen.«

»Nicht sofort«, sagte ich und zog das Foto zurück. »Das sind tiefe Wasser, mein lieber Ratso. Erst muß ich noch etwas erledigen, und dann hätte ich gern ein persönliches Gespräch mit Miss Cohen. Wie macht sie sich übrigens?«

»Man könnte nicht mehr erwarten. Sie ist wirklich eine großartige Person, Kinkster.« Ratsos Gesicht strahlte wie der Erntemond über Reno.

»Zweifellos. Hör zu, Ratso, ich brauche deine Hilfe. Ich weiß, daß du liebend gern einen Fall bearbeiten würdest, der mit Bob Dylan, Jesus oder Hitler zu tun hat. Ich habe da möglicherweise etwas, das recht hübsch in eine deiner obskuren Wissensschubladen paßt.«

»Großartig! Und in welche?«

Ich nahm einen Schluck Kaffee und sah Ratso einen Augenblick an. »Kann sein, daß ich mich auf dem falschen Gleis befinde, aber wenn ich richtig liege, kannst du Mr. Tambourine Man und Baby Jesus vergessen.«

Ratso starrte mich an, als wollte ich ihm das Frühstück wegnehmen. »Jesus«, sagte er.

»Ich habe doch gesagt, vergiß ihn.« Charles kam, schenkte etwas Kaffe nach und verschwand wieder hinter seinem Tresen. »Irgend etwas an dieser 88 Leasing Corp. kommt mir entfernt bekannt vor. Vielleicht täusche ich mich, aber überprüfe doch mal den Namen 88 im Hinblick auf dein drittes Spezialgebiet.«

»Okay.« Ratso machte einen folgsamen, wenn auch keineswegs überzeugten Eindruck. Seine Haltung war offen gesagt nicht weit von meiner eigenen entfernt. Wenn es um wilde Verschwörungstheorien oder Intrigen ging, hielt ich mich gewöhnlich hinterm Busch. Es sei denn, die Verschwörung oder Intrige fand hinterm Busch statt. In dem Fall hielt ich überhaupt nichts davon.

»Zu guter Letzt, Ratso, während wir unser Kiwanis-Frühstück ausläuten, was hast du sonst noch von Carmen über John Morgan erfahren?«

»Nichts. Er war ihr Verlobter. Sie hatten dieses vereinbarte Signal –«

»Ratso, ich war letzte Woche in Cleveland, um einen guten alten Freund zu begraben. Ich kann dir nicht sagen, wie das ist, wenn man in den offenen Sarg blickt und einen völlig Unbekannten darin liegen sieht. Dann meldet sich aus heiterem Himmel diese Braut aus Argentinien bei mir, die das einzig menschliche Bindeglied zwischen mir und dem Verbleib von John Morgan ist. Sie wird auf der Stelle gekidnappt, und weiß Gott was ihr noch zugestoßen wäre, wenn wir nicht rechtzeitig zur Stelle gewesen wären. Danach gebe ich sie in die Obhut meines Freundes Ratso, der sie auf eine Party in der ägyptischen Botschaft schleift. Warum lädst du sie nicht gleich zum Lunch mit Henry Youngman im Carnegie Delicatessen ein?«

»Das ist heute nachmittag«, sagte Ratso.

»Verdammt noch mal, deine Aufgabe war, sie zu mangeln.« Meine Stimme mußte lauter geworden sein, als ich dachte, denn vom Nebentisch drohte mir eine ältere Dame mit dem Finger. Damit konnte ich leben.

Ratso lachte laut. »Ich dachte, du hättest angeln gesagt«, sagte er.

Ich lächelte und zog eine Zigarre hervor. Aber mir war klar, daß ich umgehend mit Carmen reden mußte. Was auch aus ihr herauszuholen war, Ratso war nicht der geeignete Mann dafür. Irgend etwas in seinem Blick verriet mir, daß es zu spät war, ihn vor zu großer Hingabe zu warnen.

Als Charles mit der Rechnung anrückte, geschah etwas Interessantes. Es war wie eine Art verabredetes Signal. Fast im gleichen Moment, als ich meine Brieftasche zückte, machte Ratso sich auf den Weg zur Tür.

24

Frank Sinatra hat nie einen Song über Bayonne, New Jersey, gesungen. Die einzige Musik, die ich hörte, während Rambams schwarzer Jaguar durch frühmorgendlich graue Straßen rollte, war eine Symphonie stiller Verzweiflung. Es war fünf Uhr früh, und beim Dunkin' Donuts tat die Friedhofsschicht ihren Dienst. In der näheren Umgebung arbeiteten Fabriken unermüdlich an der Umkehrung der Fotosynthese. So mußte ungefähr der Ort ausgesehen haben, an dem Richard Corey groß geworden war.

»Nicht gerade ein Gartenfleckchen, oder?« fragte ich, während wir an einer Seitenstraße mit einem Streifenwagen und zwei schlafenden Bullen vorbeikamen.

»Nein«, sagte Rambam, »und es riecht auch nicht nach Garten.«

»Wäre mir nicht aufgefallen. Ich habe seit sieben Jahren keinen Geruch mehr in der Nase gehabt.«

»Kurbel dein Fenster runter, und du fühlst dich wie neugeboren.«

Wir fuhren eine Weile schweigend durch eine finstere Schlucht unglücklich aussehender Lagerschuppen, hinter denen sich eine ganze Stadt träumender Amerikaner verbarg. Wenn man träumen wollte, war man in Bayonne genausogut aufgehoben wie anderswo.

Einige Stunden zuvor hatte ich Rambam den Namen des Anwalts und die Adresse der 88 Leasing Corp. durchgegeben, wie ich sie mir fein säuberlich auf meiner Big Chief-Tafel notiert hatte. Nachmittags hatte Rambam das Gebäude und den offiziellen Repräsentanten der Firma genauer unter die Lupe genommen. Das Gebäude war seinen Angaben zufolge ein umgebautes, zweistöckiges Lagerhaus und stellte, wie er sich ausdrückte, »kein Problem« dar. Im Fall des Anwalts wurde es noch interessanter. Er war seit zwanzig Jahren tot, zahlte aber immer noch die Miete.

Rambam lenkte den Jaguar in eine kleine Seitenstraße, nicht weit von einem zweistöckigen Bürogebäude entfernt, das in den Kindheitstagen der Welt einmal ein Lagerhaus gewesen sein mochte. Soweit ich sehen konnte, brannte in dem Gebäude kein Licht.

»Ich gehe zur Telefonzelle an der Ecke und rufe bei der Anwaltskanzlei und bei der Sanitärfirma im ersten Stock an. Nur um sicherzugehen, daß keiner im Haus ist. Wenn ein Bulle vorbeikommt, tauchst du ab. Wenn sonst irgendeine verdächtige Person vorbeikommt, drückst du auf die Hupe.«

»Und was ist, wenn ein Panzer vorbeirollt, der mir irgendwie verdächtig erscheint?«

»Dann rufst du General Patton übers Autotelefon an«, sagte Rambam und verschwand in der Dunkelheit. Ich wartete. Ich stellte fest, daß der Wagen gar kein Telefon besaß.

Kurz darauf war Rambam wieder da. Er öffnete den Kofferraum, nahm einen grünen Armeerucksack und einen langen, häßlich aussehenden Trennschneider heraus und verschwand wieder. Kaum drei Minuten später tauchte er wieder auf und gab mir ein Zeichen, ihm zu folgen. Ich stieg aus dem Jaguar und schlich hinter ihm her zur Rückseite des Gebäudes. Die Hard Boys in New Jersey.

Die Telefonkabel zum Gebäude wanden sich lose am Boden. Die Tür stand eine Handbreit offen. »Das ist die Alarmanlage«, sagte Rambam und zeigte auf die Kabel, »und hier ist die Tür.«

»Und darauf kommst du erst jetzt?« fragte ich, während ich ihm durch einen kurzen Flur folgte.

Rambam knipste die Taschenlampe an. Wir stiegen die Treppen zum zweiten Stock hoch und traten in einen weiteren Flur, von dem auf den ersten Blick drei oder vier Büroräume abgingen. Die 88 Leasing Corp. war an keiner der Türen angeschlagen, aber auf einer entdeckten wir einen bekannten Namen. Der Anwalt war seit zwanzig Jahren tot, aber sein Name stand immer noch an der Tür. Das war nicht die Unsterblichkeit, aber es war auch nicht schlecht.

Rambam zog ein Werkzeug aus seinem Rucksack, das dem Aussehen nach in einem vorherigen Leben zum Ausnehmen von Katzenwelsen bestimmt war. Er kam jedoch nicht dazu, es einzusetzen. Als er seine Hand versuchsweise an die Tür lehnte, öffnete sie sich vor unseren Augen wie die Gruft eines Vampirs.

»Merkwürdig«, murmelte Rambam. Dabei war merkwürdig, wie wir bald herausfinden sollten, ziemlich relativ.

Rambam ließ seinen kleinen Punktstrahler durch das Büro des toten Anwalts kreisen. Er fiel auf einen alten Schreibtisch, ein paar Aktenschränke aus Metall und viel Staub. Der Lichtstrahl durchschnitt die Dunkelheit gerade weit genug, daß man den offenen Durchgang in ein Nebenzimmer erkennen konnte. Wir gingen rüber zur Tür, und Rambam stocherte mit dem Licht ins Innere des Raums.

Mitten auf dem Fußboden befand sich ein Gegenstand. Ich kniff ein paarmal die Augen zusammen, aber er ließ sich nicht vertreiben.

»Herr im Himmel«, sagte ich mit einer Stimme, die ich selbst kaum wiedererkannte.

Der Gegenstand auf dem Fußboden war ein Mann mit zwei Köpfen. Beide machten einen ausgesprochen leblosen Eindruck. Ich spürte, wie ein Geisterzug lautlos durch meine Nervenbahnen jagte.

»Zwei Köpfe sind besser als einer«, sagte Rambam.

25

Ich kann mich noch genau daran erinnern, wie ich als Kind an staubigen Sommertagen das Frontier Times Museum in Bandera, Texas, besuchte. Piers Akerman, der Jahre später als gestandener und erwachsener Australier auch einmal dort war, nannte es »die Dachkammer der Stadt«. Das war es ganz bestimmt, und noch einiges mehr.

Ich erinnere mich an den freundlichen alten Mr. Hunter, der uns den Schrumpfkopf eines südamerikanischen Indianers zeigte. Er hatte ungefähr die Größe eines Matze-Knödels, und die Haare auf dem Ding waren pro Jahr um etwa drei Zentimeter nachgewachsen. Inzwischen dürfte er ganz schön Moos angesetzt haben.

Mr. Hunter hatte auch eine wunderbare Sammlung von Glocken aus aller Welt. Für uns läutete er sie alle hintereinander. Tibetanisches Tempelgeläut, chinesische Gongs, Schlittenglöckchen, Kuhglocken usw. Das liegt jetzt viele Jahre zurück, und Mr. Hunter ist längst über den Jordan, aber manchmal, in besinnlichen Momenten in New York City, habe ich immer noch das Läuten der Glocken im Ohr.

Das Ausstellungsstück aber, von dem ich wirklich in Bann geschlagen war und das ich mit lähmendem Entsetzen minutenlang anstarren mußte, war eine mißgebildete Ziege mit zwei Köpfen in einer Vitrine. Irgendwie sahen die Augen des Tieres – und zwar alle vier – in ihrer Unschuld fast bösartig aus. Aus irgendeinem unerfindlichen Grund war diese kleine Ziege für mich ein Symbol dessen, was Mensch oder Tier widerfahren konnte, wenn sie, wie Sherlock Holmes sagt, »den geraden Pfad der Tugend verlassen«.

Jetzt, Jahrzehnte später, in einer anderen Zeit und fast auch in einer anderen Welt, starrte ich mit der gleichen Mischung aus Verwunderung und Schrecken auf den gräßlichen Anblick, der sich mir am Boden eines abgewrackten Bürogebäudes in Bayonne, New Jersey, bot. Die vier toten Augen glotzten uns im schmalen Lichtkegel aus Rambams Taschenlampe bösartig an. Ich hatte schon häufiger in tote Augen geblickt, was in etwa so angenehm ist, wie Ratso beim Verzehr von Eiern zuzusehen, aber die hier waren eine Klasse für sich. Sie schienen sich wie stielartige, insektenhafte Wesen aus den Höhlen herauszuwinden.

Rambam und ich traten ein paar Schritte vor. Aus diesem Winkel sah die Kreatur aus wie eine radioaktive Krabbe auf LSD. Beide Gesichter waren von gesund blauroter Farbe – zumindest was man bei Auberginen gesund nennt. Beide strahlten uns, ganz wörtlich genommen, bis über beide Ohren an. *Risus sardonicus*. Vermutlich kein großer Akt für den städtischen Leichenbeschauer, aber für den Durchschnittsamerikaner eher die Art von Begegnung, bei der einem »das schönste Beefsteak gestohlen bleiben kann«, wie Dorothy Sayers einmal bemerkt hat.

Als wir uns dem Wesen noch weiter näherten, kam mir seltsamerweise irgend etwas daran bekannt vor. Ich kannte die Gesichter. Irgendwo waren sie mir schon einmal über den Weg gelaufen. Während sich meine Augen an die Dunkelheit in dem winzigen Raum gewöhnten, erkannte ich zu meiner großen Erleichterung, daß wir es nicht mit einem Mann mit zwei Köpfen zu tun hatten. Es handelte sich um zwei Männer – unsere beiden blonden Freunde aus dem Pierre Hotel –, die jemand Rücken an Rücken zum Paket verschnürt und auf heimtückischste Weise aus der Welt geschafft hatte. Einer der Blondschöpfe war in einem unmöglichen Winkel zur Seite gekippt und hatte die Illusion eines doppelköpfigen Mannes entstehen lassen.

Aber beide waren mausetot. Und der Tod, wie immer man ihn auch betrachtete, war keine Illusion.

»Gift?« fragte Rambam.

»Vielleicht Salmonellen«, sagte ich.

Wir nahmen die beiden Leichen genauer in Augenschein. Ich beschloß jenseits aller möglichen Zweifel, niemals den Beruf eines städtischen Leichenbeschauers zu ergreifen, wenn ich einmal groß wäre.

»Was nun?« fragte ich, während ich Rambam zurück ins Büro folgte.

»Wir machen die Jim-Rockford-Nummer und verschwinden von hier. Ich wähle neun-eins-eins und lege den Hörer daneben. Die Bullen kriegen es schon raus und kommen vielleicht vorbei. Meine Stimme kommt jedenfalls nicht aufs Band.«

»Ich verstehe schon«, sagte ich. »Ich verhandle gerade selbst mit zwei Plattenfirmen.«

Rambam wählte, legte den Hörer auf den Tisch und ging zur Tür. Ich wollte gerade hinter ihm her, als ich neben einem alten Hutständer, der sich gut in Elliot Ness' Büro gemacht hätte, etwas im Staub liegen sah. Es war eine Feder.

Ich hob sie auf und betrachtete verwundert ihr auffälliges Muster aus abwechselnd braunen und weißen Streifen.

»Halt die Hochzeit auf«, sagte ich, während ich die Feder ungläubig in der Handfläche drehte. Rambam kam zurück und sah sie sich auch an.

»Ist vielleicht jemandem vom Kopfputz gefallen«, sagte ich.

»Oder Bibo aus der Sesamstraße war hier. Gehen wir.«

»Okay«, sagte ich, »aber es gibt nur eine Feder auf der Welt, die so aussieht. Und man findet sie nur an einem ganz bestimmten Ort. Sie stammt vom heiligen Hornvogel – dem Vogel, der von den Eingeborenen Borneos verehrt wird.«

»Wenn wir jetzt nicht hier wegkommen«, sagte Rambam, »kannst du ausprobieren, wie die Story auf der Bullenwache ankommt.«

Wir verließen New Jersey auf den Schwingen der Dämmerung. Die Hornvogelfeder ruhte wohlbehütet in der Tasche meiner Jagdweste. Aber auf der ganzen Rückfahrt hatte ich den Eindruck, als könnte ich im hintersten Winkel meines Bewußtseins einen leisen Flügelschlag hören. Ich wußte genau, was ich davon zu halten hatte. Es waren die Schwingen des Todesengels.

26

Es war ein sehr beruhigendes Gefühl, am späten Donnerstagmorgen aufzuwachen und sich zurück im guten alten und gesunden Big Apple zu wissen. Ich war zwar nicht so hochgestimmt, um die Hacken zusammenzuschlagen und »Zu Hause ist es am schönsten« zu sagen, aber es war ganz in Ordnung. Die einzigen Leute, die sich dazu befleißigt fühlten, die Hacken aneinanderzuschlagen, waren Dorothy in *Der Zauberer von Oz* oder ein Nazi. Vielleicht war Dorothy ein Nazi. Ich widerstand dem Drang nachzusehen, ob sie sich unter meinem Bett befand. Statt dessen machte ich etwas Espresso und rief McGovern an.

»Lokalredaktion«, sagte die vertraute Stimme auf dem Hörer zur Linken.

»Ich weiß nicht, ob Sie sich noch an mich erinnnern«, sagte ich. »Kinky mit Namen. Lockenkopf aus Texas . . . spielte früher Gitarre . . .«

»Aber selbstverständlich«, sagte McGovern. »Sie haben doch eine Zeitlang auf meiner Couch genächtigt.« Er lachte lauter, als Leute dies normalerweise am Morgen tun.

»Dir entgeht aber auch nichts, was, McGovern?«

»Nichts außer der Landschaft im Schnellzug, Baby. Was gibt's?«

»Zwei Typen hat's gestern abend in Bayonne erwischt. Vielleicht könntest du bei deinen Kollegen vom ›Bayonne Bugle‹ oder wie immer das Blatt heißen mag, anrufen und mir ein paar Insider-Informationen verschaffen. Meines Wissens besteht unter Kollegen der Fünften Gewalt eine enge Verwandtschaft, und –«

»Es ist die *Vierte* Gewalt«, sagte McGovern leicht genervt. »Merk es dir so: Es gibt den Ersten Artikel der Verfassung, die Zweite Wiederkehr, das Dritte Reich und die Vierte Gewalt.«

»Eine brauchbare mnemotechnische Hilfe. Hör zu, McGovern, besorge mir ein paar Details, die einem in der Story immer vorenthalten werden. Und frage auch beim Leichenbeschauer nach, ja?«

»Ich soll wohl für dich den Laufburschen spielen, hab ich recht?«

»Aber nein, McGovern. Du bist nicht einfach nur der Laufbursche. Du spielst eine entscheidende Rolle bei der Beantwortung der Frage, welche Art Gift zwei Leichen wie Dr. Sardonicus grinsen läßt.«

»Mein Gott. Du hast sie mit eigenen Augen gesehen?«

»Fürchte ja. Und sie haben mir nicht einfach nur einen schönen Tag gewünscht.«

»Also, ich bin nur dein Laufbursche. Es geht mich nichts an, was du nachts in Bayonne zu suchen hast oder ob es etwas mit deinem Freund aus Cleveland zu tun hat, hinter dem du her bist und von dem man nicht weiß, ob er tot oder lebendig ist. Aber du solltest ein wenig kürzer treten, Kumpel. Das sind drei Leichen in weniger als einer Woche.«

McGovern sagte, er würde sich melden, sobald er etwas hätte. Ich legte auf, schlürfte ein wenig Espresso und wartete. Ich wußte nicht so genau, worauf ich eigentlich wartete, aber es sollte doch bitte etwas Erfreuliches sein.

Ungefähr zwanzig Minuten später, als ich bei meinem zweiten Espresso und meiner ersten Zigarre an diesem jungfräulichen Morgen war, klingelten die Telefone. Es war ein wenig zu früh für McGovern und ein wenig zu spät für den Anruf, der mein Leben ändern würde.

Etwa beim fünften Klingeln nahm ich den Hörer zur Linken ab und lauschte Ratsos sägender Stimme, die lautstark das Wort »Kinkstah!« wiederholte.

Ich paffte in aller Ruhe an der Zigarre und wartete. Nach einiger Zeit wurde ich belohnt.

»Ich habe was für dich, Kinkstah.«

»Dann laß rüberwachsen, Rattenmensch.«

Das tat er.

Ratso zufolge stand die 88 für den achten Buchstaben des Alphabets, H, einmal wiederholt. So wie in Heil Hitler, sagte er. Verschiedene Organisationen und Gesellschaften benutzten diesen Codenamen nach dem Fall des Dritten Reichs. Die Nazi-Version von »Verwahrt euer Konföderierten-Geld, Jungs, der Süden wird wieder auferstehn.« Nur: diese Kerle *glaubten* daran.

Während mich diese Enthüllung nicht eigentlich überraschte, wirkte sie sich doch wenig positiv auf mein Nervenkostüm aus. Meine Vermutung, mit wem wir es hier zu tun hatten, schien sich offenbar zu bestätigen.

Unangenehm.

»Oh, Sherlock«, sagte Ratso, »ich habe noch etwas herausbekommen, das dich vielleicht interessieren dürfte. Es betrifft Österreich vor der Zeit des Anschlusses, der deutschen Invasion, die eigentlich keine Invasion war, weil die Österreicher die Nazis mit offenen Armen empfangen haben.

Alle politischen Parteien Österreichs hatten offenbar ihr eigenes Blumensymbol. Die Atheisten trugen Stiefmütterchen. Die Sozialisten trugen rote Nelken. Und jetzt paß auf – die österreichischen Nazis trugen blaue Kornblumen in ihren Revers.«

»Interessant«, sagte ich. »Ich überlege, ob dies nicht zur Klärung der Frage beitragen kann, warum heute so viele Österreicher unter der Waldheimer Krankheit leiden?«

»Was ist die Waldheimer Krankheit?«

»Das ist, wenn man sich nicht mehr daran erinnern kann, früher mal ein Nazi gewesen zu sein.«

27

Ich schlürfte einen lauwarmen Espresso und blickte aus dem Küchenfenster auf New York. Eine Wand, eine Reklametafel, eine Feuerleiter. Was brauchte man mehr? Sie sollten es als Postkarte drucken, die ich dann Tante Rhoda in Pocatello schicken konnte. Aber Tante Rhoda will das Empire State Building. Tante Rhoda will die Freiheitsstatue. Tante Rhoda will die Staten Island Ferry. Eben deshalb wohnt sie in Pocatello.

Je länger ich aus dem Fenster schaute, desto überzeugter wurde ich, daß dies eine klassische Aussicht auf die City war. Das war unmißverständlich New York; nur eben kein Postkartenmaterial.

Ich dachte an die Postkarten, die die Regierung auf Borneo ausgegeben hatte. Borneo ist der einzige Platz auf der Welt, wo Volksstämme gemeinsam in Langhäusern leben. Diese majestätischen, rustikalen Konstruktionen, die auf hohen Stelzen ruhen und den Dschungel auf der Fläche eines städtischen Wohnblocks überspannen, sind es niemals für wert befunden worden, auf einer Postkarte zu erscheinen. Genausowenig würde die Regierung Borneos einer Postkarte zustimmen, die einen ein Meter zwanzig großen Stammesangehörigen der Punan zeigt, der ein Blasrohr von über zwei Metern hält. Die Postkarten, die ich auf Borneo gesehen hatte, zeigten meistens Dinge wie ein neues zweistöckiges Bürogebäude in der Hauptstadt Kuching. Die Regierung war zweifellos sehr stolz auf dieses Bürohaus, aber was würde Tante Rhoda davon halten?

Ich starrte aus dem Fenster in eine auf mittlerer Entfernung liegende Zone des Herzens und fühlte, wie eine betäubende Einsamkeit sich in mir ausbreitete. Es gab so viele Dinge, die nie auf einer Postkarte erscheinen würden. Wie das blonde junge Mädchen im pfirsichfarbenen Dreß, das mit ihrem kleinen T-Bird-Kabriolett eine staubige Landstraße entlangfährt. Ein großer weißer Allerwelts-Pudel namens Leo hockt neben ihr auf dem Beifahrersitz. Aus dem Autoradio ertönt Country-Musik. Die Sonne fällt auf das Haar des Mädchens, und sie lacht ein süßes, schiefes Lächeln, das sie ein wenig wie Hank Williams aussehen läßt. Ich wünsche, du wärst hier.

Ich trat vom Fenster zurück, ging rüber zum Schreibtisch, setzte mich und betrachtete eine Weile die Telefone. Auf McGovern zu warten war etwa so zermürbend wie das Warten auf Godot, wenn auch aller Wahrscheinlichkeit nach eine weniger existentielle Erfahrung. Ich fütterte die Katze. Das war existentiell genug für einen Donnerstagmorgen.

Ich dachte darüber nach, was Ratso mir zuvor über die Bedeutung des Namens 88 und die Geschichte mit den blauen Kornblumen erzählt hatte. Ratso und ich hatten außerdem vereinbart, daß für heute Abend ein Pläuschchen zwischen Carmen und mir auf dem Programm stand. Ich hatte es vorgezogen, diese kleine Unterhaltung in Abwesenheit einer großen Ratte zu führen, aber mir war klar, daß Ratso nun seinerseits ein besonderes Interesse an diesem Fall hatte. Selbst unter günstigsten Voraussetzungen waren Ratso und ich kaum zu einer rein sachlich und wissenschaftlich betriebenen Verbrechensaufklärung in der Lage. Und was die Aufklärung von Verbrechen gegen die Menschheit anging, so bezweifelte ich offen unsere Fähigkeiten.

Gegen halb sieben, mit einem unruhigen Expreß-Nikkerchen auf dem Buckel, übertrug ich der Katze die Verantwortung, steckte ein paar Zigarren für unterwegs ein und machte mich auf den Weg für die spanische Inquisition.

Ich hatte gerade den Türknauf nach rechts gedreht, als die Telefone klingelten. Ich ging zum Schreibtisch, hob den Hörer zur Linken ab und lauschte grimmig.

Godot war eingetroffen.

28

Die Vandam Street machte einen düsteren und gespenstischen Eindruck, als ich mich an diesem Abend auf den Weg zu Ratso machte, und meine eigenen aufgewühlten Gedanken spiegelten das unheilvolle Ambiente der Straße. Nachdem ich McGoverns Bericht über den Doppelmord letzte Nacht in Bayonne gehört hatte, bestand bei mir nicht die Spur eines Zweifels, daß Bob Dylan und Jesus Christus aus dem Rennen waren. Den, der jetzt noch übrigblieb, hätte ich nur ungern zum Abendessen eingeladen.

Nach McGoverns Ausführungen waren die beiden Teilhälften der radioaktiven Krabbe, die bislang als Goldköpfchen und Gorgeous George geläufig waren, unter anderem Namen und in einer anderen Branche tätig. Im Umfeld von New York und New Jersey waren sie weithin als Neonazis bekannt.

Sie sahen nicht aus wie Neonazis, Yachtbesitzer in schwarz oder was mir sonst in der Vergangenheit über den Weg gelaufen war. Rambam hatte mich einmal einer Gruppe von Neonazis vorgestellt, denen er wenige Wochen später zu einer Begegnung verhalf, die seither als »die Invasion der Killerjuden« bekannt ist. Aber Rambams Neonazis hatten mehr danach ausgesehen, wie man sich Neonazis vorstellt. Gefängnisbräune, Tätowierungen am ganzen Körper und Achsenfett aus der Werkstatt um die Ecke unter den Fingernägeln. Sie hatten nicht wie Typen ausgesehen, die es nötig haben, die Firmenschildchen aus ihren feinen italienischen Jacketts zu trennen.

Natürlich, überlegte ich, während ich die Seventh Avenue bei Rot überquerte, kann man ein Buch nicht nach seinem Umschlag beurteilen. Besonders dann nicht, wenn man es aus dem Feuer gefischt hat.

Die weitaus interessanteste Neuigkeit aber, die McGovern ans Licht befördert hatte, betraf die Art und Weise, auf die man unsere bezaubernden blonden Freunde den Händen Charons, des Fährmanns zur Hölle, anvertraut hatte. Man hatte ihnen ein kaum bekanntes Pestizid namens Phenoxylcholin injiziert.

Wenn ich darüber nachdachte, waren die Nazis ja immer schon Fachleute gewesen, was Injektionen anging. Mir fiel der Bericht eines deutschen Schreibstubenangestellten ein, der sich erinnerte, wie ganze Gruppen von Zigeunerkindern aus den umliegenden Heimen im gleichen Dienstgebäude die Treppe hochgeführt und in einen Raum gebracht wurden, der sich genau über ihm befand. In diesem Raum hätten gute deutsche Ärzte den Kindern Wasser, Luft, Benzin oder toxische Chemikalien injiziert. Diese Substanzen hätten für einen kurzen Moment in den Adern zirkuliert, bis sie zum Herzen gelangten und die Kinder tot zu Boden sanken. In regelmäßigen Abständen von etwa einer Minute hätten der deutsche Angestellte und seine sanftmütigen, bebrillten Kollegen direkt über ihren Köpfen das Geräusch eines auf dem Boden aufschlagenden Kindes gehört. Sie hatten, so ihre spätere Aussage, nicht die leiseste Ahnung, was dort oben vor sich ging. Natürlich waren über den Zeitraum von mehreren Monaten ganze Kinderscharen die Treppe hinaufgeführt worden, und nie hatte man auch nur eins wieder herunterkommen gesehen. Wer hätte das gedacht?!

Es muß hinzugefügt werden, daß es dank der eigentümlich gewissenhaften Art der Deutschen bei den Schreibstubenangestellten nie zu Arbeitsausfällen kam. Und es ist erfreulich festzuhalten, daß ihre Arbeit im Gegensatz zu den Kindern keinen Schaden erlitt.

Je mehr ich über das Geräusch tot zusammenbrechender kleiner Kinder nachdachte, desto mehr schwanden meine Vorbehalte gegen Winnie Katz' Lesben-Tanzschule.

Während ich mich gegen einen kalten Wind die Prince Street zu Ratsos Apartment hinaufkämpfte, fiel mir auch die letzte Kleinigkeit wieder ein, die McGovern in Erfahrung gebracht hatte. Das Labor des Leichenschauhauses hatte eine Analyse der Substanz durchgeführt, die man Goldköpfchen und Gorgeous George eingeimpft hatte und die anschließend in ihre arischen Eingeweide gesickert war. Phenoxylcholin war nach McGoverns Aussage ein ziemlich archaischer Ableger von Zyklon B, jener Chemikalie, die die Nazis in den Gaskammern benutzt hatten.

Eins mußte ich zugeben. McGovern war ein verteufelt guter Laufbursche.

29

Erste Eindrücke können oft täuschen. Mein Freund Sammy Allred aus Austin, Texas, hatte mir einmal von seiner Begegnung mit einer Dame erzählt, die eine Ente an der Leine spazierenführte. »Wohin des Weges mit dem Schwein?« fragte Sammy. »Das ist kein Schwein, Sie Holzkopf«, sagte sie, »das ist eine Ente.« »Ich sprach mit der Ente«, sagte Sammy.

Ich wußte ums Verrecken nicht, wer oder was Carmen Cohen war, aber ich würde es verteufelt noch eins herausbekommen.

Auch wenn sie nicht mehr im Seidenslip auftrat oder an den Handgelenken an der Stange des Kleiderschranks im Pierre Hotel hing, machte sie immer noch eine ausgesprochen gute Figur. Man brauchte kein Zielfernrohr, um zu sehen, daß diese Braut reichlich Klasse hatte. Zuviel Klasse für Ratso, dachte ich. Ich hatte Masseusen im Außendienst kennengelernt, die mehr Klasse als Ratso besaßen.

Aber ich war nicht hergekommen, um Informationen für die Sozialstatistik einzutreiben. Ich war hier, um eine Geschichte zu entwirren, die sich zu einem reichlich unangenehmen Knäuel versponnen hatte, und ich fragte mich, welchen Faden ich wohl von Carmen Cohen erhalten würde.

Es dauerte nicht lange, das herauszufinden. Ratso bot mir an, neben ihm auf dem Sofa mit den Bremsspuren Platz zu nehmen.

»Vielen Dank«, sagte ich. »Ich vertrete mir lieber die Beine.«

Carmen hockte auf einem Stuhl mit steifer Rückenlehne und sah schön, schmollend, zauberhaft und geheimnisvoll aus, wie ein Zigeunerkind, das die Deutschen übersehen hatten. Ein kleines Stichwort genügte, und sie legte mit ihrer Geschichte los. Was den Inhalt anging, war sie ziemlich geradeheraus. Aber es gab dennoch einige Ablenkungen. Zum einen schlug Carmen während ihrer Erzählung ungefähr elfmal die Beine übereinander. Sie trug ein kurzes, schwarzes Lederkostüm und hohe, entzückende italienische Stiefel.

Zum zweiten hatte Carmen einen süßen kleinen Sprachfehler, indem sie etwa »Jungel« statt »Dschungel« sagte. Aber darüber konnte man hinwegsehen und tat es gewöhnlich auch, zumal es sich gegen Ablenkung Nummer eins zu behaupten hatte. Ich nahm auf der Couch ein wenig nördlich der Bremsspuren Platz, um zu hören und zu sehen.

Carmens Eltern waren bei einem Flugzeugabsturz ums Leben gekommen, als sie noch ein Kind war. Ein wohlhabender Plantagenbesitzer, der aus Europa stammte und dort irgendeine Ingenieurtätigkeit ausgeübt hatte, bevor er nach Argentinien kam, hatte sie adoptiert. Irgendwann im frühen Teenageralter wurden Carmens Adoptiveltern geschieden, ein für sie offenbar traumatisches Erlebnis, weil sie sich eine gute Weile darüber ausließ.

»Lassen Sie uns unter der Annahme fortfahren«, sagte ich vielleicht ein wenig ungehalten, »daß wir alle aus zerrütteten Familienverhältnissen kommen.«

Ratso warf mir einen strengen Blick zu. Carmen schien jedoch völlig ungerührt und setzte ihre Geschichte fort.

Sie war Morgan vor drei Jahren begegnet, als sie gerade erst achtzehn war. Eine Zeitlang hatten sie sich nur sporadisch gesehen, bis die Sache vor einem Jahr ernster zu werden begann und Carmen John mit nach Hause gebracht und ihrem Vater vorgestellt hatte.

Zuerst schienen die beiden Männer bestens miteinander auszukommen. Dann hatte etwas, über das Carmen sich nur vage zu äußern schien, das Verhältnis zwischen Morgan und ihrem Vater vergiftet. Ich hakte bei Carmen nach. Sie behauptete, sie hätte niemals verstanden, was das Zerwürfnis zwischen den beiden ausgelöst habe. Ratsos Blicke klebten an ihr. Ich zündete eine Zigarre an und sah forschend durch einen Kranz blauen Rauchs in ihre dunklen Augen. Eine klasse Nummer, soviel stand fest.

»Es ist einfach so, als ob sie im Jungel verschwunden wären«, sagte sie und schlug zum zwölftenmal die Beine übereinander. Zählte wer mit?

»Augenblick mal«, sagte ich. »Wir wissen, daß John als im Kampf vermißt gilt, aber wer ist denn sonst noch in letzter Zeit verschwunden?«

»Mein Vater«, sagte sie.

»Vielleicht führt sie uns nur an der Nase herum, Ratso«, sagte ich, während er mich im Aufzug nach unten begleitete, der zumindest mehreren magersüchtigen Liliputanern genügend Platz geboten hätte.

Ratso starrte mich ungläubig an. »Also wirklich, Kinkster«, sagte er. »Sie steht seit Tagen unter extremer Anspannung. Du hast gehört, was sie gesagt hat. Vor sechs Tagen kommt sie nach Hause. Ihr Vater ist verschwunden. Die Wohnung total demoliert. Im ganzen Haus fehlt nichts, außer einem Bild von ihr und John Morgan, das in ihrem Schlafzimmer auf der Kommode stand.«

»Und jetzt scheint Morgan höchstpersönlich verschwunden zu sein. Vielleicht sind beide ganz einfach im Jungel verschollen.«

»Klingt doch süß. Laß sie eine Weile in Ruhe. Sie leidet unter einem schweren Schock.«

In Ratsos Haus roch es im Durchgang zur Straße immer leicht nach Urin, weil Ratso sich einen Hauspenner hielt, der in kalten Nächten dort schlief. Ich zündete eine Zigarre an, während wir schnellen Schrittes Richtung Straße marschierten.

»Oh, mir scheint, sie verkraftet die Sache ganz gut«, sagte ich. »Ich mache mir größere Sorgen um uns zwei.«

»Das ist sehr selbstbezogen, Kinkster«, sagte Ratso, während er am Moonie-Früchtestand an der Ecke eine Papaya mitgehen ließ.

»Wie Hillel sagte, ›Wenn ich nicht für mich selbst eintrete, wer soll es dann tun?‹«

»Yeah«, sagte Ratso und biß ein übermäßig großes Stück aus der Papaya, »aber kannst du das auch sagen, wenn du auf einem Bein stehst?«

»Natürlich, nur hat man es dann ziemlich schwer, sein Ziel zu erreichen.«

Nicht daß ich Carmens Geschichte partout nicht glauben wollte. Ich hätte sogar *Die Prinzessin auf der Erbse* für bare Münze genommen, wenn dies mir dabei geholfen hätte herauszufinden, was mit John Morgan passiert war. Nur gingen mir die vielen Ungereimtheiten in ihrer Beziehung allmählich tödlich auf die Nerven. War Morgan kürzlich in

New York gewesen? Der Typ bei der Filmentwicklung hatte dies gemeint. Und was an diesen Bildern piesackte mich wie ein unters Netz geschlüpfter Moskito?

Warum sollte sich jemand niederträchtiger Nazimethoden bedienen, um ein paar Neonazis fertigzumachen? Konnte dieses zunehmend groteskere Formen annehmende Verwirrspiel fast fünfzig Jahre zurückreichen und dabei drei Kontinente in ihrer ganzen Länge und Breite umspannen? Wie mein Freund und persönlicher Guru Earl Buckelew daheim in Texas immer sagt: »Die Wäsche wird rein, wenn man nur genügend Weichspüler reinkippt.« Nur begegnet man allzu häufig schmutziger Wäsche, gegen die kein Weichspüler mehr ankommt.

»Ein interessanter Punkt«, sagte ich zu Ratso, »war Carmens Hinweis auf Johns häufige Flüge nach Hongkong. Hongkong war die Drehscheibe auf dem Weg nach Borneo, als ich vor zwanzig Jahren dort war. Warum aber flog er so oft hin und her, und wer bezahlte ihm Flug und Unterkunft?«

Ratso zuckte die Achseln und warf die Papaya über die Schulter auf einen blitzblanken Porsche, der vor einer Weinbar geparkt war. Ich konnte Weinbars nicht ausstehen und hatte auch nicht viel für Porsches übrig. Papayas waren in Ordnung.

»Sieht ganz nach einer höchst unangenehmen Version des Grünen-Grashüpfer-Spiels aus«, sagte ich.

»Yeah«, sagte Ratso. »Das Grüne-Grashüpfer-Spiel.« Er drehte sich um und ging zurück zum Apartment. Einen Augenblick später stutzte er, wandte sich noch einmal mir zu und rief: »Was ist das Grüne-Grashüpfer-Spiel?«

Ich zog ein letztesmal an der Zigarre und zertrat sie im Rinnstein von Mulberry Street, nicht weit von der Stelle entfernt, wo es Joey Gallo erwischt hatte.

»Bei Gelegenheit, Watson«, sagte ich.

30

Es ist immer grundfalsch, sich beim Spaziergang durch New York nur mit seinem eigenen Kram zu beschäftigen. Diese Art von irrationalem und bizarrem Fehlverhalten scheint unweigerlich dafür zu sorgen, daß man im Handumdrehen in arge Schwierigkeiten gerät. Es mochte so aussehen, als ob ich an diesem Abend nur mit meinem eigenen Kram beschäftigt war, aber der Eindruck stimmte nicht ganz.

Ich blickte überall in Carmens Augen. Ich konnte sie beinahe wie ein Nachbild gegen das Hepatitisgelb einer vereinzelten Straßenlaterne sehen. Sie starrten mich verführerisch aus vergitterten Erdgeschoßfenstern an. Und das besonders Beunruhigende an ihnen war, daß sie mir etwas mitzuteilen schienen, worüber Carmen sich ausgeschwiegen hatte.

Ich hatte Carmen die Fotos gezeigt. Nur auf zwei der Bilder hatte sie erkennbar reagiert. Das eine zeigte John Morgan in seinem Landrover, die Haare leicht vom Wind zerzaust, während seine grünen Augen wie ein Regenwald in der Dämmerung leuchteten. Sie hatte es lange mit schmachtenden Blicken betrachtet.

Die zweite Aufnahme, bei der sie kurz zu stocken schien, war die mit den beiden alten Männern im Dschungel. Beides waren ziemlich alte Knacker, die Panamahüte trugen und in die Kamera grienten, und wie ich mich erinnerte, hatte einer von ihnen eine Zahnlücke zwischen den Schneidezähnen, was vermutlich immer noch besser war als eine Lücke zwischen den Ohren. Ansonsten war an dem Foto nicht viel dran, abgesehen von Carmens Reaktion – ein plötzliches Atemholen, bevor sie sich wieder gefangen hatte.

»Wer sind die beiden Männer?« hatte ich gefragt.

»Ich weiß nicht«, sagte sie, aber die Verwirrung war ihr anzusehen. Sie sagte, sie hätte einen der beiden – den mit der Zahnlücke – schon einmal auf einem Bild gesehen, und zwar in Johns Apartment in Buenos Aires. Als sie ihn danach gefragt hatte, wer der Mann sei, hatte er gesagt: »Dr. Breitenbach, nehme ich an.«

»Dr. Breitenbach, nehme ich an«, murmelte ich vor mich hin, während ich in der Dunkelheit die Vandam Street hinablief. Das sagte mir absolut gar nichts. Aber es klang ganz nach Morgan. Enigmatisch und verspielt bis zum Schluß. Aber *war* dies das Ende? War Morgan tatsächlich tot, oder war er, wie wir New Yorker sagen, nur momentan an keinem Projekt beteiligt?

Ich überlegte, aber ich überlegte nicht lange.

Fünf kahlgeschorene Weicheier hatten mich umringt. Wie bösartig watschelnde Billardkugeln kamen sie träge und ausdruckslos in der unheilschwangeren Art extraterrestrischer Kampfmaschinen auf mich zu. Der Lichtschein einer entfernten Straßenlaterne spiegelte sich bösartig auf ihren glattrasierten Poolkugeln. Keiner lächelte.

In ihren Augenschlitzen erkannte ich, daß sie einzig darauf brannten, mir die Seele aus dem Leib zu prügeln.

31

Neonazistische Skinhead-Trupps schießen in Amerika mit beinahe der gleichen Häufigkeit aus dem Boden wie BMW-Vertragshändler in Südkalifornien. Skinheads haben einen Haß auf Schwarze und Juden, und sie scheren sich nicht groß um die Tatsache, daß Juden und Schwarze meist selbst nicht viel füreinander übrig haben.

Die Bullen sagen, es sei leichter, den Angriff eines Pitbulls abzuwehren oder eine führerlose Lokomotive zum Stillstand zu bringen, als mit einer Zusammenrottung von Skinheads klarzukommen. Die Ursache dafür ist, daß Skinheads keine Neuronen besitzen. Ein beiläufig ausgestochenes Auge kümmert sie in der Regel nicht. Sägt man ihnen beide Beine in Kniehöhe ab, kann das ihr Vorwärtsrücken kaum behindern. Das ist so, weil sie in beinahe jeder menschlichen Hinsicht tot sind, bevor sie sich den Schädel kahlscheren.

Auch für mich sahen die Dinge nicht gerade gut aus. Ich stand auf einem dunklen, gottverlassenen Bürgersteig in New York City, anderthalb Blocks von meinem Loft entfernt, und sah mich wie ein menschlicher Güterzug von lauter fahlen Lokomotiven des Hasses umgeben. Sie sahen aus wie fünf in die Jahre gekommene Heavy-Metal-Statisten ohne Text und Musik. Ziemlich negatives Bühnencharisma.

Ich erinnere mich, daß ich auf dem T-Shirt bei einem der Typen das Bild eines Adlers anstarrte. Es war nicht der American Eagle. Irgend etwas sagte mir, daß er Major der Pioniere war und den dringlichen Wunsch verspürte, aus meinem Nasenrücken eine Landungsbrücke zu machen. Und dann erinnere ich mich noch, wie ich dachte, es müsse sich um den Reichsadler der Krauts handeln.

Während ich noch gelähmt vor Schreck wie eine große städtische Feldmaus den Adler fixierte, spürte ich plötzlich, wie mir ein brennender Schmerz durch beide Augen stach. Ich wirbelte blind nach links, ließ mit meinem Cowboystiefel einen animalischen Tritt in Höhe der *buevos* los und traf dabei auf nichts als auf haßgeschwängerte Luft. Mein Blick klarte so weit auf, daß ich die Nietenarmbänder der Skinheads erkennen konnte. Irgendwer hatte sich hinter meinen Rücken geschlichen und raspelte mir quer über die Augen.

Mein bescheidenes Wissen zur einhändigen Selbstverteidigung gegen eine ganze Gang hatte ich in Boris Shapiros Berlitz-Karatekurs, bei einigen hartgesottenen Schlägern aus der Nachbarschaft und von mehreren wohlwollenden Mitgliedern der Jüdischen Verteidigungs-Liga aufgeschnappt. Es hatte sich jedoch immer nur um rein hypothetische Situationen gehandelt. In diesem Fall lagen die Dinge unglücklicherweise anders. Wie in so vielen Lebensbereichen geht manches den Bach hinunter, sobald einem die praktische Seite abverlangt wird. Nur wenn man viel Glück hat, darf man am nächsten Tag weiter in Hypothesen schwelgen. Rein hypothetisch gesprochen, natürlich.

Ich zog mich gegen eine Mauer zurück, um zu verhindern, völlig von ihnen eingekesselt zu werden. Ich wußte, daß ich als nächstes den Anführer ausfindig machen und wenn möglich etwas Unschönes mit ihm anstellen mußte, wie etwa einen seiner Augäpfel aus der Höhle zu pulen. Der Anführer ist gewöhnlich derjenige mit der größten Klappe. Eine solche Unterscheidung ließ sich jedoch nicht treffen, weil alle fünf auf bedrohliche Weise schwiegen. Darüber hinaus hatten sie alle die gleiche kahlgeschorene Kuppel und den gleichen fürchterlich glasigen und von Haß durchlöcherten Blick eines Heilbutts. Sie rückten langsam vor und blieben dann stehen, fast als ob sie von einem Rudel- oder Schwarminstinkt gesteuert würden. Man konnte den Eindruck bekommen, daß fünf Tote ihr Spielchen mit einem trieben.

Ich beschloß, mich an den Typen mit dem Adler auf der Brust zu halten, als ich neben dieser plötzlichen Eingebung noch einen weiteren Einschlag verspürte. Es war eine schwere Eisenkette, die mir quer über den Schädel klatschte und mein linkes Ohr platt wie einen Silberdollar-Pfannkuchen drückte. Eine zweite Kette traf mich böse hinten im Nacken und streckte mich glatt aufs Pflaster.

Ich fühlte eine Mischung aus heißem Schmerz und kalter

Panik. Beide Empfindungen wechselten in rascher Folge, wie wenn man unter einer Hoteldusche in Mexico steht. Bevor ich mich wieder aufrappeln konnte, krachte ein schwarzer Lederstiefel gegen meinen Kopf und ein weiterer gegen meinen Solarplexus. Die Panik machte sich unauffällig aus dem Staub. Ich empfand bloß noch Schmerz. Rauhe Hände, Stiefel, Ketten und Nietenbänder prasselten auf mich nieder. Ich versuchte mehrmals vergeblich, mir das Blut aus den Augen zu blinzeln, und sparte mir dann die Mühe.

Der Schmerz war jetzt verschwunden. Eine merkwürdige und beinahe friedvolle Taubheit hatte sich ausgebreitet, und ich erkannte, daß es bald an der Zeit war, dem Mañanaland *adiós* zu sagen. Ich konnte nur noch verschwommene Schemen wahrnehmen, aber ich hörte ein neues Geräusch – ein widerliches, dumpfes Schlagen, das ich auf das Einstampfen meines Schädels zurückführte. Ich war zwar inzwischen so gut wie gefühllos, aber das Geräusch war klar und deutlich zu hören – *klaang, klaang, klaang*. Irgendwo im hintersten Winkel dessen, was von meinem Hirn noch übrig war, erinnerte ich mich, daß *klaang* in Thailand Kanal bedeutete. Auch wenn es einem nicht immer gelegen kommt, so ist es doch schön, so etwas zu wissen.

Ich horchte – zu mehr war ich auch kaum mehr fähig –, und jetzt war es wieder deutlich da: *Klaang, klaang*. Dann spürte ich eine Hand auf meiner Schulter, und eine Stimme sagte: »Hey, Mann, das war verdammt knapp. Ich habe bei dir auf der Feuerleiter gesessen und auf dich gewartet, und dann habe ich das hier mitbekommen und bin gleich losgespurtet. Gerade noch rechtzeitig, will ich meinen.«

Jetzt war die Hand dabei, mir mit einem Taschentuch das Blut aus den Augen zu wischen. Ich blinzelte ein paarmal und sah Zev mit einem blutdurchtränkten Taschentuch in der einen und einem Bleirohr in der anderen Hand über mir stehen. Vier Skinheads waren verschwunden, und einer lag adrett ausgestreckt im Rinnstein.

Zev war ein geheimnisvoller Freund von mir, der Gerüchten zufolge mit der israelischen Armee im Libanon und mit den Mudjahedin gegen die Russen in Afghanistan gekämpft hatte. Zahlreiche Feinde der Demokratie waren mit dem Bild Zevs vor Augen von diesem Planeten gegangen, und zu meinem großen Glück war er auch für *klaangende* Skinheads zu erwärmen.

»Jesus Christus, Zev«, sagte ich mit lallender und verkorkster Stimme, »du hast mir das Leben gerettet.«

Zev lachte. *»Azoj!«* rief er.

»Was zum Teufel soll das heißen?«

»Frei übersetzt?«

»Wie es dir gerade paßt«, sagte ich, während er mir langsam auf die Beine half.

»Das ist jüdisch. Nicht hebräisch. Jüdisch.«

»Jüdisch«, wiederholte ich.

»Frei übersetzt heißt es: ›Wir haben ihnen schön die Nüsse poliert.‹«

Leider war ich zu angestrengt damit beschäftigt, meine Kniescheiben zu zählen, um unseren Sieg gebührend auskosten zu können. Ich fühlte mich wie der Typ, den man unbedingt gesehen haben mußte. Ich war schwächer als das Abendprogramm.

»Zev«, sagte ich, »filze doch bitte den Kerl im Rinnstein nach Papieren, ja?« Zev ging zu dem Typen rüber, und ich machte mich stolpernd auf den Weg zum Loft.

»Absolut clean«, sagte Zev.

Ich war ungefähr drei Schritte weitergelaufen, als Zev noch einen Nachtrag hinterherschickte.

»Außerdem ist er tot«, sagte er.

32

Wir machten die Jim-Rockford-Nummer. Fünf Minuten später lag ich in meinem Loft auf dem Sofa und kaute eine grüne Masse, die Zev mir gegeben hatte und die sich *gat* nannte. *Gat* ist eine Art Kleegewächs, das nach Zevs Bekunden den Schmerz abtötet, dich high macht und nur von jemenitischen Juden gekaut wird. Ich war zwar kein jemenitischer Jude, aber ich war nahe dran, mich wie einer zu fühlen.

Die Katze beobachtete mich neugierig vom Schaukelstuhl aus. Zev sah mit anteilsvollem Blick auf mich herab. Ich war um einiges weiter von New York als von Westchester entfernt. »Prima Zeug, dieses *gat*«, sagte Zev. »Weißt du, in Israel ist sein Verzehr allen außer den jemenitischen Juden strengstens untersagt.«

»Gerade deshalb liebe ich Amerika«, sagte ich.

Gegen Mitternacht hatte sich mein Körper auf ein dumpfes Pochen eingepegelt. Zev hatte offenbar einen Ratso-Schnellkurs besucht. Er verkündete die Absicht, wie ich es von Ratso aus der Vergangenheit kannte, bei mir im Loft zu bleiben, bis ich mich von meinem kleinen Unfall erholt hätte. Ich mochte Zev und war ihm eher widerwillig zu Dank verpflichtet, weil er mir das Leben gerettet hatte, aber ich wollte nicht, daß der Kerl bei mir Wurzeln schlug. Die Katze und ich pflegten nun einmal eine ziemlich wartungsintensive Beziehung.

»Du kommst schon wieder auf die Beine«, sagte Zev. »Sieh nur lieber in den nächsten Tagen nicht in den Spiegel.«

»Seh ich so schlimm aus?«

»Noch schlimmer.«

»Das tröstliche an der Sache ist«, sagte ich, »daß ich nicht bei der Parade der Miss Gemeines-Hirnloses-Miststück eskortieren muß.«

Nachdem Zev unter meiner Anleitung die Espressomaschine in Gang gesetzt hatte, fand ich wundersamerweise eine leicht angestoßene Zigarre in einer der kleinen Taschen meiner Jagdweste, in der einige Amerikaner ihre Patronen aufbewahren. Ich richtete mich langsam und unter Schmerzen auf und begann mit den pränuptialen Zeremonien. Manchmal ist es recht wohltuend, wenn man seine Hände beschäftigen kann. Ich zündete die Zigarre an, sie dabei immer schön über der Flamme haltend.

Zev kam mit zwei Espressotassen, gab mir eine und setzte sich auf die Couch. »Ich bleibe heute nacht«, sagte er, »für den Fall, daß die Typen vorhaben wiederzukommen.«

»Einer ganz bestimmt nicht«, sagte ich grimmig. Ich zog an der Zigarre. Zev lachte. Es klang schrill, merkwürdig und gefährlich. Ich nahm ein Schlückchen Espresso, ließ es mit dem *gat* im Mund kreisen und schluckte kräftig. »Nicht schlecht«, sagte ich. Mit *gat* war natürlich alles nicht schlecht.

Zev giggelte, was noch schlimmer klang als sein Lachen. »Zev«, sagte ich, »ich will für einen Augenblick mal den Psychologen spielen.« Kein Mensch will für länger in die Rolle des Psychologen schlüpfen. Man könnte auf Dinge stoßen, die man lieber nicht wissen möchte.

»Ich will dir eine Frage stellen. Einen Typen hat's heute nacht erwischt, richtig?«

»Richtig.«

»Ich weiß, daß er sich wahrscheinlich mit kleinen Nazis herumgetrieben hat, aber wie fühlst du dich dabei?« Ich nahm einen introspektiven, selbstverlorenen Zug an der Zigarre. Der Rauch verlor sich wie üblich ebenfalls von selbst.

»Wie ich mich dabei fühle? Ich will dir sagen, wie ich mich fühle.« Er stand auf und ging ans Fenster. Er blickte hinaus in die Dunkelheit und reckte seine geballte Faust in die Höhe. »Nazis – sechs Millionen«, rief er, »Juden – einen!«

»Yeah«, sagte ich zur Katze gewandt, »aber wer notiert den Spielstand?«

Es war kurze Zeit später, als ich in die Innentasche meiner Jagdweste langte und feststellte, daß John Morgans Fotos verschwunden waren.

33

Manchmal sieht man die Dinge dann am schärfsten, wenn sie nicht mehr vorhanden sind. Die meisten großen Bücher über die menschliche Freiheit beispielsweise wurden im Gefängnis geschrieben. Was meinen persönlichen Erfahrungsschatz angeht, so habe ich einmal eine schwarze Opiumkapsel in Kaffee aufgelöst, die Tasse ausgetrunken und am Rande des Dschungels von Borneo stehend auf den südchinesischen Ozean hinausgeblickt – in dem Moment habe ich Amerika so klar und deutlich vor mir gesehen wie nie wieder im Leben. Das mag zum Teil an der Droge gelegen haben, weitaus mehr aber, wie ich glaube, an der physischen Abwesenheit Amerikas.

Folgt man dieser leicht verschrobenen und doch häufig völlig korrekten Logik, kann man zu der Schlußfolgerung gelangen, daß ein Mann, der nach eigenen Angaben im Dschungel nach einem weißen Tiger sucht, in Wirklichkeit einer ganz anderen Sache auf der Spur ist.

Es war Freitag nachmittag. Zev war wieder in Brooklyn. Ich saß mit einer jungfräulichen Zigarre und einer zwölf Jahre alten Flasche Jameson am Schreibtisch und sah mir weder Fotos noch mein eigenes Bild im Spiegel an. Das Leben, wie ich zu sagen pflege, ist das, was passiert, wenn man nicht hinschaut.

Ich goß mir einen Schluck ein und kippte ihn runter.

Dann paffte ich ein paarmal an der Zigarre, schloß die Augen, lehnte mich im Stuhl zurück und versuchte mir die Fotos vorzustellen, die nicht länger in meinem Besitz waren. Die Bilder zogen vor meinem inneren Auge wie eine langsam rotierende Dia-Trommel vorbei. Ein Nebenfluß des Amazonas, nahm ich an, der sich durch den Dschungel windet, hier und da vage ein Stück Himmel spiegelnd ... prähistorische Bäume mit merkwürdigen Früchten, die man in keinem Einkaufswagen findet ... braune, knorrige Zweige, die zeitlos in den Wolken hängen ... eine schmale Landstraße nach Nirgendwo, kaum befahren, im gleißenden Sonnenlicht ... ein Landrover auf dem linken Seitenstreifen der Fahrbahn ... ein auf der rechten Seite entgegenkommender Bus, vollbepackt mit Leuten, Hühnern und Bananen ... John Morgans Gesicht, das unbekümmert der Ewigkeit entgegengrinst ...

Es fiel mir schwer hinzunehmen, daß dieser Mann vielleicht tot war. Ich hielt Johns Bild bei mir im Kopf an und versuchte, mehr Tiefenschärfe zu bekommen.

Kurz darauf bemerkte ich, daß an dem Bild etwas grundsätzlich faul war. Ich hatte angenommen, die nur verschwommen zu erkennenden Leute im Bus wären südamerikanische Indianer, Landarbeiter und Farmer, aber jetzt war ich mir nicht mehr so sicher. Wenn man die Bilder nicht vorliegen hat, kann man nicht beliebig oft hinsehen, und manchmal triumphiert die Erinnerung über die Vorstellung. Zwischen zahlreichen Volksstämmen quer über den Globus bestehen markante äußere Ähnlichkeiten. Das war einer der Gründe, die ich dem Seelenklempner unterbreitete, nachdem meine Zeit beim Friedenskorps abgelaufen war und ich nicht in Vietnam kämpfen wollte. Nachdem ich zweieinhalb Jahre lang in Fernost meinen Dienst verrichtet hatte, wollte ich nicht wieder zurück und die gleichen Leute mit den gleichen lustigen Spitzhüten abknallen. Ich rief mir noch einmal die Mitreisenden im Bus vor Augen und erkannte, daß sie von überall her sein konnten.

Dann fiel mir die Richtung auf, in die der Bus fuhr. Und dann sprang ich ein Bild zurück und bemerkte, in welche Richtung John mit seinem Landrover unterwegs war. Dann öffnete ich die Augen und sah, daß die Wahrheit in einer ganz anderen Welt zu suchen war.

34

»Weißt du«, sagte ich zur Katze, »wenn mich nicht alles täuscht, hat es in Lateinamerika so gut wie keine britischen Einflüsse gegeben.« Die Katze kratzte sich leicht verärgert mit der linken Hinterpfote das linke Ohr.

»Also gut, die Falkland Inseln, sollst du haben. Aber was hast du sonst zu bieten? British Honduras existiert doch bloß noch als Briefmarke.« Die Katze sah mich an und blinzelte schläfrig. Für die Philatelie hatte sie nie viel übrig gehabt.

»Du siehst aber doch, wo das Problem liegt, oder?« Die Katze schüttelte heftig den Kopf. Entweder saß ihr ein Floh im Ohr, oder sie sah das Problem wirklich nicht.

Fast hätte ich es selbst übersehen.

Ich hatte John Morgan auf Borneo kennengelernt, folglich hatte ich zuerst auf Borneo nach möglichen Hinweisen für seine mysteriösen Unternehmungen gesucht. Carmens Aussagen wie auch die zunehmend unerfreulicher werdende Nazibeteiligung an dem Fall hatten mich jedoch zu der Annahme gebracht, daß seine wie auch immer geartete Aktivität in Südamerika anzusiedeln war. Nun sah ich wiederum, daß die Fotos – sogar in ihrer Abwesenheit – diese These widerlegten.

Normale Menschen, dachte ich, fahren auf der rechten Straßenseite. Nur wo die Briten sehr früh und gründlich ihre Spuren hinterlassen haben, wird links gefahren. Aber John war meines Wissens nie in Indien oder Afrika gewesen. Und konnte ebenso nie irgendwo in Südamerika auf der linken Spur gefahren sein. Auf der ganzen Welt gab es nur ein Dschungelgebiet mit britischen Verkehrsgepflogenheiten, das zu dem Foto paßte, nämlich Borneo.

Also mußten die Aufnahmen auf Borneo entstanden sein. Die Hornvogelfeder, die ich im Büro des längst verblichenen Anwalts gefunden hatte, war auch von Borneo.

Damit war klar, daß die dunklen Geschäfte, in die Morgan in letzter Zeit verwickelt war, auf Borneo abgewickelt worden waren. Ich goß mir einen kräftigen Schluck in das Stierhorn und kippte ihn mit einem Schauder hinunter.

»Also *war* Morgan auf der Suche nach einem weißen Tiger«, sagte ich zur Katze. Ich paffte ein bißchen an der Zigarre und spielte die merkwürdig vertrackte Geschichte einen Moment lang im Kopf durch.

»Und ich wette eine Kiste Jameson gegen einen Karton Thunfisch, daß der Tiger blaue Augen hat.«

35

Wochenenden und Ferien gehören meiner festen Überzeugung nach ausschließlich den Amateuren. Zeit für den gutsituierten deutschen Staatsdiener jedweder Nationalität, seine Nickelbrille geradezurücken, sich ins Getümmel zu stürzen und von einer Party zur nächsten zu ziehen. Ich besaß keine Nickelbrille und blieb deshalb Freitag abend zu Hause. Außerdem hatte meine Gesichtsfarbe einen prächtigen Blauton angenommen, und ich hatte zunehmend das Gefühl, der Glöckner von New York zu sein, so daß ich mich mit dem Gedanken anfreundete, der Katze Gesellschaft zu leisten. Die Katze schien nichts dagegen zu haben, auch wenn ich sie ein paarmal dabei erwischte, wie sie mir verstohlene Blicke zuwarf. Vielleicht war das aber auch nur meine Einbildung.

Etwas, das definitiv nicht bloß in meiner Einbildung existierte, war die Tatsache, daß irgendwer mir die Skinheads auf den Hals gehetzt haben mußte. Entweder hatte jemand am betreffenden Abend mein Loft bespitzelt und war mir gefolgt, oder mich hatte jemand geleimt. Und es gab nicht viele Jemande, die wußten, daß ich an diesem Abend zu Ratso wollte. All diese Dinge wiesen in eine Richtung, die mir nicht sonderlich gefiel.

Natürlich gefielen mir so einige Dinge nicht und würden mir auch in Zukunft nicht gefallen, bis die große eiserne Krabbe zulangte und ich die Radieschen von unten betrachten durfte. Daran war nicht zu rütteln. Es war ein Teil dessen, erwachsen zu sein, amerikanischer Staatsbürger zu sein und überhaupt da zu sein. So war nun einmal der Lauf der Dinge.

Samstag morgen ging ich nicht in den Fun Club, um Tom Mix zu sehen. Ich blieb in meinem Loft, kaute etwas *gat* und plauderte nett mit der Katze im Bett. War man im *ulu* stationiert, brauchte man nur irgendeinem der Friedenskorps-Offiziere einen Reim wie diesen zu erzählen oder sich ein paar Tage nicht vor seiner Hütte sehen zu lassen, und sie schickten gleich einen Helikopter mit serienmäßigem Seelenklempner an Bord, der einen da rausholte und zur Observation in die Klapsmühle brachte. Ich hatte das selbst ein paarmal miterlebt. Es hatte nichts von *Apocalypse Now;* die Offiziere im Friedenskorps hatten einfach ein feines Gehör für den Sprung in der Schüssel entwickelt wie unsereins für verdächtige Geräusche im *ulu*. Das war einer der Gründe, warum ich während der ganzen Zeit auf Borneo kaum mit meinen Vorgesetzten im Friedenskorps gesprochen hatte. Leider blieb mir jetzt jedoch keine andere Wahl, als mein Schweigen zu brechen.

An diesem Nachmittag rief ich John Mapes an, einen alten Kumpel aus dem Korps, der vorübergehend auf Hawaii lebte. Es gab viele Gründe, sich zeitweilig auf Hawaii niederzulassen, unter anderem den, daß Typen mit blauen Kornblumen im Revers einem dort nicht in Hotel-Lobbies an den Fersen klebten.

Mapes, der sich als Selfmade-Ökonom für den Bundesstaat Hawaii weithin einen Namen gemacht hatte, klang leicht muffelig. Der Grund, wie ich blitzschnell erahnte, war der fünfstündige Zeitunterschied zwischen New York und Hawaii. In Hawaii war es 7:15 am Samstagmorgen. In New York war es leider höchste Zeit für mich, den Hintern hochzukriegen. Nachdem ich Mapes etwas Zeit gelassen hatte, sich zu organisieren und zivile Umgangsformen anzunehmen, klärte ich ihn über die John-Morgan-Geschichte auf, bekam allerdings im Gegenzug nichts als verwirrende Fragen gestellt. Mapes wußte noch weniger als ich über Morgans Aktivitäten in den letzten Jahren. Wie er mir sagte, unterhielt er jedoch noch einige offizielle Kontakte zum Friedenskorps in Washington.

»Du könntest Norman Potts anrufen«, sagte er. »Erinnerst du dich, er war damals der Stabschef des Landes. Inzwischen hat er einen ruhigen Schreibtischjob in Washington. Natürlich kann er dich nicht riechen.«

»Yeah, Mapes, aber wie Gandhi sagte: ›Die Gabe des Verzeihens ziert den Tapferen.‹ Bestimmt hat er mich längst aus seinem Gedächtnis gestrichen.«

Mapes lachte. »In deinem Fall, Kumpel, keine Chance.«

In Washington gab es bestimmt eine Menge prima Leute,

die für das Friedenskorps arbeiteten. Allerdings hatte ich das große Glück, niemand außer Norman Potts zu kennen. Er hatte zwar nie große Stücke auf mich gehalten, aber es traf mich doch wie ein ziemlicher Schock, daß er mich zwanzig Jahre später immer noch am liebsten zum Teufel schicken wollte. Ich erinnerte mich, daß Potts für mich nach zweieinhalb Jahren im Dschungel »die Rückführung in den eigenen Kulturkreis« angeordnet hatte. Dem Militärkodex nach war das zwar weniger schändlich als eine unehrenhafte Entlassung, aber es war auch nicht gerade das Fliegerkreuz mit Auszeichnung. Ich hatte ihm dies nie verziehen, genau wie er mir offenbar nie hatte verzeihen können, was auch immer Unverzeihliches ich mir geleistet haben mochte. Ich hätte nicht gewußt, was. Im Laufe von zwanzig Jahren begegnen einem jede Menge neuer Gesichter, die man zum Kotzen findet, und dann hat man einfach vergessen, warum in grauer Vorzeit irgendeinem hochdekorierten Flachkopf der Kragen geplatzt war. Zumindest hatte ich mich nicht unterkriegen lassen.

Ich plauderte noch ein paar Takte mit Mapes, ließ mir von ihm die Nummer von Potts' Büro durchgeben, verabschiedete mich und hängte ein. Ich hatte Mapes seit zwanzig Jahren nicht mehr gesehen, aber zwischen zwei Leuten, die sieben Monate lang im Monsun zusammengehangen haben, besteht ein Bund fürs Leben. Ich erinnerte mich, daß Mapes mich bei meiner Abreise von Borneo auf einen Frachter nach Singapur gesteckt hatte. Damals wurde ich vom Malariafieber geschüttelt, war bleich wie ein irrendes Gespenst, wog etwa siebenundzwanzig Pfund und hatte nicht den leisesten Schimmer, wohin und wieso ich auf Reisen ging. Ansonsten fühlte ich mich ausgezeichnet.

An allem waren die Tropen schuld. Ich sehe Mapes noch vor mir, wie er mir zum Abschied auf dem Schiff einen Kuß gibt. Als ob er genau wußte, daß er mich nie wiedersehen würde. Sein Wesen war voller Sanftmut und Großherzigkeit, und auf seinem Blick hatte fast so etwas wie Mitleid gelegen. Jedenfalls jetzt, wo ich darüber nachdenke.

Der Sonntag zog wie eine Dunstwolke vorbei, die so verschwommen war wie die Gesichtszüge unseres HErrn auf dem Turiner Leichentuch. Ich ging nicht zur Messe, ich hatte kein Sonntagsmahl mit der ganzen Familie, und ich weinte dem keine Träne nach. Ich war ein Heide wie Breaker Morant.

Bei Einbruch der Dunkelheit hatte ich mit Ratso telefoniert und ihn darüber aufgeklärt, was es bedeutet, wenn ein Landrover auf der linken Seite durch den Dschungel rauscht. Er war pflichtschuldigst beeindruckt.

»Was jetzt, Kinkster?« wollte er wissen.

»Tja, wir können wohl schlecht mit einem Flieger nach Borneo hüpfen, oder?«

»Nicht, bis raus ist, ob die Rangers in die Play-Off-Runde kommen.«

Wie ich schon sagte, er war pflichtschuldigst beeindruckt.

Der Sonntagabend bescherte mir außerdem einen Anruf von Rambam. Er sagte, er habe ein wenig am Fall Morgan weitergearbeitet. Es ließe sich leider nicht umgehen, daß wir beide Montag morgen noch einmal nach New Jersey rausmüßten. Nachdem ich von meiner Seite verhaltenen Protest eingelegt hatte, einigten wir uns darauf, daß er um elf bei mir vorbeikommen und mich dann in die Details einweihen würde. Er wolle am Telefon nicht darüber reden. Ich sagte, ich wüßte nicht wieso. Wenn das Telefon für J. Edgar Hoover gut genug war, war es auch gut genug für mich. Er hängte ein.

Während ich an diesem Abend mit der Katze und einem vorübergehenden Anfall von Schlafstörung im Bett lag, dachte ich über eine Strategie nach, mit der ich am nächsten

Morgen Norman Potts angehen könnte. Sollte es mir gelingen, an eine aufdatierte Friedenskorps-Datei heranzukommen, würde uns dies bei der Klärung der Frage nach John Morgans Identität ein gutes Stück weiterbringen. Sobald ich mich darum gekümmert hatte, konnte ich mir über die Nazis unterm Bett Gedanken machen.

Einige dieser gespenstischen Wesen schienen fatalerweise in jüngster Zeit entschlüpft zu sein und waren offenbar wild entschlossen, ihr nachtschattenhaftes, blutleeres und nach Kerosin stinkendes Karma mit meinem eigenen zu vermählen.

36

»Mike McGovern hier«, sagte ich, »von der ›New York Daily News‹.« Ich trank einen Schluck Espresso und zwinkerte der Katze zu. Es war Montag morgen, und ich hatte die Verwaltungsbehörde des Friedenskorps in der Hauptstadt der Nation in der Leitung.

»Norman Potts«, sagte die Stimme am anderen Ende. »Was kann ich für Sie tun?« Norman konnte einiges für mich tun, aber wenn ich damit herausrückte, würde ich nie etwas über John Morgan erfahren.

»Wir bereiten für unsere Sonntagsbeilage eine Feature-Serie über Freiwillige im Friedenskorps vor, die in ihre Heimat zurückgekehrt sind. Jay Maeder, der Herausgeber, sagt, ihm schwebe so etwas wie ›Zwanzig Jahre danach – Was ist aus ihnen geworden?‹ vor, und ich –«

»EFFKs«, sagte Norman Potts.

»Wie bitte?«

»Ehemalige Freiwillige im Friedenskorps«, sagte er mit leicht gereiztem Ton. »Bei uns heißen sie EFFKs.«

»Klingt gut. Das übernehmen wir.« Ich nahm noch ein Schlückchen Espresso und ließ meinen Blick in Richtung Lesben-Tanzschule schweifen. »Ich möchte Ihnen bloß ein paar Fragen stellen.«

»Schießen Sie los«, sagte Norman Potts. Er war eben einer von den Jungs.

»Wie ich Ihrer Sekretärin bereits gesagt habe, möchten wir unser Feature gern an einem bestimmten, äh, EFFK aufrollen. Der Mann ist heute die große Erfolgsnummer an der Wall Street, aber wir hätten gern ein paar biographische Daten und ein Foto von ihm aus den Sechzigern, als er noch vom großen Durchbruch träumte. Sein Name ist John Morgan, und er war damals in Sarawak auf Borneo stationiert, wenn ich das richtig im Atlas nachgeschlagen habe. Was wir brauchten –«

»Das ist allerdings merkwürdig.«

»Aber nicht doch. Wir sind rein zufällig auf Morgan gekommen. Wir haben lediglich –«

»Davon rede ich auch gar nicht. Wir hatten erst in der letzten Woche einen Anrufer, der Informationen über John Morgan haben wollte. Nun, wenn Sie über einen Zeitraum von zwanzig Jahren zwei Anrufe erhalten, in denen es um ein und dieselbe Person geht, und beide Anrufe erreichen Sie binnen einer Woche, dann ist das doch irgendwie merkwürdig, wenn Sie verstehen, worauf ich hinauswill.«

Ich verstand, worauf er hinauswollte.

»Woher kam der andere Anruf?«

»Einer Ihrer Kollegen von irgendeiner europäischen Verlagsgruppe. Eine westdeutsche Zeitschrift, die eine Retrospektive plante: ›Friedliche Alternativen zum Vietnamkrieg.‹ Irgend etwas in der Richtung. Wollten einen Blick in John Morgans Friedenskorps-Akte werfen, eines Freiwilligen auf Borneo, wie sie sagten. Wir geben keine Akten an die Presse oder die Öffentlichkeit, Mr. McGovern. Das haben wir schon immer so gehalten. Ich bin sicher, Sie haben dafür Verständnis.«

Ich hatte dafür Verständnis und zündete mir gleichzeitig eine Zigarre an. »Sehr vernünftig«, sagte ich. »Wie haben Sie reagiert? Haben Sie dem Anrufer die gewünschten Informationen gegeben?« Wenn es der alte Norman Potts war, brauchte man ihm nur das Stichwort zu geben und ihm freien Lauf zu lassen.

»Nein. Er war überaus aufdringlich, und mir gefiel seine Art nicht. Ich erinnere mich an viele Freiwillige, aber dieser Name sagte mir nichts. Nachdem ich aufgelegt hatte, ging ich also die Listen aller auf Borneo stationierten Einheiten durch, und ein John Morgan war nicht dabei. Ziemlich verwirrend, wie Sie sich vorstellen können.«

Ich konnte es mir vorstellen. Ich paffte an der Zigarre und stellte mir ziemlich viele Dinge vor, wobei keins darunter als angenehm zu bezeichnen war.

»Wir sprechen in dem Fall von einer undichten Stelle im Infokanal, Mr. Potts. Zweifellos hervorgerufen durch die harte Konkurrenz innerhalb der New Yorker Presse. Denen ist jedes Mittel recht, wenn sie uns mit einer Story zuvorkommen können, und ich befürchte, Ihnen sind eben dadurch einige Belästigungen entstanden. Das ist einer der Punkte, auf die die Vierte Gewalt nicht gerade stolz ist.«

»Offen gesagt, begann mich die Geschichte zu interessieren. Also gab ich John Morgan in unseren Großcomputer ein, und siehe da, er war tatsächlich unter den Freiwilligen. Allerdings früher, als sie vermutet hatten, und auch nicht auf Borneo. Sondern Argentinien. 1963.«

»Interessant«, sagte ich. »Hat der Anrufer seinen Namen genannt oder gesagt, von wo aus er sich meldet?«

»Er sagte, sein Name sei Harvey Pickelner. Hatte seinen Sitz irgendwo in New Jersey.«

»Sagt Ihnen der Name Bayonne etwas?«

»Genau. Bayonne. Woher wußten Sie das?«

»Nicht das erste Mal, daß der uns in den Kram pfuscht.«

Irgend etwas Häßliches ging hier vor, und zwar gleich auf mehreren Ebenen. Personen, die gerade aus dem Weg geräumt waren, wie Goldköpfchen, Gorgeous George und der namenlose Skinhead, schienen in Windeseile ersetzt zu werden wie die Verschleißteile einer sehr viel größeren und für höhere Zwecke eingesetzten Maschine. Gute deutsche Präzisionsarbeit.

Von Potts erfuhr ich ein paar nichtssagende biographische Daten über Morgan. Weitaus bedeutender allerdings war seine Zusage, meinem »freien Mitarbeiter« in Washington ein Foto von Morgan zu überlassen. Das Bild würde mir bestimmt einiges sagen.

Wie ich bemerkte, hatte sich in den zwanzig Jahren am unterkühlten, vorsichtigen, leicht gelangweilten und bürokratischen Ton in Potts' Stimme wenig geändert. Gleichwohl war dies die längste und mit Abstand freundlichste Unterhaltung, die wir beide je miteinander geführt hatten. Natürlich dachte er, mit Mike McGovern zu reden, aber das konnte man ihm nicht zum Vorwurf machen.

»Würde Sie auch der zweite Freiwillige interessieren, nach dem sie sich noch erkundigt haben?« fragte Potts. »An *den* kann ich mich allerdings noch gut erinnern. Äußerst unangenehmer Bursche. Absolut ohne jedes Autoritätsgefühl.«

»Wir haben selbst ein paar von dieser Sorte hier in der Lokalredaktion.« Ich versuchte, McGoverns herzhaftes Lachen nachzuahmen.

»Bestimmt nicht so schlimm wie dieser Kerl«, sagte Potts. »Hielt sich da draußen im Dschungel für Lord Jim. Zerstörte praktisch unsere funktionierenden Beziehungen zum Gastland. Also, den werde ich mein Lebtag nicht vergessen.«

Ich nahm einen leicht paranoiden Zug an der Zigarre.

Ich wartete.

»Der Typ hieß Friedman«, sagte Norman Potts.

Ich blies den Rauch aus.

37

Mein »freier Mitarbeiter« in Washington war ein libanesischer Druse und Rock'n'Roll-Gitarrist namens Jimmie Silman, der es großartigerweise vorzog, Ratso genannt zu werden. Ich bezeichnete ihn gelegentlich als Washington Ratso, um ihn vom New Yorker Ratso zu unterscheiden, aber wenn wir zusammen waren, nannte ich ihn einfach Ratso. Ich war eben ein Mann mit zwei Ratsos.

Warum zwei ausgewachsene weiße Amerikaner überhaupt mit Ratso angeredet werden wollten, war mir völlig schleierhaft, aber ich hatte mich daran gewöhnt. Ich hatte mir immer vorgestellt, Ratso sei ein ziemlich komischer Name für jemanden, geschweige denn für gleich zwei Leute. Aber wenn man länger darüber nachdachte, war der Name Kinky nicht weniger komisch.

Während ich auf Rambam wartete, ging ich gemächlich zu meinem zweiten und dritten Espresso über, überlegte – aber entschied mich dagegen –, die zweite Zigarre am Morgen zu köpfen, und klärte ein paar Dinge mit Washington Ratso. Washington Ratso war noch nie »freier Mitarbeiter« für die ›New York Daily News‹ gewesen und ziemlich aufgeregt. Wie mußte man als Journalist auftreten? Ich erzählte ihm, ein Journalist trete in etwa so auf wie ein Rock'n'Roll-Gitarrist, nur vielleicht etwas schlampiger gekleidet. Ratso sah in der Beziehung kein Problem und sagte, er wäre im Augenblick ohnehin zwischen zwei Gigs und würde mir liebend gern höchstpersönlich das vermeintliche Foto von John Morgan innerhalb der nächsten siebenundvierzig Stunden vorbeibringen. Ich schickte ihm meinen Standardspruch rüber, daß Zeit der Liebe Geld ist, und wies ihn an, in die Gänge zu kommen. Top-Journalismus war harte Arbeit, und der Job raubte mir allmählich die Nerven.

Ich stand nervös mit dem Puppenkopf jonglierend am Küchenfenster und wartete auf Rambam. Es war wirklich zuviel verlangt, dachte ich, jemanden mehr als einmal im Leben nach New Jersey zu schleppen. Nun, wir würden die Dinge klären, sobald Rambam eintrudelte.

Es war ein wolkenverhangener Morgen, kalt und trostlos, und der Wind peitschte durch das rostige Gestänge der Feuerleitern. Die Umgebung hatte in etwa die Farbe meiner Lungenflügel. Das einzig erkennbare Grün befand sich innerhalb des Lofts: die Zimmerpflanzen der Griechin, deren Untermieter ich war und die aussah wie eine Spinne. Hin und wieder gab ich den Pflanzen etwas Wasser oder tröpfelte ein wenig Jameson über sie. Im Augenblick standen sie prächtig im Saft. Offen gesagt, schienen sie mir gar ein bißchen zu schmuck. Wo zum Teufel blieb nur Rambam?

Ich legte den Puppenkopf zurück auf den Kühlschrank, ging rüber zum Schreibtisch, nahm Zigarre Nummer zwei aus Sherlock Holmes' Kopf, legte sie unter die Guillotine, köpfte sie, lehnte mich in meinem Stuhl zurück, zündete sie an der Spitze an und nahm einen entspannten ersten Zug, als Rambams Stimme ihre primitiven Brooklyn-Obszönitäten durch mein Manhattaner Fensterglas tönen ließ.

Ich rührte mich nicht von meinem Stuhl.

Ich habe zwar noch keine Studie irgendeines kleinkarierten Universitätsprofessors zu diesem Thema gesehen, aber ich bin der festen Überzeugung, daß Zigarrenraucher im Vergleich zum durchschnittlichen Nichtraucher eine höhere Lebenserwartung haben. Und zwar aufgrund ihrer allgemeinen Lebenseinstellung. Wir lassen uns durch Leute, die lautstark nach Puppenköpfen verlangen, nicht sonderlich aus der Ruhe bringen. Erst recht nicht, wenn sie unpünktlich sind und nach New Jersey wollen. Deshalb leben die meisten Zigarrenraucher auch länger, als sie eigentlich wollen. Und sie leben auch länger, als es allen anderen lieb ist.

Schließlich kam Rambam mit dem Puppenkopf in der einen und einem braunen Umschlag in der anderen Hand zur Tür hereingeschneit. »Herr im Himmel«, sagte er. »Was ist denn mit deinem Gesicht passiert?«

»Nichts«, sagte ich. »Ich hatte einen kleinen Jagdunfall in Peru.«

»Am besten, du erzählst Mama Rambam alles«, sagte er und schnippte mir den Puppenkopf zu. Ich ging rüber zum Kühlschrank und plazierte ihn obenauf. Dann setzte ich mich wieder an meinen alten Platz hinterm Schreibtisch, wo Rambam es sich bereits auf einem Stuhl bequem gemacht hatte.

Ich erzählte ihm die komplette Skinhead-Saga. Angefangen bei meiner Unterredung mit Carmen, dem Besuch bei Ratso und von meinem starken Verdacht, daß jemand mir die Skinheads auf den Hals gehetzt hatte. Rambam hörte schweigend zu. Als ich auf Zevs Eingreifen zu sprechen kam, lachte er und schüttelte den Kopf.

»Was ist los?« fragte ich.

»Nichts. Ich bin nur froh, daß wir das kleine Miststück auf unserer Seite haben.«

Als ich zum Schluß meines Berichts den toten Skinhead erwähnte, verzog Rambam sein Gesicht zu einem furchterregenden Lächeln, hinter dem seine blanken Zähne aufblitzten.

»Was zum Teufel gibt es da zu grinsen?« fragte ich.

»Ich muß nur gerade daran denken«, sagte er, »was das für ein Riesenspaß wird, wenn wir den Kerlen endlich über den Weg laufen.«

»Yeah«, sagte ich eher zweifelnd, zumal sich der große, schmerzhafte blaue Fleck unter meinem linken Auge bemerkbar machte, »Spaß gibt's auf *jeden* Fall.«

38

Während Rambam seinen Jaguar hinter der Ausfahrt des Holland Tunnel auf den New Jersey Turnpike fädelte, überlegte ich, daß er und vielleicht auch Zev klinisch gesehen nicht unbedingt als krank einzustufen waren. Trotzdem tanzten beide, im Vergleich mit den anderen Vögeln, irgendwie aus der Reihe. Ich hatte mit eigenen Augen gesehen, wie Rambam ein halbes Dutzend bezahlter Killer aus zwei miteinander verfeindeten kolumbianischen Drogenkartellen ins Jenseits befördert hatte, und die Geschichten über Zev waren geradezu legendär. Wie Zev morgens um zwei über geparkte Autos nach Hause spaziert. Wie Zev sich an den Haaren die Stufen zum Lone Star Café hochziehen läßt. (Um damit die Strapazierfähigkeit seiner Haare unter Beweis zu stellen. Natürlich war er zu dem Zeitpunkt mit Sliwowitz abgefüllt.) Wie Zev Diamanten oder Schalldämpfer an Orten abliefert, an denen es selbst Schwarze mit der Angst bekommen. Und dann war da noch Boris ...

Aber das größte Problem mit all diesen Typen bestand für mich darin, daß sie aus Brooklyn kamen und ich aus Manhattan. Beide Orte waren im Idealfall geographisch und kulturell gerade weit genug voneinander entfernt, aber wenn irgendein Finsterling in Manhattan es auf einen abgesehen hatte, konnte Brooklyn genausogut im Wunderland Oz liegen.

Soweit Problem Nummer eins.

Ein anderes Problem war die Frage, wohin wir unterwegs waren und was wir dort wollten. Rambam hatte mir zuvor im Loft den Inhalt des braunen Umschlags gezeigt. Er enthielt eine Produktliste der Bundesregierung, wobei Rambam genau den Teil kopiert hatte, in dem alle im letzten Jahr nach Amerika importierten giftigen Chemikalien und Insektizide aufgeführt waren. Rambam hielt sich ziemlich bedeckt, was die Herkunft der Liste betraf. Ein Bekannter beim Zoll, sagte er. Aber das Interessante an der Liste war, daß Phenoxylcholin, die Chemikalie, nach der wir suchten und die unsere beiden arischen Freunde auf Eis gelegt hatte, nur von einer Firma in den Staaten vertrieben wurde. Das Unternehmen hieß Interchem, und es hatte seinen Sitz in Newark, New Jersey.

»Newark ist Bayonnes häßliche ältere Schwester«, sagte Rambam, während wir bei Tageslicht dieselbe deprimierende Strecke abfuhren, von der wir eine Woche zuvor in der Dunkelheit nur ein paar verschwommene Eindrücke bekommen hatten.

»Ich freue mich, ihre Bekanntschaft zu machen«, sagte ich. Um uns herum breitete sich eine heruntergekommene Industrielandschaft aus. Aus Schornsteinen quoll dichter Rauch, der weitaus gefährlicher war als die zarten Rauchwölkchen, die meiner Zigarre entstiegen und über die sich die Leute immer so aufregten. Hier regte sich niemand über die Schornsteine auf. Überall standen flache, häßliche Öl- oder Gasdepots und Vorratstanks herum. Dann und wann tauchte ein kränkelndes und verkümmertes Bäumchen auf, von dem man verdammt sicher sein konnte, daß Joyce Kilmer es nie zu Gesicht bekommen hatte.

»Übrigens«, sagte Rambam, »sollen die Sonnenaufgänge und Sonnenuntergänge hier in der Gegend wegen der Chemieabgase ziemlich spektakulär sein.«

»Yeah«, sagte ich, »nur die Mittagsvorstellung fällt verdammt schwach aus.«

»Keine Sorge. Wenn unsere Suche Erfolg hat, waren wir das letztemal hier.«

»Der Verband der chemischen Industrie kann's kaum erwarten.«

Als wir uns den Außenbezirken von Newark näherten, wo Interchem offenbar ihre Niederlassung hatte, deutete Rambam auf den Rücksitz des Jaguars. »Zieh dir den Trenchcoat da hinten über. Mit dem Hut im Gesicht und der Sonnenbrille wird es wohl gehen.«

»Ich glaube, du hast zu viele Folgen von *Ipcress – Streng Geheim* gesehen.«

»Hör zu, dein Gesicht sieht aus wie eine angegammelte Mini-Pizza. Ohne Hut und Sonnenbrille läuft da nichts, und dazu paßt dann nur noch ein Trenchcoat.«

»Klingt irgendwie logisch.«

»Ich gehe in dem Anzug und der Krawatte hier, und überlaß das Reden nur mir.«

»Na prima«, sagte ich, während ich mich in den Trenchcoat zwängte. »Jetzt, wo die Kleiderfrage geklärt ist, dürfte ich vielleicht noch wissen, welche Typen wir mimen?«

»Wir sind von der Gewerbeaufsicht«, sagte Rambam mit einem gemeinen Lächeln. »Überprüfung der Betriebserlaubnis.«

»Hübscher Einfall«, sagte ich.

39

Die beiden Betriebsprüfer der Gewerbeaufsicht schritten selbstbewußt durch die riesige Lagerhalle, die bis zur Decke mit merkwürdig beschrifteten 200-Liter-Fässern vollgestopft war.

»So viele Trommeln und Abzeichen habe ich seit meinem

letzten Auftritt in der High-School-Band nicht mehr gesehen«, sagte ich.

»Schlag auf eins dieser Babies, und du könntest eine Überraschung erleben«, sagte Rambam.

Den Etiketten nach zu urteilen, war Interchem gefährlich, ätzend und zersetzend. Interchem, ging es mir durch den Kopf, war in mancherlei Hinsicht wie das Leben. Wenn man den philosophischen Klugscheißer spielen wollte, war natürlich alles irgendwie wie das Leben. Zum Beispiel dieser traumhafte Sonnenuntergang, der einem von Interchem beschert wurde.

Wir bogen um eine Ecke und liefen an aufgereihten Tonnen vorbei auf ein großes, verglastes Büro zu. Ich zog das Walkie-Talkie hervor, das Rambam mir zugesteckt hatte, und diktierte ein paar Phantasiewörter hinein. Ein Walkie-Talkie war laut Rambam jederzeit effizienter als ein gefälschter Ausweis.

»Nur nicht zu dick auftragen«, flüsterte er. »Sieh dir ein paar Fässer an, schreib irgendwelchen Scheiß in dein Notizbuch, etwas in der Art. Du siehst dich um, und ich gehe ins Büro.«

Er ging ins Büro.

Drinnen stand ein Typ mit weißem Hemd und Krawatte, die Hemdsärmel aufgerollt. Ich bezweifelte, daß es sich um Mr. Interchem handelte, aber er sah irgendwie aus wie ein hohes Tier. Vielleicht der Sohn oder der Schwiegersohn. Vielleicht würde der ganze Laden eines Tages ihm gehören.

Ich sah, wie Rambam ihm irgendeinen Ausweis vorzeigte und die beiden an einem Schreibtisch vorbei aus meiner Optik verschwanden. Ich startete meine Runde und hoffte, es würde nicht allzu lange dauern.

Ich sah mir einige Fässer an. Ich zog mein Notizbuch und kritzelte ein paar Zahlen hinein. Steckte das Notizbuch weg. Sah mir noch ein paar Fässer an. Die Geschichte wurde schnell langweilig.

Ein paar Arbeiter in orangen Overalls glotzten blöde zu mir herüber, also zog ich das Walkie-Talkie raus, murmelte irgendwelche Beschwörungsformeln, blickte auf, und sie hatten sich in Luft aufgelöst. Kaum zu glauben.

Ich überlegte, ob sich diese Technik möglicherweise auch im Alltag anwenden ließ. Vielleicht würde ich es demnächst zu Hause an einer Hausplage ausprobieren.

Ein Typ auf einem Gabelstapler kam mir entgegen und blickte mich mißtrauisch an. Ich zog das Walkie-Talkie, und er kurvte links rüber in einen Seitengang.

Ich starrte auf ein Faß und überlegte, ob das Leben nur ein Traum war. Wohl kaum, dachte ich. Eher ein Faß.

Schließlich öffnete sich die Tür zum Büro, und Rambam trat heraus. Ich steckte das Walkie-Talkie weg, und wir beide marschierten zielstrebig und selbstbewußt den Gang entlang, durch die große Lagerhalle und hinaus ins Freie.

Er begann nicht eher zu sprechen, bis wir wieder auf dem Turnpike waren.

»Wilhelm Stengal«, sagte er. »Das ist unser Mann. In den Interchem-Unterlagen der einzige Typ, der je was von diesem Zeug bestellt hat. Zwar nur eine Probelieferung, aber für den Job allemal ausreichend. Lebt auf der East Eightysixth Street. Yorksville. Hieß früher mal German Town. Mein Dad hat mir erzählt, daß der Deutsch-Amerikanische Bund dort in den Dreißigern seine Paraden veranstaltete. Zu Tausenden seien sie in voller Nazimontur aufmarschiert und hätten die Straßen blockiert.«

Keiner von uns sagte einen Ton, bis wir den öden Landstrich hinter uns gelassen hatten und wieder im Holland Tunnel verschwanden. Das gedämpfte, klaustrophobische und aus dem Jenseits stammende Zwielicht schien sich auf uns herabzusenken.

»Sieht ganz so aus«, sagte ich, »als ob ein paar von denen immer noch im Stechschritt in der Gegend herumstolzierten.«

40

»Ich *behaupte* ja gar nicht, daß sie mich geleimt hat, Ratso«, sagte ich. »Ich behaupte nur, daß *irgendwer* es getan haben muß.« Ratso saß mit einer lippenroten Sportjacke auf meiner Couch und verzehrte eine Schweinepastete von Myers of Keswick in der Hudson Street, die er in meinem Kühlschrank aufgetan hatte. Es war später Dienstag nachmittag, und die linke Hälfte meines Gesichts näherte sich langsam der Farbe von Ratsos Sportjacke.

»Du brauchst dich nur anzusehen, um so weit zu kommen«, sagte Ratso mit einigem Nachdruck. »Wahrscheinlich war dir bereits auf dem Weg zu mir jemand auf den Fersen und hat sich dann darum gekümmert, daß dir auf dem Rückweg das Fell über die Ohren gezogen wird.«

»In den Straßen herrschte ziemliche Funkstille.«

»Genau wie zwischen deinen beiden Ohren«, sagte er mit gereiztem Unterton. Ratso tunkte die Schweinepastete in einen Rest süß-saurer Chinasoße, die er ebenfalls im Kühlschrank entdeckt hatte. Sie stand da bereits seit Wochen, sollte aber eine Ewigkeit haltbar sein.

»Pete Myers wäre entsetzt darüber, was du mit seinen Schweinepasteten anstellst«, sagte ich.

»Soll unser kleines Geheimnis bleiben.«

Ich lief auf leicht wackligen Beinen zur Küchentheke, schüttete einen medizinischen Schluck Jameson in das alte Stierhorn, ging rüber zum Fenster, setzte zu einem Toast auf einen weiteren Dienstag in meinem tragischen, unscheinbaren Leben an und kippte den Schluck runter. Ich empfand keineswegs Selbstmitleid, nur eine ziemliche Verwirrung. Und irgendwo tief in meinen angeschlagenen Knochen spürte ich, daß mir etwas ungemein Häßliches bevorstand.

Ich hatte große Lust, Sergeant Cooperman anzurufen und Wilhelm Stengal verhaften zu lassen. Wegen Fahrens mit ungültigem Fahrschein oder ähnlichem. Ich war inzwischen der festen Überzeugung, daß er ein wichtiges Teil im John-Morgan-Puzzle darstellte. Meiner Theorie nach hatte er die beiden Arier angeheuert und sie nachher in Bayonne zum Päckchen verschnürt, weil sie den Job im Hotel vermurkst hatten. Ein ziemlich unangenehmer Arbeitgeber, dachte ich.

Ich glaubte weiterhin, daß er der Mann war, der die Hornvogelfeder im Büro des verschiedenen Anwalts zwischen den Spinnweben am Boden verloren hatte. Er mußte also auf Borneo gewesen sein. Ich fragte mich, ob er außerdem eine blaue Kornblume im Revers trug.

Rambam hatte Boris und ein paar Berufsschläger aus Brooklyn zur Überwachung von Stengals Haus in der East Eighty-sixth Street abbestellt. Er war der Meinung, wir hätten gegen Stengal noch nicht genug in der Hand, um Cooperman ins Spiel zu bringen. In seinen Augen waren die beiden Arier blutige Anfänger und Stengal ein mit allen Wassern gewaschener Profi. Und dann ließ er sich mit einer für mein Empfinden ziemlichen Taktlosigkeit darüber aus, daß er auch mich für einen blutigen Anfänger hielt.

Rambam hatte schon öfter dieses Katz-und-Maus-Spiel veranstaltet, und ich mußte zugeben, daß er gewöhnlich die Katze oder die Maus, oder auf wen auch immer er es abgesehen hatte, bekam. Aber im Hinterstübchen meines Hirns nagte der Gedanke, daß er Cooperman nie und nimmer hinzuziehen würde. Rambam wollte Stengal für sich haben.

Rambam, das fühlte ich deutlich, wollte Nazis in New York jagen, und ich wollte John Morgan finden. Und wenn schon, dachte ich, vielleicht würden wir beide unsere Chance erhalten.

Ich lief quer durchs Loft zu Ratsos Platz zurück, wo von der Schweinepastete nichts mehr zu sehen war. Ratso blickte fast schon streitsüchtig zu mir hoch. Dann polterte er los: »Vielleicht hat Carmen sich selbst gefesselt und geknebelt und sich an den Handgelenken an der Kleiderstange im Pierre aufgehängt. Vielleicht hat sie auch Morgan getötet, die Leichen vertauscht, ist nach Argentinien zurückgekehrt, von dort nach New York gekommen und hat dich in diesen rätselhaften und unlösbaren Fall verwickelt, weil sie gehört hat, du wärst ein Frauenhasser.«

»Halt mal für einen Moment die Luft an, Ratso. Ich behaupte nichts weiter, als daß Carmen merkwürdige Dinge erzählt, eine attraktive Frau ist und gefährlich sein könnte.« Ich ging zu meiner Flasche Jameson zurück und goß mir einen großzügig bemessenen Schluck in das Stierhorn.

»Du *bist* ein Frauenhasser!« rief Ratso hämisch.

Ich ging stoischen Schrittes hinüber an meinen Sherlock-Holmes-Kopf, nahm eine Zigarre heraus, biß das Ende ab und spuckte es auf den Boden. Dann lief ich zurück ans Küchenfenster, entzündete an der modisch kahlen Ziegelmauer ein Streichholz und befeuerte die Zigarre. Wenn man von jemand als Frauenhasser attackiert wird, kann ein wenig Theater nicht schaden.

Ich paffte an der Zigarre und sah für einen Moment den sich ins Village wälzenden grauen Rauchwolken hinterher, als ob ich innerlich mit meiner Fassung ringen würde. Aus irgendeinem Grund dachte ich an Winnie Katz. Wenn ich ein Frauenhasser war, überlegte ich, was zum Teufel war sie dann? Schließlich wandte ich mein Gesicht meinem Ankläger zu.

»Ich hasse niemanden«, sagte ich. »Wilhelm Stengal vielleicht. Oder wofür er meines Dafürhaltens steht. Aber ich hasse weder Rechtsanwälte, noch Schwarze, noch Vegetarier, noch Homosexuelle, noch Lesben, noch Nichtraucher, noch Typen, die in den Klamotten von Verstorbenen herumlaufen und einem ihr urplötzlich entdecktes Zartgefühl unter die Nase reiben . . .«

An diesem Punkt kippte ich den Drink runter und sah Ratso in die Augen.

». . . ich hasse auch mich selbst nicht – habe ich mich selbst schon erwähnt? – und ich hasse keine Katzen, und ich hasse keine Hunde, und ich hasse keine Ratten, und ich hasse Wade Boggs nicht, und ich hasse auch nicht die Geistesverwirrten in den Anstalten, die hinter irgendeinem aufgeblasenen Psychiater herlaufen und ihm ihre Reime aufsagen, damit er sich einen neuen BMW zulegen kann . . .

Ich habe in meinem Leben gewisse Frauen geliebt. . . Ich gebe nicht vor, sie als ethnische Gruppe zu lieben. Die Art Typen, die alle Frauen lieben und einen ständig auf Titten und Ärsche hinweisen, sind gewöhnlich verklemmte Homosexuelle. . . zu schade, daß es für diese Typen keine Tanzklasse gibt . . .«

Ich stand im Wohnzimmer und deutete mit meiner Zigarre dramatisch zur Decke, und Ratso saß mit weit offenem Mund auf der Couch. Mit seiner lippenroten Sportjacke und dem klaffenden Maul sah er aus wie ein großer, ungläubiger Kabeljau.

»Ich *hasse* nicht alle Bräute, Ratso. Ich denke nur, Frauen sind anders verkabelt. Wenn du alle Bräute *liebst,* tust du mir leid, denn eines Tages, mein lieber Ratso, wird dich das Schicksal an deinem runzeligen, kleinen Sack packen, und du wirst zu deinem großen Verdruß erkennen, daß du ein verklemmter Homosexueller bist, was natürlich um einiges weniger aufregend ist, als ein schwuler Killer zu sein, aber man nimmt, was man kriegen kann.

Unsere heroische Freundschaft bleibt davon selbstverständlich unberührt. Sollte ich dir gegenüber zuweilen etwas reserviert oder gezwungen erscheinen, so schütze ich meine Person nur vor übler Nachrede. Heutzutage ist das eigene Image enorm wichtig, obwohl es das eigentlich immer schon war. Wie sagte Geronimo, als er den von der U. S. Bundesregierung angebotenen Cadillac ablehnte: ›Mann reitet Auto – keiner sieht hin. Mann reitet Pferd – *alle* sehen hin.‹«

Ratso sah mich an, als ob er sich auf dem Sprung befände, mich wieder zu Dr. Bock in die Praxis zu schleppen. Ich war auf dem Sprung, einen die schiere Wut auslösenden, zu groß geratenen und reichlich aufgeblasenen Kabeljau auszunehmen.

Vor größerem Unheil bewahrte uns ein markerschütternder Schrei von der Straße.

41

Es war einer dieser Momente, auf den viele Leute ihr Leben lang warten. Manche vielleicht sogar noch länger. Ich hatte den Puppenkopf aus dem Fenster einer düsteren, merkwürdigen Erscheinung zugeworfen, die draußen im Halbdunkel neben einem Müllwagen stand. Ein oder zwei Minuten später hörten wir schwere Schritte im Hausflur. Dann hämmerte es dreimal kurz an der Tür zum Loft.

Der unliebsame Eindringling in der lippenroten Sportjacke, mit dem ich zuvor über die Unschuld der Frauen im allgemeinen und über die von Carmen im besonderen diskutiert hatte, stand jetzt neben meinem Schreibtisch und blickte mit unverhohlener Neugier zur Tür. Genau besehen, tat ich das gleiche.

»Herein!« rief ich.

Die Tür öffnete sich langsam, und eine Gestalt mit einem blauen Rucksack und einem lächelnden Puppenkopf in der Hand schob sich über die Türschwelle. Dem Aussehen nach handelte es sich unzweifelhaft um einen auf schick getrimmten jüngeren Bruder von Jassir Alter-Furz in westlichem Outfit. Die Gestalt kam auf mich zu, umarmte mich, drückte mir den Puppenkopf in die Hand und warf den Rucksack geradewegs mitten auf den Schreibtisch, wo die Katze ihn kurz neugierig beschnupperte und dann ihren Schlaf fortsetzte.

Schweigend ging ich mit dem Puppenkopf zum Kühlschrank, legte ihn sicher an seinen Platz, ging zurück zum Schreibtisch, entnahm dem Sherlock-Holmes-Kopf eine Zigarre, absolvierte die pränuptialen Zeremonien und zündete sie an.

Ich ließ mich auf den Stuhl sinken, paffte ein paarmal und sah zu, wie die blaue Rauchfahne träge in Richtung Lesbenregion emporstieg.

»Ratso«, sage ich, »darf ich vorstellen: Ratso.«

Irgendwo in nicht allzuweit entfernten homosexuellen Sphären konnten wir Winnie und ihre Mädchen bei ihrem Fitneßprogramm hören, aber ansonsten war es im Loft ungewöhnlich still. Wie die Dinge lagen, hatte sich auf den verschiedensten Ebenen eine Menge getan. Auf der einen Ebene, so hoffte ich aus unerfindlichen Gründen, wurde lediglich getanzt. Aber für mich existierte diese Ebene nur in der Vorstellung, und obwohl Einstein große Stücke auf die Vorstellungskraft hielt, hatte Sherlock ihr nie getraut, und auch mir hatte sie nicht viel Gutes eingebracht.

Auf einer eher handfesteren Ebene, auf der wir drei uns befanden, hatte derjenige Ratso, der eine geradezu verblüffende Ähnlichkeit mit Ralph Nader besaß, jetzt das Wort.

Nach Angaben von Washington Ratso, geboren als Jimmie Silman, hatte ihm 1969 nach einem Autounfall ein Querschnittsgelähmter aus North Carolina namens Sid White den Namen »Ratso« gegeben. Damals war er durch die lange Phase der Rekonvaleszenz auf 108 Pfund abgemagert und hatte durch den Unfall einen leicht schleppenden Gang zurückbehalten. Washington Ratsos detaillierter Bericht erwies sich als ziemlich effektiv, New York Ratso von Zwischenfragen genereller Art abzuhalten. Die Katze und ich, gutgläubig bis zum bitteren Ende, nahmen ihn beim Wort.

1978 dann, so Washington Ratso weiter, war er mir durch unseren gemeinsamen Freund Tex Rubinowitz im Cellar Door in Georgetown vorgestellt worden. (Ich konnte mich bei beiden Ratsos nicht mehr an die Umstände unserer ersten Begegnung erinnern, aber wie Ingrid Bergman einmal sagte: »Das Rezept für ein glückliches Leben ist gute Gesundheit und ein schlechtes Gedächtnis.« Zumindest glaube ich, daß es von Ingrid Bergman stammt.)

Offenbar hatte ich gerade meinen Gitarristen gefeuert, weil er »zu gut spielte«, und hatte Ratso angeheuert, der damit vom Bassisten zum Gitarristen aufgestiegen war. »Und wer spielt dann Baß?« hatte er wissen wollen. »Wir brauchen keinen Baß«, hätte ich damals wortwörtlich gesagt.

Dieses kleine Aperçu wird Musikuninteressierten ziemlich wirr oder gar langweilig vorkommen, aber ich erfreute mich an den alten Geschichten, zumal mir nichts von all dem in Erinnerung geblieben war. New York Ratso zeigte sich wenig begeistert.

Er hockte schweigend da, während Washington Ratso einen haarsträubenden Bericht über unsere Heldentaten zum besten gab, die wir später am Abend im Mr. Henry's, einer Schwulenbar in Georgetown, vollbracht hatten. An der Stelle seiner Erzählung, als er darauf zu sprechen kam, wie ich dem Mann am Klavier schöne Augen gemacht hatte, trat ein Ausdruck von bestärktem Verdacht in New York Ratsos Blick, und eine leise Spur von Abneigung überflog sein Gesicht wie ein hauchdünner Schatten eines in der Sonne liegenden Salamisandwichs. Er lief angeekelt zum Kühlschrank, öffnete die Tür, sah, daß sich nichts Eßbares mehr darin finden ließ, und schlug die Tür so hart zu, daß der Puppenkopf erzitterte.

Ich goß den beiden Ratsos und mir eine Runde ein, und nachdem sich die Dinge wieder etwas beruhigt hatten, setzte New York Ratso widerwillig zu seiner Story an.

Er hatte mich 1973 im Max's Kansas City kennengelernt, wo er sich durch Zwischenrufe aus dem Publikum so stark hervorgetan hatte, daß mein Bruder Roger, der damals der Manager meiner Band war, ihn hinter die Bühne geholt hatte. Selbstverständlich hatte ich den Zwischenfall vergessen, aber Ratso konnte sich genauestens an alles erinnern. Für ihn bedeutete dieser Tag soviel wie für andere der Tag, an dem Kennedy erschossen wurde. Für mich war es lediglich eine weitere Show in der Gesäßtasche.

1974 hatte Ratso Bob Dylan getroffen. Jesus und Hitler war er bereits sehr viel früher begegnet, wie er behauptete, als er in Madison, Wisconsin, mit psychedelischen Drogen experimentiert hatte. Aber erst 1975, zur Zeit von Bob Dylans Rolling Thunder Revue, hatte Larry Sloman auf einem Parkplatz in Vermont von Joan Baez den Spitznamen »Ratso« bekommen. Wie sie damals sagte, hatte sie ihn wegen seines ungepflegten und abstoßenden Erscheinungsbilds so genannt.

»Schwer nachzuvollziehen«, sagte ich.

New York Ratso fuhr mit dem Hinweis fort, daß Washington Ratso zwar auf ein längeres Ratso-Dasein zurückblicken könne, er aber im Gegenzug weitaus länger Kontakte zum Kinkster unterhalte. Washington Ratso nahm dies mit ziemlicher Gelassenheit auf, schüttete sich einen großzügigen Schluck nach und erklärte, daß es für ihn höchste Zeit werde. Er schlage deshalb vor, einen Blick in den blauen Rucksack auf meinem Schreibtisch zu werfen. Dies war mir nur recht, denn die beiden streitenden Ratsos fingen an, mir fürchterlich auf die Nerven zu gehen.

Unter Aufsicht von je einem links und rechts über die Schulter spähenden Ratso öffnete ich den Reißverschluß des Rucksacks, zog einen großen Umschlag hervor und entnahm ihm eine Schwarzweiß-Fotografie. Ich betrachtete das Foto, nickte mit dem Kopf und beglückwünschte Washington Ratso, ein großartiger freier Mitarbeiter zu sein. Er nahm mich ein weiteres Mal in den Arm, tauschte mit seinem New Yorker Gegenstück einen unterkühlten Händedruck aus, streichelte die Katze und machte sich zurück auf den Weg in die Hauptstadt der Nation.

Nachdem er fort war, wandte ich mich wieder der Fotografie zu. Ich war dem Mann nur einmal im Leben begegnet, und zwar nicht gerade unter glücklichen Umständen. Er hatte in einer Pinienkiste gelegen, an seiner letzten Ruhestätte in Cleveland, Ohio.

Ich bemerkte, daß auch Ratso das Bild anstarrte. »Ich dachte, ich wäre der einzige Ratso in deinem Leben«, sagte er mit leicht wehmütigem Tonfall.

»So ist das Erwachsenwerden«, sagte ich.

Bald darauf hatte auch Ratso sich verzogen, und die Katze und ich erholten uns von den beiden Hausplagen. Ich hatte gerade meine Cowboystiefel aus Brontosauriervorhaut ausgezogen und mich auf einen gemütlichen Abend eingerichtet, als die Telefone klingelten.

Es war Rambam. Sein Ton war drängend, und in seiner Stimme lag eine grimmige Entschlossenheit.

»Mach dich startklar«, sagte er. »Heute abend lassen wir Wilhelm Stengal hochgehen.«

42

Ich hatte mich halbwegs darauf eingestellt, den Abend zu Hause zu verbringen. Vielleicht ein wenig Popcorn rösten. Eine Partie Scrabble mit der Katze spielen. Vielleicht sogar Winnie Katz anrufen. Dem Gehör nach fiel die Tanzklasse heute aus.

Ich erzählte Rambam kurz von meinen Plänen, stieß aber auf wenig Verständnis. Ich sagte ihm, Dienstagabend ginge ich immer zum Bowling. Er fand das überhaupt nicht komisch.

»Hör zu, Rambam, das hat mit Kneifen nichts zu tun. Nur halte ich den Vorschlag eines Hausbesuchs bei einem mächtigen und international bekannten Nazi, der mit Gift hantiert und Leute nur aus Spaß an der Sache umlegt, nicht gerade für den geeignetsten Schritt nach vorn.« Die Katze nickte bestätigend mit dem Kopf.

»Ich will dir eins sagen, Mr. Bleib-daheim-Baby«, sagte Rambam beinahe beleidigend, »wir können nicht einfach bloß rumsitzen und den Fall mit deduktiver Haarspalterei lösen. Boris und die Jungs haben den Kerl beobachtet. Boris meint, seine Hütte sehe aus wie die Amerikanische Botschaft kurz vor dem Abzug aus Saigon. Rundum mit Stacheldraht eingewickelt, und genau in diesem Augenblick, während wir hier am Telefon groß diskutieren, steht er im Hof und verbrennt Papiere in einer Mülltonne. Wir müssen uns diesen Typen vornehmen, oder er schwirrt uns gen Süden davon wie diese abgefuckten Kolibris, von denen du ständig erzählst.«

In Rambams Sätzen lag eine krude Logik. Wenn Stengal uns durch die Lappen ging, wäre ein wichtiger Teil im John-Morgan-Puzzle unter Umständen unwiederbringlich verloren. Andererseits hatte ich tief in den Eingeweiden das Gefühl, daß Stengal, bei allen Geheimnissen um seine Person, sich grundsätzlich in der gleichen Position wie ich befand. Ich fühlte, wir waren beide auf der Suche nach John Morgan. In Johns Interesse hoffte ich, ihn als erster zu finden.

War Stengal tatsächlich der Mann mit der blauen Kornblume, der Spezialist für Zyklon-B-Derivate, der kleine Hinweise verteilende Scheißkerl, der mir die Skinheads auf den Hals gehetzt hatte, dann konnte er auch ein gestandener Nazi sein. Der wahre Jakob. Die große Nummer. In der Hinsicht teilte ich grundsätzlich Zevs Ansicht, was sein Leben oder seinen Tod auf diesem Planeten anging. Das Problem war nur, daß ich Stengal brauchte. Das Problem war auch, daß er glaubte, mich zu brauchen.

In diesem Fall war es weniger angenehm, gebraucht zu werden.

»Hör zu, Rambam«, sagte ich, »für heute blasen wir die Sache ab. Ich habe da so ein ungutes Gefühl, daß –«

»Sag doch gleich Eingebung«, fuhr Rambam dazwischen.

»Nenn es, wie du willst, aber Stengal ist hinter mehr als nur den Fotografien her, die die Skinheads mir abgeknöpft haben. Laß dir was einfallen, wie wir zwei in sein Haus kommen. Ich muß den Laden unter die Lupe nehmen. Und ich brauche ihn lebend.«

»Aha. Ich weiß schon, wie der die Zähne auseinanderkriegt.«

»Das ist der richtige Sportsgeist.«

»Wie wär's denn mit morgen?« fragte Rambam, als ob er sich mit mir zum Tennis verabreden wollte.

Ich sagte Rambam, ich würde darüber nachdenken, und erinnerte ihn noch einmal daran, sich etwas einfallen zu lassen, wie wir uns Zutritt verschaffen konnten, ohne gleich die ganze Festung in Schutt und Asche zu legen. Ich hängte ein.

Die Katze war eingeschlafen, aber mich hatte eine wachsende Unruhe gepackt. Als ich gerade mit dem Gedanken spielte, meine Stiefel anzuziehen und ins Monkey's Paw, ins Ear oder ins Lone Star rüberzugehen, klingelten die Telefone.

Diesmal war es Carmen. Ich fragte, wo Ratso steckte, und sie sagte, sie habe keine Ahnung, und es sei ihr auch schnuppe. Sie wolle zu mir rüberkommen. Sie denke, es sei Zeit, daß wir beide uns näher kennenlernten. Es klang so, als ob sie dies im alttestamentarischen Sinn meinte. Mit nur leisen Gewissensbissen erklärte ich ihr den Weg zu meinem Loft. Sie fragte, ob ich irgend etwas brauche. Ich sagte, ich würde es ihr an Ort und Stelle verraten. Sie sagte, sie sei gleich da. Ich sagte, prima. Sie hängte ein. Ich hängte ein.

Ich schlüpfte in meine Brontosauriervorhäute.

Wenn ein Ausritt in Aussicht steht, ist es ratsam, seine Stiefel überzuziehen.

43

Ein alter Kumpel aus Texas, Dr. Jim Bone, hatte mir einmal eine indianische Legende über die Beschaffenheit der Milchstraße erzählt. Die Indianer glauben, die Milchstraße bestehe aus den dahintreibenden Rauchsäulen weit entfernter Lagerfeuer, an denen ihre verblichenen Urahnen und Freunde hocken und auf ihr Eintreffen warten. Der Wissenschaft ist natürlich bekannt, daß die Milchstraße aus Sternen, subatomaren Partikeln, Asteroiden, Edelgasen und galaktischem Staub gebildet wird. Gerade darin liegt unser heutiges Problem: zu viele Wissenschaftler, zu wenig Indianer.

Wie dem auch sein mag, es gibt gelegentlich Leute, denen

man vielleicht unter anderen Umständen begegnet ist, bis sie einem plötzlich am Küchentisch gegenübersitzen und einem schlagartig bewußt wird, daß sie eine große Leere in deinem Leben ausfüllen könnten. Jeder verspürt diese Leere, nur verspüren sie einige mehr als andere. Der Name für dieses Gefühl lautet spirituelles Lustfieber.

Während ich an diesem Abend in Carmens Augen blickte, erkannte ich darin eine Zeitverlorenheit, eine warme und primitive Allgegenwart, die dazu in der Lage war, eine unermeßliche Leere auszufüllen wie der Rauch eines wärmenden Lagerfeuers, der lange genug in der Luft hängt, um ein gebrochenes Herz zu kitten.

Ich schüttete uns beiden einen Kennenlernschluck aus einer Flasche Wild Turkey ein, die ich im hintersten Winkel eines Schränkchens aufgetan hatte. Ich wußte, sie war Ratsos Braut, von der Verlobten Morgans ganz zu schweigen. Über die Jahre hatte ich einen eisernen Code von Verhaltensmaßregeln aufgestellt: Ich lebte nicht nur danach, sondern ich fühlte auch, daß mein Leben ohne ihn wenig Sinn machte. Andererseits kandidierte ich nicht für den Schulbeirat.

Wir prosteten uns schweigend zu, tranken die Gläser leer und blickten uns mit einer plötzlichen Intimität an, die darauf hindeutete, daß sich kein Küchentisch längerfristig zwischen uns stellen konnte.

Mit leicht zitternder Hand goß ich uns eine zweite Runde ein, wobei ich es vermied, in Carmens dunkle, selbstverlorene und prähistorische Augen zu blicken. Sie erschien mir zu jung, um schon so erwachsen zu sein. Zu schüchtern, um derart selbstsicher vorzugehen. Sie griff nach meinem Handgelenk und umklammerte es mit ihren blutroten Fingernägeln. Für einen Augenblick sah ich mich in Gefahr, von einem dieser großen, ausgestorbenen Vögel mit dem unaussprechlichen Namen davongetragen zu werden. Vielleicht wäre das gar nicht mal so übel. Mit der freien Hand kippte ich mein Glas runter.

»Sie müssen ihn finden«, zischelte sie. Ihre Stimme klang wie entweichende Luft aus dem Pneu eines lachsfarbenen 58er Cadillac, der an einem heißen Augusttag auf dem Pan-American Highway geradewegs in Richtung Süden braust. Ich saß am Steuer, und ich wußte, daß ich nahe dran war, die Kontrolle über mein Fahrzeug zu verlieren.

»Ihn?« sagte ich. Ein interessantes Pronomen, dachte ich. Andererseits lebten wir in einer Welt der interessanten Pronomen. Man begegnete manchmal ziemlichen Langweilern, aber interessanten Pronomen.

»John«, sagte sie.

»Ich verstehe.«

Natürlich verstand ich nichts. Sicher war ich mir nur darin, daß Carmen mein Handgelenk losließ, den Wild Turkey leerte, verführerisch auf ihrem Stuhl herumrutschte und die beiden oberen Knöpfe ihrer Bluse öffnete. Sie verstand zweifellos, ihre Scheinwerfer voll zur Geltung zu bringen.

Der Turkey ließ sie offenbar in mancherlei Hinsicht freizügiger werden. Sie fing an, einen ziemlichen Gesprächseifer zu entwickeln. Wie sagt man doch im Argot des Westens, ich ließ ihrem Willen freien Lauf.

». . . hatte nie eine starke, maskuline Person, zu der ich aufblicken konnte . . . Ich kann mich noch gut an den Zank meiner Eltern erinnern, als ich noch ein Kind war. Mein Vater kam oft spätabends nach Hause. Ich lag bereits im Bett, aber ich hörte meine Mutter sagen: ›Laß mich in Ruhe, Bill. Komm mir mit deinem Gestank bloß nicht zu nahe . . .‹«

Ich murmelte etwas von Alkoholismus, der auch den lateinamerikanischen Kulturen nicht unbekannt sei. Dann goß ich uns einen Drink nach, lehnte mich zurück und wartete auf Carmens Fortsetzung.

»... und wuchs also mit der unerfüllten Sehnsucht nach einem starken, bestimmenden Mann auf. Einem Mann, der sanft die Peitsche schwingen läßt ... der mir sagt, was zu tun ist ... der mich niemals fallenläßt ...«

Ich nahm etwas mehr Haltung auf meinem Stuhl ein. Ich mußte daran denken, was Charles Manson Squeaky Fromme bei ihrer ersten Begegnung gesagt hatte. Sie liefen irgendwo eine Straße hinunter – ich glaube, es war in San Francisco –, und Squeaky rutschte aus. Aber Charlie fing sie im Sturz auf. Er hielt sie fest am Arm und sagte: »Ich werde dich niemals fallenlassen.«

Diese machomäßige, draufgängerische Gib-ihr-die-Sporen-und-leg-sie-feucht-zur-Seite-Tour zieht in unserem emanzipierten Zeitalter bei viel mehr Bräuten, als die Redaktion vom ›Ms.‹-Magazin zuzugeben bereit wäre. Oder vielleicht ist es so, daß nur ahnungslose Wesen wie Squeaky Fromme ihr Fett abbekommen. Was auch immer davon zu halten war, ich jedenfalls stand mit einem Mal so nahe vor Carmen, daß sich ihre Nippel in meine Brust bohrten. Sie waren härter als japanische Arithmetik.

Ich spürte, wie sich ein sexy, halb menschliches, halb reptilienhaftes Greifwerkzeug um meinen *pisang* legte und langsam zupackte. Es war, um ehrlich zu sein, ein durchaus angenehmes Gefühl. *Pisang* ist das malaiische Wort für »Banane«.

Ich schloß die Augen.

Als nächstes blickte ich in die unwillkommene Visage von Ratsos breitem und treu ergebenem Gesicht, das urplötzlich wie die Aufnahme in einer Laterna magica vor mir auftauchte. Dann strahlte mir Morgan durch Zeit und Raum hinweg unbeschwert entgegen. Ich stieß Carmen zurück.

Ich ging auf ziemlich wackligen Beinen zum Tisch, kippte mein Glas Turkey runter und wandte mich Carmen zu.

Ihre Arme streckten sich blindlings mir entgegen. Ihre Oberlippe transpirierte. Sie sah aus wie ein ausgeflippter, ein wenig in die Jahre gekommener Menudo-Groupie. Ein sanfteres und eher klassisch orientiertes Auge hätte in ihr vielleicht Thisbe gesehen, wie sie in einem Aufwallen der Lust ihre Hände vergeblich durch die Gartenmauer nach Pyramus ausstreckt.

»Vielleicht«, sagte ich mit dünner Stimme, »vielleicht wenn Ratso dir nicht begegnet wäre, wenn John Morgan dich nicht geliebt hätte, wenn du und ich uns ganz woanders begegnet wären, im Friedenskorps vielleicht... dann hätte ich für uns eine Chance gesehen, uns zu lieben. Sogar jetzt, wo –«

Carmen war bis zur Eingangstür des Loft gestürmt. Sie riß sie weit genug auf, daß jede die Ohren spitzende Lesbe es hören konnte: »Ich *liebe* nicht«, rief sie laut, »ich *bumse!*«

Dann knallte die Tür zu. Dann starrten die Katze und ich schweigend auf die geschlossene Tür. Und dann lauschten wir dem nicht gerade mechanisch klingenden Gejaule des Lastenaufzugs, der sich in die Niederungen des Lebens hinabsenkte.

Dann kippte ich Carmens Glas runter.

44

Um Carmen aus meinem Kopf zu vertreiben, rief ich meinen alten Kumpel John Rapp an. John war *schabbes goj* bei der Blue Nun Wine Company und so etwas wie ein Experte, was den Bereich Teutonen anging. Zumindest hatte ich in seinem Apartment einmal einen dieser Kopfputze der Krauts aus dem Ersten Weltkrieg mit dem spitzen Zinken obendrauf gesehen. Rapp war außerdem der stolze Besitzer eines Toilettenpapierhalters der Luftwaffe, auf dem die Jahreszahl 1944, ein Adler und ein Hakenkreuz eingraviert waren. Rapp hatte früher für Country-Musik und insbesondere für mich geschwärmt, was ungefähr in die Zeit fiel, da der Kaiser erstmals seinen Schnurrbart einwichste. Ich hielt eine gewisse Treue zu meinen Fans. Auch wenn sie sich später als bezahlte Killer entpuppten, tendierte ich irgendwie dazu, ihrem Urteil zu trauen. Darüber hinaus hielt ich es für lohnenswert, etwas mehr über Wilhelm Stengals Festung in Erfahrung zu bringen, für den Fall, daß Rambam und ich wirklich einmal lange genug auf der gleichen Wellenlänge liegen sollten, um einen Sturmangriff in Erwägung zu ziehen.

»Ich bin schon immer ein Judenfreund gewesen«, sagte Rapp, als ich ihn an der Strippe hatte.

»Gut«, sagte ich. »Vielleicht kannst du mit deiner Hilfe diesmal etwas mehr bewerkstelligen.« Ich beschrieb ihm kurz Johns Situation und nannte ihm Stengals Adresse. Er kannte das Haus.

Offenbar besaß es eine lange und finstere Vergangenheit, angefangen bei seinem ersten Besitzer, dem damaligen Anführer des Bundes. Obwohl die meisten alten Gebäude in Yorksville inzwischen in Apartments und schicke japanische Restaurants umgewandelt worden waren, war diese Adresse seltsamerweise – oder vielleicht auch weniger seltsam – in den gleichen faschistischen Händen geblieben. Rapp vermutete, daß der Bau jede Menge Reliquien beherberge, aber als Judenfreund könne er mir nur raten, um Himmels willen die Finger davon zu lassen. Ich fragte ihn, wie er die Mentalität des gegenwärtigen Besitzers einschätze.

Rapp sagte: »In etwa wie den Typ mit den Tauben in *Frühling für Hitler*. Erinnerst du dich, Kinkster?«

Ich sagte, ich wüßte Bescheid, bedankte mich und legte

auf. Und wie ich mich erinnerte. Was die Deutschen betraf, mehr als mir lieb war. Ich war zu jung, um damals dabeigewesen zu sein, aber ich war Jude. Ein kleines Stück der Vergangenheit würde immer in meinem Auge sein.

Gegen neun streckte ich mich zu einem kleinen Expreß-Nickerchen auf der Couch aus. Jedesmal, wenn ich die Augen zuklappte, erschien Carmen vor mir. Ich war mir der Albernheit wohl bewußt, meinem *pisang* überallhin zu folgen, aber ich hatte Carmen gewollt, und ich wollte sie auch jetzt. Obwohl ich mich Ratso gegenüber loyal verhalten hatte, wußte ich, daß ich wie Jimmy Carter in meinem Herzen der Lust erlegen war. Andererseits, überlegte ich, konnte man unmöglich die ganze Zeit in der Gegend herumrennen und sich über die Lust im Herzen den Kopf zerbrechen, wenn man jemals an die Frontlinie gelangen und unbeschwert die große Nummer schieben wollte. Selbst mit dem zusätzlichen Gepäck, das das Judentum einem in gewissen Dingen auferlegt, war ich mit einem Mal heilfroh, kein christlicher Fundamentalist zu sein.

Ich schloß die Augen und dachte wieder an Carmen.

Die Telefone klingelten. Sollte es das geben, dachte ich, während ich von der Couch aufsprang und zum Schreibtisch flitzte.

Es war nicht Carmen.

Es war eine dunkle germanische Stimme, die sagte: »*Herr* Friedman?«

»Yeah?«

»Ihr Freund Ratso . . . Es tut mir leid, Ihnen sagen zu müssen, er ist tot.«

Der Anrufer legte auf, und ich saß für einen Moment wie versteinert da und hörte auf das Freizeichen. Dann legte ich den Hörer auf, nahm ihn mit einer fürchterlichen Vorahnung wieder auf und wählte Ratsos New Yorker Nummer. Es meldete sich der Anrufbeantworter. Ich legte auf.

Wie von Sinnen wählte ich Washington Ratsos Nummer. Es klingelte fünfmal, dann hatte ich *seinen* Anrufbeantworter dran. Ich versuchte, einen kühlen Kopf zu bewahren, aber als ich den Hörer auflegte, merkte ich, daß meine Hand zitterte. Instinktiv hatte ich das Gefühl, daß der Anrufer kein harmloser Spinner gewesen war.

Man sagt, zu Hause ist dort, wo der Anrufbeantworter steht. Ich überlegte, eine Weile zu warten und es dann bei beiden Nummern noch einmal zu probieren. Ich konnte auch bei beiden eine dringende Nachricht hinterlassen. Dennoch setzte sich ein Gedanke in meinem Kopf fest, der mir ein ziemlich flaues Gefühl im Magen verursachte.

Ich hatte ganz plötzlich die arge Befürchtung, nicht länger ein Mann mit zwei Ratsos zu sein.

45

Man sagt, man heiratet nie die Person, mit der man zum ersten Mal *Casablanca* sieht. Was die Leute so alles sagen, dachte ich, während Rambam mit einem höllischen Rechtsschwenk von der Eigth Avenue in die Fourteenth Street abbog, und meistens haben sie auch noch recht.

Es war zehn Uhr abends, und ich hatte keine Ahnung, wo meine Gören steckten. Ich war nicht einmal sicher, überhaupt welche zu haben. Ich wußte nur, daß wir unterwegs zu Wilhelm Stengals Domizil waren und daß Rambam einen Plan hatte. Männer mit Plan gefallen mir.

Bevor ich das Loft verlassen hatte, hatte ich Rambam zur Unterstützung in der Ratso-Geschichte angefordert. Als er endlich eintraf, hatte ich die Nummern in New York und Washington bereits mehrfach angewählt und beiden die dringende Nachricht hinterlassen, sich umgehend bei mir zu melden. Ich gab Rambam die beiden Adressen, wurde Zeuge eines kurzen Telefonats und empfand ein eher beunruhigendes Gefühl, als er mir versicherte, »hebräische Freischärler« würden sich der Sache annehmen.

Zum einen hatte Rambam nie sonderlich große Stücke auf New York Ratso gehalten, und er schien auch wenig gewillt, den Anruf des Krauts für bare Münze zu nehmen. Genaugenommen regte sich mit einem zweiten menschlichen Wesen im Loft, womit nichts gegen die Katze gesagt sein soll, auch bei mir langsam der Verdacht, daß der Anruf vielleicht doch nur als Kostprobe bayrischen Humors zu verstehen war. Da mir Rambams Abneigung gegenüber Ratso Nummer eins bekannt war, hielt ich es nicht für notwendig, ihn davon in Kenntnis zu setzen, daß es sich bei Ratso Nummer zwei um einen libanesischen Drusen handelte.

In einem Stimmungstief, das zwischen Ungewißheit und schwärzester Verzweiflung hin- und herpendelte, hatte ich zu guter Letzt auch noch Cooperman angerufen. Nachdem ich ihm die Situation geschildert hatte, war von seiner Seite nur eine Art erstickender Laut zu hören gewesen. Bevor die Dinge vollends aus dem Ruder liefen, hatte ich ihm noch die bürgerlichen Namen und Adressen der beiden Ratsos durchgeben können, und er hatte mir mitteilen können, daß er vierundzwanzig Stunden lang nichts unternehmen werde und ich dann eine Vermißtenanzeige aufgeben könnte, wenn mir danach wäre. Dann konnten wir beide wieder auflegen.

Inzwischen zog Rambam den FDR runter wie ein Taxi beim Landeanflug auf LaGuardia. Der FDR-Drive folgte dem Lauf des East River wie eine schmale, pockennarbige Abfahrt zur Hölle, und die Hölle war geradewegs die richtige Bezeichnung für unser Ziel. Jedes Schlagloch, das der Jaguar mitnahm, quittierte Rambam mit einem Fluch und ließ mich den Cowboyhut ein Stück tiefer ins Gesicht schrauben. Die Fahrt war ein Albtraum, aber sie schlug die Subway um Längen.

»In knapp einer Minute darfst du deinen Cowboyhut ablegen«, sagte Rambam, während er den Wagen vom FDR in die Ninety-sixth Street herumriß. »Ich habe aber einen anderen dabei, den du dir aufstülpen kannst.«

»Fein«, sagte ich. »Cowboys und Juden haben nur dies eine gemeinsam. Wir tragen beide gerne Hüte in geschlossenen Räumen, und wir legen auch einen gewissen Wert darauf.«

»Nun, wenn wir das Ding nicht völlig vermasseln, hast du gute Chancen, heute abend mit Kopfputz in geschlossenen Räumen spazierenzugehen.«

»Großartig«, sagte ich und ließ den Cowboyhut auf den Rücksitz des Jaguars segeln. »Und wo ist der neue Hut?«

»Im Kofferraum«, sagte Rambam mehr zu sich selbst, während wir lautlos die Eigthy-sixth Street hochkurvten.

»So ein Pech.«

»Finde ich auch«, sagte Rambam und lenkte seinen Blick auf meine Frisur. Ich zog die Blende herunter und blickte in den Spiegel. Mein Kopf sah aus wie ein Raumschiff. Meine Haare hatten sich in der Hohlform meines Cowboyhuts zu einer gallertartigen Masse zusammengeklumpt. Ich kannte das. Ein gelegentliches Mißgeschick, das Cowboys mit Filzmatte und Juden zu schaffen machte, die aus unerfindlichen Gründen nicht davon abzubringen waren, Cowboyhüte zu tragen. Welcher Kategorie ich zuzurechnen war, hing davon ab, wie man die Sache betrachtete. Die meisten Leute zogen es allerdings aus ästhetischen Gründen vor, sie lieber nicht zu betrachten.

»Dat is der Laden, Boss«, sagte Rambam und zeigte auf ein ansehnliches Brownstone auf der linken Straßenseite. Die Fenster waren erleuchtet, was dem Haus einen distinguierten, romantischen, ja fast schon fröhlichen Anstrich verlieh. Man hätte glauben können, Nick und Nora Charles wohnten hier.

Nur leider taten sie es nicht.

Rambam drehte eine Ehrenrunde um den Block, dabei sorgfältig die Straße inspizierend, und brachte den Jaguar anderthalb Blocks vom Gebäude entfernt zum Stehen. Nachdem wir ausgestiegen waren, ging Rambam zur nächsten Telefonzelle und wählte eine Nummer. Ich brachte mein Moos im Rahmen meiner Möglichkeiten in Ordnung, nickte einem vorübergehenden jungen Paar zu und schob mich ein Stück näher, um bei Rambams Gespräch mitzuhören.

»... Jawohl, Sir ... Mr. Wallenberg hier vom Gaswerk ... wir haben einen Untersuchungsbericht über eine eventuelle Alarmsituation in Ihrem Gebiet vorliegen. Unsere Hauptleitung siebenunddreißig auf der East Side scheint leck zu sein, und wir können die Möglichkeit von Emissionsschäden in Wohngebieten nicht ausschließen ... Yeah, innerhalb der nächsten Stunde ... ein Emissions-Meßteam ... sie befinden sich bereits in Ihrer Nähe ... kein Problem ...«

Rambam ging mit selbstzufriedenem Grinsen zum Jaguar zurück. »Jesus Christus«, sagte ich. »Wallenberg?«

»Du kannst Raoul zu mir sagen, oder nenn mich Ray«, sagte er, während er den Kofferraum aufklappte.

Fünf Minuten später schlenderte das Emissions-Meßteam gemächlichen Schrittes den Gehweg hinauf in Richtung Wilhelm Stengals Haus. Wir trugen die vorgeschriebenen gelben Plastikhelme, Sicherheitswesten in Leuchtorange und breite Lederriemen, die mit genügend Ausrüstungsmaterial bestückt waren, um damit die *Hindenburg* kurzzuschließen.

Aus dem Augenwinkel bemerkte ich, wie Rambam eine

kleine schwarze Handknarre aus der Westentasche zog und sie hinter seinem Rücken verstaute. »Das ist der einzige Teil unserer Ausrüstung«, sagte ich, »auf dessen Einsatz ich unter allen Umständen verzichten möchte.«

Rambam grinste.

»Das muß man sich nur mal vorstellen«, sagte er. »Wir sind gerade dabei, einen Nazi aus dem Zweiten Weltkrieg zu besuchen, um ihn davor zu warnen, daß er Gefahr läuft, vergast zu werden.« Rambam lachte ein unwirkliches Lachen.

»Die Ironie«, sagte ich, »entgeht mir durchaus nicht.«

46

»Deutschland«, sagte Wilhelm Stengal, »ist das einzige Land, das sich wie Phönix aus der Asche der Zerstörung erheben könnte.« Es ist ziemlich schwierig, sich mit einem fanatischen Greis auseinanderzusetzen. Besonders dann, wenn er einem eine Luger unter die Nase hält.

Ich blickte nervös zu Rambam hinüber, der etwa drei Meter rechts von mir stand und den Eindruck machte, als ob er jeden Augenblick Stengals dürren Hals in die Mangel nehmen wollte. Stengal erinnerte mit seinen leicht eingefallenen Schultern, seinem dünnen Hals und seinem zivilisiert erscheinenden Riesenschädel immer mehr an eine Art monströsen Hühnervogel. Die Hand an der Luger verriet nicht die geringste Spur von Nervosität.

»Die Westdeutschen haben sich ganz besonders hervorgetan«, sagte ich, um den alten Herrn bei Laune zu halten. »Wenn ich recht informiert bin, haben sie einen neuen Mikrowellenherd entwickelt. Mit vierzig Sitzplätzen.«

Rambam zeigte keine Regung. Bei Stengal sah die Sache

allerdings anders aus. Die Hand an der Luger zog sich beinahe unmerklich zusammen, und für einen Moment hatte ich in dem gespenstischen Museumslicht des Raumes das Gefühl, mehrere Millionen Männer und militärisches Gerät hinter seinen grauen Augen vorbeiziehen zu sehen. Dann tat er etwas, das bei mir einen kalten Schauer auslöste. Er brach in ein Lachen aus, das allerdings eher wie Hühnergeschrei klang. Ein intelligentes, hochnäsiges, ja fast schon nostalgisches Gackern, aus dem das Böse hervorzusprudeln schien.

Man sagt, wenn man selbst lacht, lacht die Welt mit einem, und so ist es gewöhnlich auch. Gewöhnlich.

Wie Inspektor Clouseau und ich uns nur in eine Situation bringen konnten, in der ein alter Stinkstiefel mir ein gefährlich aussehendes Kriegsgerät unter den Riecher hielt, war etwas, auf das zweifellos keiner von uns beiden sonderlich stolz war. Kurz und knapp gesagt, er hatte uns aufs Kreuz gelegt.

Auf dem Weg zum Haus hatte ich Rambam noch gesagt, wir müßten unsere Geschichte weiter ausbauen, aber er hatte getönt, wir wären längst wieder draußen, bevor man uns überhaupt nach einer Geschichte gefragt hätte. Der Gedanke daran kam bitter in mir hoch, während Stengal die Luger souverän von der rechten in die linke Hand schob und wie ein ausgekochter Profi auf die Uhr sah. Am Griff der Luger war ein eingekreistes Hakenkreuz zu sehen. Es handelte sich also tatsächlich um ein altes Kriegsrelikt, genau wie Stengal, und Gott allein mochte wissen, was in den museumsreifen, angestaubten und in Unordnung geratenen grauen Zellen eines Nazis aus dem Zweiten Weltkrieg vorging. Vielleicht führte er immer noch irgendwelche Befehle aus.

Der zweite Fehler, den Rambam und ich begangen hatten, war der, uns getrennt zu haben. Wer jemals als vermeintliches Emissions-Meßteam vom Gaswerk das Haus eines Altnazis betritt, sollte unter allen Umständen zusammenbleiben und ausschließlich eine Person reden lassen.

Bei uns war die Sache so abgelaufen, daß Rambam sich mit seinem Emissions-Meßgerät, von dem Stengal fasziniert zu sein schien, durch das Wohnzimmer davongemacht hatte. Wie Rambam später behauptete, war das Teil eine Attrappe, die gerade bei älteren Herrschaften ungemein gut ankam. Er hatte einen Belichtungsmesser in ein protzig wirkendes Lederetui gesteckt, so daß nur die Anzeige zu sehen war, und als er damit auf den Beleuchtungskörper in der hinteren Ecke des Raums zusteuerte, fing das Ding an verrückt zu spielen. Stengal schien sichtlich darauf anzuspringen, indem er aufgeregt neben Rambam herlief und die Hände rang. Genau an diesem Punkt hatte ich mich in einen riesigen Nebenraum verirrt, dessen Ausstattung die Löwen vor dem Metropolitan Museum of Art vor Neid hätte erblassen lassen.

Neunmalkluge Intellektuelle, die sich immer gerne an den Fakten hochziehen, werden jetzt vielleicht – gerade weil sie so klug sind – einwenden, daß die Löwen sich vor der Bibliothek und nicht vor dem Kunstmuseum befinden. Worauf ich jedoch antworten würde: Was für einen Unterschied hätte das unter den gegebenen Umständen schon gemacht? Man muß eben zwischen den Löwen lesen.

Mein Kunstverstand ist leider so wenig entwickelt, daß ich nicht einmal sagen könnte, was mir gefällt. Aber wenn ich nicht völlig danebenlag, war dieser Raum eine wahre Schatzkammer von Kunstwerken, die von der SS aus Museen und Privatsammlungen in ganz Europa geraubt worden sein mußten. Ich gebe zu, daß mir die Spucke wegblieb.

Ich starrte gerade in ein mir entfernt bekannt vorkommendes flämisches Frauenantlitz, das zu sagen schien: »Ich gehöre nicht hierher. Nehmen Sie mich bitte mit nach Hause, Mister«, als sich eine weitere Stimme direkt neben meinem linken Ohr meldete. Auch sie kam mir entfernt bekannt vor.

»In welchem Stadtteil befindet sich Ihr Büro?« fragte Wilhelm Stengal betont langsam und deutlich. Mir war klar, daß ich genausogut eine Münze werfen konnte. Ich drehte mich nicht um.

»East Side«, sagte ich schließlich. Als ich die Knarre im Rücken spürte, wußte ich, Rambam hatte »West Side« gesagt.

So eine simple Falle, dachte ich, und trotzdem war nichts dagegen zu machen. Osten ist Osten und Westen ist Westen. Ganz besonders für einen Kraut.

Ich blickte in das freundliche Antlitz der flämischen Frau. »Ich gehöre ebenfalls nicht hierher«, sagte ich.

47

Stengal bedeutete mir mit der Luger, mich zu Rambam zu gesellen. Ich gehorchte. Wir waren in den Hauptraum des Hauses zurückgekehrt. Ich hatte ohnehin nicht viel für Kunstmuseen übrig.

»Ihr dürft euch bei eurem Freund John Morgan bedanken«, sagte Stengal. »Ich kann euch jetzt leider nicht gehen lassen.«

»Wo ist John Morgan?« fragte ich.

»Wenn ich ihn finde«, sagte Stengal ziemlich unheilvoll, »werde ich ihm euer Beileid entrichten. Ihr seid die ersten, die es hier versucht haben, aber andere, wie John Morgan etwa, haben es zuvor viele Male in Südamerika und anderswo probiert. Ihre Leichen werden gelegentlich aus dem Amazonas gefischt, mit den Hoden zwischen den Zähnen.«

Eine nicht gerade erheiternde Vorstellung. Ich hatte von

gebrochenen Leisten gehört, aber das hier schien mir, vorsichtig ausgedrückt, jeden Sportsgeist vermissen zu lassen.

Als ich wieder zu Stengal aufblickte, hatte sich sein Gesicht zu einem greulichen und gezwungenen Lächeln verzogen, das mich vage an den Lüftungsschlitz eines Pontiac, Baujahr 65, erinnerte.

»Ich habe getan, was ich tun mußte«, sagte Stengal, der jetzt ernster und aufgeräumter klang. »Immerhin hatte ich den größten Genius aller Zeiten zu beschützen!« Ich blickte Rambam an. Er schien sich Zeit zu nehmen. Leider sah es ganz danach aus, als ob es nicht mehr allzuviel zu nehmen gab.

»Und Sie beschützen immer noch, nicht wahr, Stengal?« fragte ich.

Stengal lenkte seine markanten Augen in meine Richtung und blickte mich direkt an, ohne irgendeine Regung zu zeigen. Für einen Nazi hätte er einen erstklassigen Pokerspieler abgegeben.

Er nickte unmerklich. »Ich kann euch nicht gehen lassen«, wiederholte er beinahe traurig wie ein ziemlich eingebildeter, abgeblitzter Liebhaber. »Franz und Erik werden gleich hiersein, und dann –«

An der Vorderfront des Hauses war das Geräusch von zersplitterndem Glas zu hören. Wir drei drehten uns in Richtung des Geräuschs, und im nächsten Augenblick schien der Raum in Rauch und Flammen gehüllt. Meine Kehle schnürte sich zu und wurde staubtrocken. Umgeben von einer rollenden Feuerwalze rang ich nach Luft. Flammen schlugen an allen Seiten hoch und hielten uns in einem vollkommen aussichtslos erscheinenden Totentanz gefangen. Kurz bevor ich ein aufheulendes Motorrad in der Dunkelheit verschwinden hörte, hatte eine Stimme »Nie wieder!« gerufen.

Eine Ironie, die mir durchaus nicht entging.

Als nächstes erinnere ich mich, wie Rambam mich mit der Schulter zu Boden riß und »Runter mit dir!« brüllte, was unter den gegebenen Umständen einen Wink mit dem Zaunpfahl bedeutete. Im gleichen Moment feuerte Stengal, hustend, würgend und den Flammen ausweichend, zwei Runden mit der Luger in den Luftraum, den ich gerade erst freigegeben hatte. Der zweite Schuß streifte Rambams linke Seite und machte ihn rasender als einen jüdisch-italienischen Stier. Er ging geradewegs wie ein haßgeladenes Geschoß auf Stengal los. Ich blieb unterhalb der dichten Rauchschwaden und robbte über den Boden zur Kampfstätte vor. Die entsprechende Richtung ließ sich anhand der akustischen Signale leicht ausmachen – ein ununterbrochenes Husten und Würgen, zwei weitere Schüsse, eine Serie sich langsam zurückziehender germanischer Flüche und dazwischen immer wieder der laute und eindeutig aus Brooklyn stammende Refrain: »Dir reiß ich deinen verdammten Arsch auf! Dir reiß ich deinen verdammten Arsch auf!«

Ich gelangte in eine Art Flur, wo der Rauch nicht ganz so dicht hing, und sah zwei undeutliche Schemen im Eiltempo eine Wendeltreppe hinunterflitzen. Stengal mochte a-l-t sein, aber er war immer noch f-l-i-n-k, wenn es darauf ankam. Ich brachte mich wieder in Homo-erectus-Positur und gelangte, Rambams Raubritterkreuz folgend, in eine Art Kellergeschoß. Das Feuer oben kam langsam richtig in Fahrt. In der Ferne hörte ich Polizeisirenen. Der Rauch drang nun auch ins Kellergeschoß ein.

»Ich kann es nicht fassen«, sagte Rambam, während er ein paar ebenso wütende wie zwecklose Tritte gegen eine Eisentür losließ. »Das Sackgesicht hat einen Bunker hier unten.«

In diesem Augenblick glitt ein schweres Eisengitter über bewegliche Walzen von der Decke herab und schloß Wilhelm Stengal in seiner einsamen Todeszelle ein. »So wie der Bau hochgeht«, sagte Rambam, »hat er hier unten keine Chance. Er stirbt den gleichen Tod wie ›der größte Genius aller Zeiten‹.«

»Ich glaube nicht, daß er *den* ›größten Genius‹ meinte«, sagte ich und blickte auf die in den Keller vordringenden Rauchwolken. »Meiner Meinung nach hatte er einen anderen ›größten Genius‹ im Sinn.«

»Yeah? Laß uns lieber hoffen, daß wir genug auf der Pfanne haben, um unsere Ärsche heil hier herauszubekommen.«

Eine Zeitlang, die mir wie eine quälende Ewigkeit vorkam, sah es nicht danach aus. Als wir über die Kellertreppe zurück ins Erdgeschoß wollten, stießen wir praktisch auf eine Feuerwand. Wir machten kehrt und begannen, wie zwei große, weiße und zunehmend hysterischer werdende Ratten in einem Labyrinth nach Türen und Fenstern zu suchen, die es aber einfach nicht gab. Die Dinge sahen wenig vielversprechend aus. In einem Winkel des Untergeschosses war eine Art chemisches Labor mit Auffangbecken, Reagenzgläsern und Meßbechern eingerichtet, aber wir hatten verständlicherweise nicht die nötige Zeit, um das Ganze näher zu inspizieren.

Ich fürchtete den Tod nicht. Ich war bereits einige Male im Leben auf offener Bühne gestorben. Der Tod in Wilhelm Stengals Keller fehlte allerdings noch.

Ich rannte wieder die Treppe hoch, bis mir eine Hitzewelle entgegenschlug und ich nicht weiter konnte. Auf dem Weg zurück blickte ich verzweifelt zur Decke und entdeckte etwas, das mir zuvor entgangen war. Es befand sich zwar gute drei Meter über dem Boden, aber es sah aus wie ein schmales überpinseltes Fenster, das hoch über der Kellertreppe auf die Frontseite des Hauses ging. Ich schrie nach Rambam und schnappte mir von einem nahegelegenen

Tisch etwas, das nach einem Dolch für festliche Anlässe aussah.

Sekunden später stand ich auf Rambams Schultern, schlug mit dem Schaft des Dolches die Fensterscheibe ein und schrie aus Leibeskräften um Hilfe. Ich hörte Stimmen von draußen, räumte mit dem Dolch einige Glassplitter aus dem Weg, und gerade, als die Hitze und der beißende Rauch unerträglich wurden, senkten sich zwei Arme durch das Fenster und zogen mich hoch. Die Arme gehörten zu Detective Sergeant Mort Cooperman.

Eine kurze Zeit später standen Rambam und ich auf dem Bürgersteig und beobachteten, wie Wilhelm Stengals Imperium in Flammen aufging. Ich hielt Rambam die Schneide des Dolchs hin. Sie trug die Gravur: »**Blut und Ehre.**«

»Das war der Leitspruch der SS«, sagte Rambam. »Stengal war ein SS-Mann.«

»So ein feiner Kerl wie Wilhelm? Wer hätte das gedacht.« Fox und Cooperman kamen auf uns zu. »Ein schickes Outfit, Tex«, sagte Cooperman. »Ein Job als Gasableser wäre für dich kein schlechter später Karrierewechsel.«

»Genau das habe ich auch gedacht.«

»Wir nehmen euch zwei als Hauptvernehmungszeugen mit«, sagte Fox. »Bevor wir mit euch fertig sind, ist wahrscheinlich noch einiges hinzugekommen.«

Sie filzten uns und nahmen Rambam die Knarre ab. Cooperman nahm den Feiertagsdolch und untersuchte ihn mit Kennermiene.

»Sieht ziemlich verdächtig nach Diebesgut aus, was meinst du, Fox?«

»Worauf du wetten kannst.«

»Es mag vielleicht wie Diebesgut *aussehen,* aber es ist keins«, sagte ich, während sie uns auf die Rückbank ihrer Zivilstreife zwängten.

»Es ist ein Erbstück«, sagte ich an die Adresse von Mort Coopermans Hinterkopf, während er den Motor anließ und losfuhr. »Es ist seit fast zwanzig Minuten in Familienbesitz.«

48

Es dauerte bis zum kommenden Nachmittag, mittwochs um eins, bis Wolf Nachman, der größte Anwalt auf Erden, Rambam zurück nach Brooklyn und mich zurück zu meiner Katze gebracht hatte. Ich erspare mir hier ermüdende Details über das ständige Hin- und Hergeschiebe, Gefängniszellen, Bolognese-Sandwiches oder den nervtötenden Dauerbeschuß von Cooperman und Fox.

Überflüssig zu sagen, daß ich auch meinen schmucken Dolch nicht zurückbekam. Wolf versicherte, er würde sich darum kümmern.

Die Katze schien vergleichsweise erfreut, mich zu sehen, und das rote Blinklicht am Anrufbeantworter signalisierte, daß vier amerikanische Staatsbürger in der vergangenen Nacht versucht hatten, mich zu erreichen. Ich tätschelte die Katze und ging an den Apparat. Ich drückte die Rücklauftaste, nahm eine Zigarre aus Sherlocks Kopf, befeuerte sie, lehnte mich im Stuhl zurück und ließ das Band abfahren.

Die erste Stimme auf dem Band war zu meiner großen Erleichterung die von New York Ratso. Er klang eher zurückhaltend, fast schon unfreundlich. Er war zu einem Hockeymatch gegangen und hatte sich danach in verschiedenen Bars herumgetrieben. Er wollte mich zum Lunch im Big Wong treffen. Es gab da ein paar Dinge, über die wir seiner Meinung nach reden sollten.

Da ich nun einmal wußte, daß es Ratso noch gab, verspürte ich wenig Lust, ins Big Wong zu gehen und mit ihm zu reden. Ich wußte nicht, was Carmen ihm alles erzählt hatte, aber ich konnte es mir vorstellen, und irgendwie war mir das Ganze auch ziemlich egal. Außerdem fing ich an, mich hundemüde zu fühlen.

Die zweite Nachricht bestand aus einem ziemlich heftigen Auflegen. Nichts gegen zu sagen. Manche Leute führen eben ungern Gespräche mit Anrufbeantwortern. Andere dafür um so lieber. Wir leben in einer vielgestaltigen und faszinierenden Welt. Ich zog an der Zigarre und sann für den Bruchteil einer Sekunde über die Welt nach.

Die dritte Nachricht kam von meinem alten Kumpel Cleve, dem früheren Manager des Lone Star Café und gegenwärtigen Insassen des Pilgrim State Psychiatric Hospital. Man ist immer schlecht damit beraten, zu Leuten in psychiatrischen Anstalten eine zu enge Beziehung aufzubauen, denn eines Tages, und meistens früher als man denkt, sind sie draußen und wollen einem den Kopf abschnippeln. Aber Cleve nahm dem Bekunden nach an einer Arbeitstherapie zur Rehabilitation teil und hatte eine großartige Idee, mit deren Unterbreitung er keine Sekunde warten konnte. Ich konnte warten.

Ich überlegte, daß Cleve keine größeren Reisen unternehmen würde, so daß ich auf ihn zurückkommen konnte, wenn ich über Washington Ratso Bescheid wußte, die Katze gefüttert und etwas Schlaf bekommen hatte.

Die letzte Nachricht auf dem Band machte jeden noch bestehenden Zweifel über den Verbleib meines kleinen libanesischen Bruders hinfällig. Die Stimme war schroff und mir nur allzu bekannt. Es war Sergeant Cooperman.

»Weitere schlechte Nachrichten für dich, Tex . . . Ich weiß nicht, in was du dich da verzettelt hast, aber ich werde es mit Sicherheit herausbekommen. Kurz nachdem Nachman dich freigelotst hatte, bekamen wir einen Anruf von einer Wache in der Nähe von Washington, D.C. Ein Typ, bei dem es sich vermutlich um Jimmie Silman handelt, wurde bis zur Unkenntlichkeit verbrannt in seinem Wagen aufgefunden. Die Gebißabdrücke sind unterwegs ins Labor, aber der Wagen gehörte ihm und befand sich in der Garage von Silmans Haus. Die Garage ist völlig ausgebrannt, nur das Haus konnte gerettet werden. Und nun rate mal, wessen Name und Telefonnummer sie auf einem Block neben dem Telefon gefunden haben?«

Beinahe unbewußt griff ich in eine Schreibtischschublade und zog ein Kaffiyeh, das traditionelle Kopftuch der Araber, hervor und drückte es in meinen Schoß. Ein Palästinensermädchen, das ich einmal gekannt hatte, hatte es mir geschickt.

Ich hörte Coopermans Stimme in der Leitung: ». . . Tex? Hörst du noch mit, Tex?«

Nein, dachte ich, bin ich nicht.

Ich blickte auf die Fotografie aus dem Friedenskorps, die mit ziemlicher Sicherheit Jimmie Silman das Leben gekostet hatte. Die Augen auf dem Bild starrten mich wie die eines Fremden in einem Traum an. Ich ließ meinen Blick in die Nähe des Küchenfensters schweifen. Irgendwo in den tänzelnden Staubpartikeln, die im grauen Nachmittagslicht ihre Bahn zogen, erkannte ich den anderen John Morgan, der mir so vertraut war. Ich sah den grünen Glanz in seinen verschmitzten, diebischen Augen. Für einen Augenblick sah ich, wie er mir spielerisch ein Lachen zuwarf.

». . . John . . . alter Teufel . . . in was um Gottes willen hast du mich da hineingezogen?«

49

Ich schlief in dieser Nacht ziemlich fest, aber ich wachte mit einem Brummschädel auf, wie man ihn normalerweise nur bekommt, wenn man billigen Champagner aus Aschenputtels Schuh in Größe 52 getrunken hat. Die Katze hatte sich auf der Bettdecke erbrochen. Die Telefone klingelten, also stolperte ich zum Schreibtisch und nahm ab. Wie ich zwischen zwei wogenden Schmerzwellen in meinem Kopf erkennen mußte, war es gerade erst neun.

»Kink«, sagte eine Stimme, »hier ist Kent Perkins aus L.A. Ich habe da etwas, das dich interessieren dürfte.«

»Das hoffe ich schwer«, sagte ich. Kent war ein alter Freund, auch aus Texas, aber ich hatte ihn vor einigen Jahren draußen an der Westküste kennengelernt. Er war ein bulliger, liebenswerter Typ, produzierte Filme für die NBC und war, im Gegensatz zu meinem Amateurstatus, ein waschechter Privatdetektiv. Kent war mit Ruth Buzzi verheiratet, der Schauspielerin und Komikerin, die erstmals bei *Verstehen Sie Spaß* von sich reden gemacht hatte, als sie mit ihrer Handtasche auf die Köpfe der Anwesenden eingedroschen hatte. Im Moment hatte ich eher das Gefühl, als würde Ruth mit ihrer Handtasche auf meinen Kopf einprügeln.

»Vor ein paar Tagen ist hier draußen im Valley ein Typ in einem Altersheim gestorben«, sagte Kent. »Als man sich darum bemühte, mit den in seiner Akte aufgeführten Verwandten in Kontakt zu treten, um den Verbleib der wenigen Habseligkeiten zu regeln, stellte sich heraus, daß keiner davon existierte. Er war offenbar kanadischer Staatsbürger, aber europäischer Abstammung. Wie dem auch sei, ich gehe also die Unterlagen dieses Mannes durch und bekomme dabei das untrügliche Gefühl, daß er seine Vergangenheit bewußt vertuschen will. Ich gewinne sogar immer mehr den Eindruck . . .«

Kent dröhnte im Wettstreit mit meinem Kopf weiter vor sich hin. Die Katze machte einen ziemlich unbeholfenen Hopser auf den Schreibtisch, wankte lautlos und ließ sich mit einem Ausdruck peinlichen Bedauerns nieder. In meinem Kopf hämmerte es wie verrückt.

». . . und da dachte ich, der Typ kann nur ein hochrangiger Nazi gewesen sein.«

Bei dem Wort Nazi stellten sich meine Ohren auf.

»Nazi?« fragte ich schwach.

»Nicht nur das, denn ich ging auch seine Telefonrechnungen durch, und vierzehn Tage zuvor hatte er eine Nummer angerufen, die ich wiedererkannte. Ziemlich ungewöhnlich, dachte ich, daß er ausgerechnet diese eine Nummer angewählt hatte. Die Nummer, mein Freund, war von *dir*.«

Nachdem ich das Gespräch mit Kent beendet hatte, gab es einiges zu bedenken, obwohl mir absolut nicht danach war. Ich fing an, Espresso anzusetzen, ließ es dann aber lieber bleiben. Ich gab der Katze etwas Thunfisch, aber sie verschmähte ihn. Zweifellos war sie ziemlich von der Rolle. Die Katze sah mich mit dem leicht schielenden Blick einer Siamkatze an. Nur war sie keine Siamkatze. Sie war eine New Yorker Straßenkatze, die ich in Chinatown gefunden hatte und also chinesisch sein mußte. Und ich ging davon aus, daß sie genügend jüdische Erziehung genossen hatte, um, wenn jemals ein Katzen-Hitler auftauchen sollte, in arge Schwierigkeiten zu geraten. Aber ich wußte, daß in dieser Hinsicht wenig zu befürchten war. Katzen gehören einem sehr unabhängigen und freiheitsliebenden Menschenschlag an.

Da ich mich leicht schwindelig fühlte, ging ich zur Couch und streckte mich auf ein kleines Expreß-Nickerchen aus. Ich wußte, daß die Katze nicht ganz auf der Höhe war, aber im Moment war mir einfach nicht danach, sie in einen Kissenbezug zu stecken, mit ihr zum Tierarzt ins Village zu latschen und im Wartezimmer mit jeder Menge ausgewachsener Männer und ihren kleinen Spielzeug-Chihuahuas herumzuhängen.

Das Hämmern in meinem Kopf schien um einen Wimpernschlag nachzulassen, und vage, verschwommene Bilder begannen vor dem blaßrosa Vorhang im Inneren meines Augenlids aufzuflackern. Ich sah einen verqueren alten Westküstennazi in voller Uniform unter einem großen Sonnenschirm auf einer Rotholz-Veranda sitzen, den Blick über Malibu richten und dann meine Nummer wählen. Ich sah Wilhelm Stengal mit elegantem Schritt durch die Lobby des Pierre Hotels gehen, mit einer blauen Kornblume im Revers und einem Blick, der blitzschnell von kultiviertem Perlmutt auf den eines wütenden Skinks umschalten konnte, den man gerade unter seinem Stein gestört hatte und der nun unentschieden ist, ob er um sein Leben rennen oder die Sonne verschlucken soll. Hat ein Skink überhaupt Augen? Ich mußte das nachschlagen, wenn ich wieder in den eigenen vier Wänden war. Dann sah ich Jimmie Silmans traurige dunkle Augen. Ich wollte ihm zu Hilfe eilen, aber es ging nicht. Ich wollte ihn warnen, aber es war zu spät.

Ich erinnere mich noch, daß ich kurz vor dem Wegdämmern den Kopf zur Seite drehte und die Katze dabei beobachtete, wie sie hartnäckig versuchte, auf ihren Schaukelstuhl zu springen. Einmal, zweimal, dreimal scheiterte sie dabei. Jedesmal fiel sie ungelenk zurück auf den Boden. Ihr Anblick bereitete mir Schmerzen. Aber wenn man eine Katze ist und jemand sieht zu, ist es schlimmer als der Tod.

Natürlich ahnten weder die Katze noch ich zu diesem Zeitpunkt, wie verdammt nahe der Tod war.

»Reiß die Fenster auf! Herr Jesus! Bloß kein Streichholz anzünden! Ruf den Gas-Notdienst an!«

In weiter Ferne hörte ich eine schrille Stimme Befehle erteilen und eine weitere in gedämpfterem Ton Bestätigungen flüstern. Ganz plötzlich war es sehr kalt geworden, und ich begann zu zittern. Ich schlug die Augen auf und sah ein weibliches Gesicht, das sich über mich beugte.

»Ruth Buzzi?« fragte ich.

»Nein«, sagte Winnie Katz, »aber ich würde sie gern einmal kennenlernen.«

Sie legte mir ihre warme Hand auf die Stirn. »Warum hast du das getan?« fragte sie.

Wenn man in seinem Leben eine ganze Menge verbockt hat, ist diese Frage immer ziemlich verwirrend. Wovon redete sie überhaupt? War sie vielleicht dahintergekommen, daß Rambam die Praxis des Seelenklempners angezapft hatte?

»Du kannst von Glück sagen, daß du noch lebst! Wenn wir nicht vorbeigekommen und über die Feuerleiter durchs Fenster eingestiegen wären, wärst du jetzt tot. Der Raum ist voller Gas!«

Es war das erste, was ich hörte. Natürlich paßte das alles recht hübsch zusammen. Ich hatte seit sieben Jahren keinen Geruch mehr wahrgenommen, aber dies war das erste Mal, daß mein Zinken mir beinahe den endgültigen K.o. beschert hatte. Wie hatte das passieren können? In meinem Kopf wirbelten Fragen, Theorien und paranoide Vorstellungen wild durcheinander. Meine Zähne klapperten. Winnie sah mit tiefem platonischem Mitgefühl auf mich herab.

»Wo ist die Katze?« rief ich.

Winnie und ihre Begleiterin machten sich daran, in der Wohnung nach der Katze zu suchen, und riefen sie in der

Art von Leuten, die nicht den leisesten Schimmer von Katzen haben. Ich richtete mich auf dem Sofa auf und bibberte.

»Treib einen Mantel für ihn auf«, wies Winnie das andere Mädchen an.

»Treibt die Katze auf!« rief ich. Ich war immer noch zu schwach, um aufzustehen. »Seht unterm Schaukelstuhl nach.«

Winnie langte unter den Schaukelstuhl und zog eine arg ramponierte Katze hervor. Man sollte meinen, daß ein Mann und eine Katze, die um Haaresbreite dem Tod entronnen sind, ein freudiges Wiedersehen feiern. Man stellt sich geradezu vor, wie der Mann und die Katze auf der Brücke des Lebens aufeinander zulaufen. Doch nichts dergleichen geschah. Die Katze setzte sich kerzengerade hin, den Rücken zu mir und den Blick auf die gegenüberliegende Wand gerichtet, und setzte ihr Schlechtwettergesicht auf. Unter anderen Umständen hätte ich dieses Betragen vielleicht sogar komisch finden können. Im vorliegenden Fall allerdings schien es mir gänzlich unangemessen.

Winnie schickte die andere Braut nach oben, geleitete mich an den Küchentisch, entlockte der Espressomaschine eine altbekannte Arie und zwängte mich in eine dicke, schwarze Lambswool-Jacke, mit der ich aussah wie ein leicht anämischer Zuhälter. Ich hatte die Jacke von Uptown Judy bekommen, und sie war mehr als nur irgendein Kleidungsstück. Ein Freund von ihr, dem die Bullen auf den Fersen waren, hatte die Jacke in ihrem Apartment liegenlassen und war nie wieder aufgetaucht. Bei einer Ramschaktion im kleinsten Kreis war die Jacke eines Abends an mich gefallen. Wenn ich es noch erleben sollte, dachte ich, würde ich sie anrufen und ihr sagen, wie es der Jacke ging. Dann war da noch Downtown Judy. Aber meine Gedanken schweiften ab. Ich blickte auf und sah Winnie fachmännisch den Espresso eingießen.

»Du wirst bestimmt irgendwann irgendwem ein sehr feines Irgendetwas abgeben«, sagte ich.

»Du großschwätziger Scheißkerl«, sagte sie und reichte mir die Tasse.

Ich nahm einen Schlürfer und blickte Winnie an. Sie war ein ungemein hübsches Mädchen. Sie hatte Sommersprossen. Sie hatte intelligente, sexy, nußbraune Augen. Sie besaß eine sehr angenehme Ausstrahlung.

»Du hast mir das Leben gerettet«, sagte ich.

»Das sagen sie alle«, sagte sie.

Als die zwei Typen vom Gaswerk anrückten, lief ich mit meiner Uptown-Judy-Zuhälterjacke und einer kalten Zigarre im Mund auf und ab und hielt Winnie einen Vortrag darüber, daß eine Zigarre manchmal einfach nur eine Zigarre ist. Sie hatte einen Kommentar losgelassen, der mir arg mißfallen hatte, und ich fühlte mich dazu herausgefordert, mein mündliches Spezialthema zu verteidigen. Die Typen vom Gaswerk schienen uns so ziemlich zu ignorieren und machten sich in Ofennähe an die Arbeit. Mir fiel auf, daß sie kein Emissions-Meßgerät dabeihatten.

Die Folgeerscheinungen des Gases waren inzwischen weitgehend abgeklungen, wenn man von dem leisen Summen im Kopf einmal absah. Winnie hörte mir mit einem eher vorwitzigen Schulmädchen-Grinsen zu, das einen auf unkonventionelle Weise um den Finger wickelte.

». . . Freud zufolge ist jeder Mensch von seinen Anlagen her homosexuell. Nur durch Zufall werden wir heterosexuell, hervorgerufen durch entwicklungsbedingte Veränderungen. Wie du siehst, ist es mit dem Zigarrerauchen nicht weit her. Dr. Charles Ansell, der Chef-Seelenklempner im San Fernando Valley und ein guter Freund unserer Familie, behauptet, es stelle ›ein ungelöst frühkindliches Verhalten dar, das auf das Saugen an der Mutterbrust zurückgeht‹. Dr. Ansell behauptet weiter, es könne natürlich auch Fellatio bedeuten, aber man kann nicht alles haben. Zigarre gefällig?«

»Hey, Kumpel«, sagte einer der Gaswerk-Typen und winkte mich zum Ofen herüber, »willst du sehen, woran es gelegen hat?«

»Yeah«, sagte ich. Ich lief zu ihm rüber. Er zeigte mit dem Finger auf eine direkt über dem Boden liegende Stelle hinter dem Ofen.

»Die Zuleitung hat sich gelöst«, sagte er.

»Und wie oft kommt so etwas vor?« fragte ich.

»Hängt davon ab«, sagte der Typ vom Gaswerk, »ob ein Dreieinhalbzoll-Schlüssel zur Hand ist.«

51

Wenn in Austin jemand stirbt, sagen die Leute, er geht in Willie Nelsons Haus. Während ich an jenem Abend am Schreibtisch hockte und einer alten Platte von Billy Joe Shaver auf dem Grammophon zuhörte, mußte ich an ein mehrere Jahre zurückliegendes Erlebnis denken, als ich in Willie Nelsons Haus gewesen war, ohne gleich den letzten Tribut zu entrichten. Willie hatte mir an diesem Abend etwas gesagt, was für viele Jahre eine ziemliche Delle in meinem Kopfkissen hinterlassen sollte, nämlich: »Wenn du nicht verrückt bist, ist irgend etwas mit dir nicht in Ordnung.«

Während ich dem Grummeln der Müllwagen im Verband mit Billy Joe lauschte, goß ich mir einen zweiten Schluck Wild Turkey in das alte Stierhorn, schnippte eine Clarence-Darrow-Länge Zigarrenasche in meinen texasförmigen Aschenbecher und stellte fest, daß mit mir alles in Ordnung war. Also mußte ich verrückt sein.

Das würde so manches erklären.

Es würde etwa erklären, warum ich zwei Wochen nach der Rückkehr aus Cleveland immer noch John Morgans Phantom nachjagte. Oder warum in letzter Zeit eine ganze Reihe von Leuten – nämlich Zev, Rambam und Winnie Katz – mir aller Wahrscheinlichkeit nach das Leben gerettet hatten. Oder warum ich nahe daran war zu glauben, daß ein Nazi aus dem Zweiten Weltkrieg, der inzwischen glücklicherweise in der Kraut-Version von Willie Nelsons Haus residierte, mich Kent Perkins zufolge aus Südkalifornien angerufen hatte und mich, wie es mir langsam aufging, zu John Morgans Beerdigung eingeladen hatte. Sie wollten mich um alles in der Welt davon abbringen, dem *anderen* John Morgan auf die Spur zu kommen. Nur hatten sie offenbar nicht gewußt, daß es eine Beerdigung mit offenem Sarg werden sollte!

Vielleicht sollte ich Cleve anrufen und ihn um eine Bettenreservierung im Pilgrim State bitten, dachte ich, während ich das Glas Turkey leerte. Er war stärker als Jameson und süßlicher als Jack Daniel's. Aber er war trotzdem verdammt gut, wenn man die beiden anderen nicht im Haus hatte. Ich schüttete mir noch einen Schluck ein.

Ich war also verrückt. Ich tanzte im Vergleich mit den anderen Vögeln aus der Reihe. Ich befand mich dort, wo kein Bus mehr hinkommt. Das Verfallsdatum auf meiner Verpackung war offenbar abgelaufen. Mit mir war alles in Ordnung. Ich war bloß verrückt.

Wie sonst hätte ich meine Überzeugung rechtfertigen können, irgendeine Nazi-Organisation mit internationalen Dimensionen habe es auf mich abgesehen? Gab es eine funktionierende, mit dem Tod ihr Geschäft betreibende Organisation 88? Handelte es sich um eine Bruderschaft des Bösen, die zu einem satanischen Bankett zusammengekommen war, oder saß ich nur beim Lunch des örtlichen Lion's Club und drohte wegzunicken?

Aber da Wilhelm Stengal sich nun einmal in ein kroßgebratenes Etwas verwandelt hatte, welche andere Erklärung ließe sich für die infame Ironie in der Wahl der Methode finden, mit der der morgendliche Anschlag auf mein Leben und das meiner Katze verübt worden war? Und da Wilhelm Stengal nun zu den dankbaren Toten gehörte – ich meine hier nicht die Rockgruppe Grateful Dead –, wer hätte denn sonst noch von der Geschichte mit dem Gasalarm wissen können, die wir ihm aufgetischt hatten?

Ich überlegte kurz, mich einer weiteren gründlichen Untersuchung vom Hals aufwärts bei Dr. Bock zu unterziehen, aber ich gönnte Ratso, Rambam und McGovern diesen Triumph nicht. Die Welt war zweifellos verrückt, und ich war ein Teil dieser Welt, und wenn ich es recht überlegte, wollte ich es auch gar nicht anders. Ich kippte den letzten Schluck runter und ging zu Bett.

52

Freitag morgen war Jimmie Silman, alias Washington Ratso, am Apparat. Ich war nicht sicher, ob ich mich in Willie Nelsons Haus befand oder noch träumte. Glücklicherweise war beides nicht der Fall.

»Ratso«, sagte ich. »Jesus Christus, Mann, wo steckst du? Herr im Himmel, Bruder, was ist passiert?«

»Also, um bei der ersten Bezeichnung zu bleiben. Ich stehe hier in dem, was von meinem Haus übriggeblieben ist. Die Bude ist verkokelt, meine Gitarren sind leicht klamm, der Wagen ist verschwunden, und die Garage war einmal. Ich habe mit den Nachbarn und mit der Polizei gesprochen, und inzwischen verstehe ich, daß auch *ich* beinahe verschwunden wäre. Da bin ich vierundzwanzig

Stunden mit einer Braut unterwegs, und es passiert *diese* Scheiße.«

»Das ist die Rache, die Mohammed für geübte Unzucht verhängt.«

»Ich bin *methodistisch* erzogen worden, Herr Jesus Christus, und ich habe seit ungefähr meinem zwölften Lebensjahr keine Unzucht mehr geübt. Ich bin mittlerweile ziemlich gut darin. Zumindest hat die Braut mir das bestätigt. Hast du schon mal eine aufgeschwemmte 1957er Stratocaster aus der Werkstatt von Tex Rubinowitz gesehen?«

»Ich fürchte nicht. Ratso, ich will ja nichts Unangenehmes zur Sprache bringen, aber wer saß im Wagen?«

»Yeah, eine ziemlich unangenehme Geschichte, ganz zweifellos. Die Bullen meinen, es war ein Typ vom Automobilclub. Vierundzwanzig Stunden lang haben sie mich nach meinem Anruf damit hingehalten, jemanden vorbeizuschicken, der den Wagen in Gang bringt, und keiner ist erschienen. Also habe ich ihnen eine Notiz an der Garagentür hinterlassen. Während ich mit der Braut unterwegs war, muß offenbar endlich jemand vorbeigekommen sein. Er ließ den Motor an, und die Bombe ging hoch. Christus.«

Bevor ich auflegte, erzählte ich Ratso davon, was mir am Morgen zuvor zugestoßen war, mahnte ihn zu extremer Vorsicht und ließ ihn wissen, wie froh ich war, wieder ein Mann mit zwei Ratsos zu sein. Ich war überglücklich, ihn gesund und lebendig zu wissen, und ich wollte diese Erfahrung, wie man in Hollywood sagt, mit jemandem teilen. Mein erster Gedanke war, New York Ratso anzurufen, aber ich konnte nicht sicher sein, daß er es nicht Carmen weitererzählen würde, und was Carmen betraf, hegte ich mehr Zweifel als je zuvor. Außerdem wollte ich in Ratso keine ambivalenten Gefühle wecken, indem ich ihm mitteilte, er wäre für einen kurzen, strahlenden Moment der einzige

Ratso in meinem Leben gewesen, während nun der andere Ratso zurück auf der Bildfläche erschienen sei.

Ich versuchte, McGovern anzurufen, aber er war nicht an seinem Schreibtisch. Auch ich war nicht an meinem Schreibtisch. Ich war damit zugange, eine Tasse Espresso mit einem Schluck Wild Turkey anzureichern und der Katze ihre morgendliche Ration Thunfisch zu geben.

Schließlich faßte ich den Entschluß, Rambam anzurufen. Ich erzählte ihm die komplette Washington Ratso Geschichte, sagte ihm, wie erleichtert ich wäre, daß Jimmie Silman noch lebte, und teilte ihm mit, wen die Bullen nun als das Opfer vermuteten.

»Ich bin heilfroh, daß Ratso davongekommen ist«, sagte ich, »aber es ist schade um den Typen vom Automobilclub.«

»Das ist doch gar nichts«, sagte Rambam. »Ich kenne einen Mafioso hier mitten in Brooklyn, der jeden Morgen beim Automobilclub anruft, damit die seinen Wagen starten.«

53

»Undichte Gasleitungen treten häufiger auf, als du denkst«, sagte New York Ratso, als wir nachmittags an einem kleinen Tisch im Big Wong saßen. »Erst letztes Jahr ist es bei mir im Apartment vorgekommen. Genau die gleiche Geschichte. Die Typen kamen raus und wollten wissen, ob jemand an der Leitung herumgefummelt habe. Verdammt, hab ich denen gesagt, der Ofen ist noch nie benutzt worden. Sie wollen bewußt vertuschen, wie häufig solche Unfälle sind.« Er schob sich mit einem chinesischen Suppenlöffel eine ziemliche große Portion geröstetes Schweinefleisch mit Rührei in den Mund.

Auch ich hatte so langsam meine Zweifel. Wilhelm Stengal befand sich in Willie Nelsons Haus, John Morgan war, was den offiziellen Informationsstand anging, möglicherweise auch dort, und ich war seit meinem letzten Treffen mit Ratso nicht wieder zusammengeschlagen worden. Es war gut möglich, daß der ganze Fall mit Stengal gestorben war. Die andere Theorie, daß wir es mit einer riesigen, bösartigen Hitler-Hydra zu tun hatten, der man einen ihrer Skinheads abhackte, nur um zehn neue nachwachsen zu sehen, schien im fahlen Licht eines ausgehenden Februarnachmittags in der behaglichen und unveränderlichen Atmosphäre von Chinatown immer weniger plausibel. Der März stand vor der Tür, und ich für meinen Teil war bereit, im Stechschritt in einen neuen Monat und eine neue seelische Verfassung zu marschieren. Mir ein wenig mentale Gesundheit an Bord zu holen. Höchste Zeit für Visionen und Revisionen.

Auf der anderen Seite war da noch der geheimnisvolle Anruf, auf den Kent Perkins mich gebracht hatte. Und im District of Columbia gab es einen Automobilclub-Angestellten weniger. Ich wußte nicht, was ich davon halten sollte. Ich brauchte, dachte ich, nur die Spur eines einzigen schlagkräftigen Beweises.

»Ich brauchte«, sagte Ratso, »etwas Entensoße für das geröstete Enten-Schweinefleisch auf Reis.«

»Zweifellos«, sagte ich. »Ratso, ich möchte dich um einen Gefallen bitten.«

»Was du willst, nur nicht die Hälfte meines gerösteten Schweinefleischs mit Rührei.«

»Ich weiß, unsere Beziehung ist derzeit etwas angestrengt. Ich bin, was diesen Fall angeht, nicht so offen zu dir gewesen, wie ich es vielleicht hätte sein können.«

»Warum sollte sich dieser Fall von all den anderen unterscheiden? Du erzählst mir doch nie irgendwas.«

»Also, dann will ich dir jetzt etwas erzählen. Zu Anfang habe ich nach meinem Freund John Morgan gesucht, und jetzt sehe ich mich von Feinden umgeben, von denen ich nicht einmal weiß, wer sie sind und ob sie überhaupt existieren. Und ich sage dir noch etwas, bloß damit du dir keine Gedanken machst. Ich habe Carmen nicht flachgelegt.«

»Yeah. Sie hat es mir erzählt. Aber sie hat gesagt, du hättest es probiert.«

Ich verschluckte mich fast an einem Bissen Innereien. Doch ich beschloß, Ratsos Ego entgegenzuarbeiten. Nebst aller Freundschaft, brauchte ich seine Unterstützung.

»Okay. Ich habe es also versucht. Aber ich bin nicht weit gekommen. Du kennst mich. Wenn ich an ein Feuerlöschfahrzeug Typ vier-null-sieben und an einen Heavy Metal-*pisang* herankommen könnte, würde ich höchstwahrscheinlich versuchen, die Freiheitsstatue von hinten zu nehmen.«

»Was ist ein *pisang?*»

»Heißt ›Banane‹ auf malaiisch.«

Wir aßen schweigend weiter.

Schließlich sagte ich zu Ratso: »Okay. Ich will von dir folgendes: Finde von Carmen heraus, ob ihr Adoptivvater Alkoholiker war.«

»Geht klar«, sagte Ratso angewidert, »aber ich habe langsam genug von diesem ganzen kryptischen Bullshit – dem Grashüpfer-Spiel, deinen Zweifeln, Andeutungen und Warnungen, was Carmen betrifft, und deiner paranoiden Reaktion auf die undichte Gasleitung. Du vertraust mir nicht mehr. Du behältst alles für dich. Du hast seit geraumer Zeit deine gesamte Energie in diesen Fall investiert, und soweit ich sehe, stehst du immer noch am Anfang.«

Ich zog eine Zigarre hervor, durchlief in aller Eile die pränuptialen Zeremonien und zündete sie langsam und vorsichtig an.

»Weißt du«, sagte Ratso, und seine Stimme klang fast schon bestürzt, »manchmal frage ich mich, welchen beschissenen Detetektivunterricht du wohl genossen hast, Sherlock?«

Ich paffte ein paarmal entspannt an der Zigarre, bevor ich die Rechnung an mich nahm.

»Elementarstufe, mein lieber Ratso«, sagte ich. »Elementarstufe.«

54

»Nein, ich habe nicht gewußt, daß Elvis immer nur vor ausverkauften Häusern gespielt hat, Cleve, aber sieh nur, wohin ihn das gebracht hat.«

Es war später am Nachmittag, und über der Stadt war ein heftiges Unwetter aufgezogen. Ich hatte vorübergehend meine Beschäftigung unterbrochen, mit der Katze in den Regen zu starren, um Cleve anzurufen. Das eine Ende der Leitung befand sich nun bei mir im Loft, während das andere Ende mit dem dritten Saturnring verbunden war.

»Ich sage doch nur, daß es nicht schaden könnte, ab und zu mal einen Gig einzulegen. Du hast da draußen eine Menge Fans, guter Junge. Zeig ihnen, daß es dich noch gibt.«

Ich grinste bitter. Vielleicht wußten meine Fans mehr als ich.

»Yeah«, sagte ich, »aber die Fans mögen tote Stars lieber als die lebendigen. Lenny Bruce, Judy Garland und Elvis starben alle auf dem Thron, und Jim Morrison in der Badewanne, und sie alle haben eine größere Fangemeinde als sonstwer, Wayne Newton ausgenommen, und der weigert sich hartnäckig, auch nur in die Nähe seines Badezimmers zu kommen, weil er Todesahnungen hat.«

»Kinkster«, sagte Cleve, »du übertreibst hier ein wenig. Du denkst nicht rational.«

»Und zwar, weil ich nicht ausstehen kann, ›guter Junge‹ genannt zu werden.«

»Wirklich, du bist ja geradezu pubertär und redest dummes Zeug. Jetzt hör mir einmal gut zu. Ich habe da einen großartigen Plan.«

Mir gefiel die Tatsache nicht, daß Cleve mir gegenüber den Gönner spielte, wo doch viel eher von mir erwartet wurde, mich ihm gegenüber gönnerhaft zu zeigen. Ich mußte allerdings zugeben, daß er ziemlich aufgeräumt klang.

»Ich könnte ein echter Killer-Agent für dich sein«, sagte er.

»Genau das befürchte ich.«

»Ich könnte für dich eine Tour durch Texas auf die Beine stellen. Sie liegen dir da unten zu Füßen, Kinkster.«

»Um Bessie Smith zu paraphrasieren: ›Es ist keine Schande, aus Texas zu kommen. Es ist bloß eine Schande, dorthin zurückzumüssen.‹«

»Wir nennen es ›The Kinky Sexperience‹. Wir holen uns Jerry Retzloff und Lone Star Bier als Sponsoren. Wir drukken T-Shirts mit dem Slogan: ›Ich drückte meinen Saugnapf an einen Zapfhahn und hatte eine Kinky Sexperience – Texas Tour '89.‹ Was hältst du davon?«

Ich wußte nicht, was ich geschmackloser fand – den Namen der Tour oder den Slogan auf dem T-Shirt. Zumindest lautete die Ziffer am Ende der Megilloth nicht »'88«.

»Wir haben es in der Hand, Baby!« rief Cleve auf eine leicht nervtötende Art. »Du und ich gegen den Rest der Welt!«

»Und was ist mit Helen Reddy?« fragte ich.

»Sie macht den Opener für dich«, sagte er.

»Cleve –«

»Ich stürze mich gleich in die Arbeit. ›The Kinky Sexperience.‹ ›The *Kinky* Sexperience‹.« Er wiederholte den Ausdruck noch mehrere Male, wobei er ihn jedesmal auf beängstigendere Weise intonierte. Immerhin, dachte ich, hatte er nicht jenen gefährlichen und unheilbar durchgeknallten Zustand erreicht, wo der Patient unbewußt nur noch in Reimen vor sich hin faselt.

»Okay, Cleve. Viel Glück. Melde dich mal wieder.«

»Du wirst es nicht bereuen, Kinkster«, sagte er in einem Ton der Verzweiflung, der mich annähernd vom Gegenteil überzeugte. Ich wollte gerade den Hörer auflegen, aber Cleve wollte mir offenbar noch etwas sagen.

»Mickey sagt, ich muß jetzt Schluß machen. Schönen Gruß auch an die Katze – Tatze – Glatze – Fratze.«

55

Ich blieb das ganze Wochenende über zu Hause, was entgegen der allgemeinen Erwartung keineswegs auf eine klösterliche Klausur hinauslief. Samstag abend ging ich zum Tanzen. Man muß nicht unbedingt ausgehen, um sein Tanzbein zu schwingen. Manchmal braucht man einfach nur hinaufzugehen.

Genau das tat ich.

Ich stiefelte einen Treppenabsatz hoch, klopfte an eine Tür, und vor mir stand eine einladend, strahlend und umwerfend aussehende Winnie Katz. Wenn Heterosexualität eine Art Unfall darstellte, hatte ich im Augenblick das Gefühl, vom Kurswagen Endstation Sehnsucht in feine T-Bones zerlegt worden zu sein. Was Winnie empfand, konnte ich natürlich nicht sagen. Zumindest lächelte sie bei der Bitte, meine Zigarre vor der Tür zu parken.

Die Aktion hatte weniger mit einer spermatischen Eingebung zu tun, als es zunächst klingen mag. Winnie war an diesem Morgen mit einem ihrer Mädchen auf dem Weg ins Haus, als ich gerade vier Tonnen Katzenscheiße in einer großen Plastikschale nach draußen schleppte. Ich erinnere mich, daß ich unsere Begegnung nicht gerade für besonders romantisch hielt, aber romantische Augenblicke entsprechen häufig nicht unserer Vorstellung, und wer wollte sich da schon genau auskennen? Das Ergebnis war, daß ich eine groteske Riesenladung Katzendreck in der Mülltonne verschwinden ließ, ohne jedoch mit leeren Händen ins Loft zurückzukehren. Winnie hatte gesagt, wenn ich nichts weiter vorhätte, sollte ich später am Abend bei ihr vorbeischauen. So hatte es sich ergeben, daß ich meine Zigarre an der Tür einer reizenden Lesbe parkte, die mir geradewegs gegenüberstand und mich mit fast schon wissenschaftlicher Neugierde anstarrte, als ob es sich um das seltene Exemplar einer vom Aussterben bedrohten, farbenfrohen tropischen Fischgattung handelte, die nur noch in einer fernen Lagune auf Borneo anzutreffen war. Es gab noch andere Fische auf Borneo, dachte ich, und zwar größere und gefährlichere Exemplare, aber sollte man sich deshalb einen entspannten, platonischen Samstagabend vermiesen lassen?

Ich trat über die Türschwelle.

Von Winnies Mädchen war keins zu sehen. Nur ein Mädchen. Und das war Winnie. Sie nahm meine Hand und führte mich durch die Wohnung. Von irgendwoher kam gedämpfte Musik. Wir hatten das ganze Tanzstudio für uns allein, wie Adam und Eva im Garten Eden, die sich darüber klar zu werden suchten, ob die Frucht nun verboten oder zum Gähnen langweilig war. Die Lichter waren verführerisch heruntergedreht.

»Tanzt du?« fragte sie.

»Nein«, sagte ich, »aber ich kenne Tommy Tune.«

»Der wird dir heute abend nicht groß weiterhelfen, ganz im Gegensatz zu mir.«

Was folgte, war eine Art Tanzstunde, die ziemlich ungelenk und ohne jeden Gedanken an Sex begann und doch in einer feuchten und träumerischen Umarmung endete. Zahllose Gedanken rasten mir durch den Kopf. Bei meinem letzten Besuch in Winnies Loft hatte ich meinen Fuß über einen toten Kolumbianer setzen müssen. Diesmal, überlegte ich, würde ich mich möglicherweise über eine sehr viel merkwürdigere Sache hinwegzusetzen haben. Ich hatte keine Ahnung, welche Erklärungen es dafür gab, daß eine Lesbe eine so starke Anziehungskraft auf einen Mann ausüben konnte, aber ich hatte auch nicht die Zeit, Dr. Charles Ansell anzurufen und ihn zu fragen.

Ich küßte sie zuerst nur zögerlich, wie ein Typ irgendwo in Alabama, der es zum ersten Mal mit seiner Kusine treibt. Ich erhaschte noch einen Blick in ihre Augen, kurz bevor sie sie zuklappen ließ. Sie waren so groß wie Susan-B.-Anthony-Silberdollars. Dann wurden unsere Küsse feuriger.

»Mit dir ist es das erste Mal«, sagte sie, »daß ich weiche Knie bekomme, seit ich zwölf bin.« Es klang überaus schmeichelhaft.

Wir drifteten ins Schlafzimmer rüber und ließen uns auf eine Tofu-Matratze sinken. Sie sah genauso aus wie die, auf der ich im Jahr zuvor einen Kolumbianer getötet hatte. Ungefähr die angenehmste Sache, die man auf einer Tofu-Matratze anstellen konnte. Es war der bislang einzige Tote, der auf mein Konto ging, und ich war angenehm überrascht, wie wenig Schlaf er mich kostete. Natürlich *schlief* ich auch nicht auf einer Tofu-Matratze. Es war Notwehr gewesen, aber das hätte ohnehin keinen großen Unterschied gemacht. Wie ich schon öfter gesagt habe, muß man in New York zwei Leute um die Ecke bringen, bevor es irgendwen interessiert.

Auf einem alten Schwarzweiß-Gerät in der Ecke redete Humphrey Bogart gerade mit Ingrid Bergman. Winnie ging zum Apparat und drehte den Ton etwas lauter. Dann kam sie zurück, setzte sich neben mich auf die Tofu-Matratze, griff nach meiner Hand und legte sie in ihren Schoß. Sie drehte sich zu mir und sah mich mit einem Lächeln an, das einem in seiner Unschuld fast das Herz brach. Dann schwenkte ihr Blick zurück zum flackernden Bild Humphrey Bogarts mit einer Fluppe im Maul.

»Ich sehe den Film zum ersten Mal«, sagte sie. »Ist es *Casablanca?*«

56

Zwei Nächte, nachdem ich derjenige geworden war, mit dem Winnie Katz zum ersten Mal *Casablanca* gesehen hatte, erhielt ich erneut den geheimnisvollen Anruf eines Krauts. Ich erkannte es an der Art, wie er das R rollte, als er »Herr Friedman« sagte. Es war schwer zu entscheiden, ob es sich um den gleichen Typen handelte, der mir am Telefon Ratsos Tod mitgeteilt hatte. Ein Asiat sieht aus wie der andere, und für mich klingen alle Krauts gleich.

Um eine lange und ziemlich entnervende Story kurz zu machen, der Typ behauptete, Informationen über den Verbleib von John Morgan zu besitzen. Natürlich bezweifelte ich das. Der Kerl wollte mich am gleichen Abend an einem bestimmten Ort und zu einer bestimmten Zeit, womit ich hier niemanden langweilen möchte, treffen, um mir die Informationen zuzuspielen. Natürlich witterte ich dahinter eine Falle.

Die 88-Organisation, oder wie immer sie hieß, wenn es sie überhaupt gab, mußte aus einer kleinen Gruppe von ziemlich altersverwirrten Spielverderbern bestehen, die nicht zugeben wollten, daß sie den Krieg verloren hatten. Zweifellos verfügten sie über genügend Geldmittel, um bei Gelegenheit den einen oder anderen jungen Skinhead oder schwachsinnigen Neonazi anzuwerben, aber ihren Hoffnungen, die Weltherrschaft zu übernehmen, konnte man getrost den Stempel St. Nimmerlein, Arkansas, aufdrükken. Was natürlich nicht hieß, daß sie irgendwelche Skrupel zeigen würden, im glorreichen, blinden Kampf für ihre verlorene und aussichtslose Sache noch ein paar Menschen mehr umzulegen.

Ich wollte nicht dazugehören. Ich wollte noch eine Weile leben, um mich weiter mit Ratso zu streiten. Aber ich konnte die Chance nicht ausschlagen.

Ich notierte mir Zeit und Ort unserer Verabredung, sagte der Krautstimme, ich würde da sein, und legte auf. Dann rief ich Rambam, Boris und Sergeant Cooperman an, erzählte ihnen von dem mysteriösen Anruf (wobei Cooperman sich über die Meldung am wenigsten freute), übermittelte ihnen die genaue Zeit und den Ort und legte dreimal mehr auf. Ich steckte ein paar Zigarren für unterwegs ein, griff nach Hut und Mantel und übergab der Katze die Verantwortung.

Dann begab ich mich an den verabredeten Ort und wartete die Zeit ab.

Die Zeit vergeht ziemlich schleppend, wenn man auf einen geheimnisvollen Kraut wartet, von dem man das fast schon sichere Gefühl hat, er werde nicht auftauchen, während man andererseits weiß, daß, wenn er erscheint, er einen mit Sicherheit umzulegen versucht.

Ich kann nicht sagen, daß nichts passierte. Ich bin sicher, daß eine ganze Menge passierte, während wir warteten. Generationen italienischer Einwanderer landeten an unseren Gestaden, arbeiteten sich durch das Leben im Herzen der City nach oben und ließen sich in den Vororten nieder. Ein kleines Kind, das mit einem Papierschiffchen im Rinnstein spielte, wuchs inzwischen vielleicht zu Lord Jim heran. Irgendwo in New York bekam ein Typ einen Tisch im Restaurant.

Ein Stück den Block hinunter konnte ich in der Dunkelheit gerade noch die Umrisse eines am Straßenrand parkenden Wagens ausmachen. Ich ging davon aus, daß es sich um Cooperman handelte, aber es konnte genausogut Boris oder Rambam sein. Der Wagen rührte sich nicht vom Fleck, und ich konnte nicht erkennen, ob jemand am Steuer saß. Wer es auch sein mochte, seine Nummer eines parkenden Wagens war recht überzeugend.

Die Nacht war kalt und neblig, und dann und wann nieselte es. Eine gute Nacht, um jemanden um die Ecke zu bringen, wie man so sagt. Einmal glaubte ich, an der Wand eines nahegelegenen Gebäudes einen Schatten vorbeihuschen zu sehen. Ein anderes Mal vernahm ich ein heiseres Rufen, das einer russischen Kehle zu entstammen schien. Für Deutsch war es zu wenig guttural, und es klang auch nicht wie das Englisch, das einem in Texas begegnet. Ich ging in die Hocke und lauschte eine Zeitlang mit gespannter Aufmerksamkeit, bis ich erkannte, daß es zwei Taxifahrer waren, die sich gegenseitig anbrüllten.

Ein paar Leute gingen ziemlich nahe an mir vorbei, aber wenn einer davon ein Nazi war, so sollte das kein anderer wissen. Davon abgesehen war ich mit jemandem verabredet, der unmöglich eine Zweieinhalb-Zentner-Frau, ein Mann mit Turban oder ein junger Schwarzer sein konnte, der gerade mit baumelnden Schnürsenkeln, schräg am Kopf klebender Kappe und einer Handvoll goldener Uhren an mir vorbeigelatscht war. Rassisten gab es in allen Größen und Farben, dachte ich, aber bei Nazis konnte man zumindest sicher sein, daß nur Weiße in Frage kamen.

Nachdem ich eine Zeit, die mir wie eine Ewigkeit vorkam, aber vermutlich eher bei knapp anderthalb Stunden anzusiedeln war, in der Kälte gestanden hatte, trat Rambam aus der Dunkelheit, winkte und rief, er würde später bei mir in Vandam vorbeischauen. Dann leuchteten bei dem geparkten Wagen die Scheinwerfer auf, und er kam die Straße entlang auf mich zugerollt. Als er anhielt, erkannte ich Cooperman und Fox als seine Insassen. Cooperman winkte mich an den Straßenrand. Ich zündete eine Zigarre an und lief auf den Wagen zu, als Cooperman gerade den Stummel seiner Gauloise aufs Pflaster schnippte. Fox' Gesicht grinste hämisch wie eine gutgelaunte Halloween-Maske.

»Tut mir leid, Sportsfreunde«, sagte ich, während ich mir in der Kälte die Hände rieb, »falscher Alarm.«

Cooperman schob seine Mütze nach hinten und fuhr sich als Zeichen der Enttäuschung mit der Hand über die Stirn. Er steckte sich eine neue Gauloise an.

»Tex«, sagte er mit müder und der Welt überdrüssiger Stimme, »ein weiser Mann hat einmal gesagt: ›Wenn man den Käse unter die Falle legt, muß man immer noch genug Platz für die Maus lassen.‹«

57

Ich besaß zwar keine Maus, aber ich hatte eine Katze, und die hockte auf meinem Schoß, als Rambam später am Abend mit dem Puppenkopf in der Hand zur Tür hereingeschneit kam.

»Ein hübsches häusliches Bild«, sagte er.

»Das brauchst du mir nicht ständig unter die Nase zu reiben.«

»Alles in Ordnung mit dir?«

»Bist du der Onkel Doktor, oder wer?«

Rambam warf mir einen befremdlichen Blick zu, und wenn ich es nicht besser gewußt hätte, hätte ich geglaubt, Mitleid darin zu erkennen. Er setzte seinen schwarzen Rucksack auf der Couch ab, erzählte etwas von irgendwelchen Botengängen, die er noch zu erledigen habe, und machte sich auf den Weg zur Tür.

»Ich schaue später noch mal rein«, sagte er.

»Wir sind daheim.«

Nachdem Rambam gegangen war, stellte ich beim Blick auf meinen Reisewecker auf dem Schreibtisch fest, daß es auf Mitternacht zuging. Aus irgendeinem Grund kam mir das Loft plötzlich merkwürdig einsam und bedrohlich vor. Vielleicht war die Katze doch nur eine Katze. Vielleicht war ich ganz allein.

Mit einem Mal hatte ich das Gefühl, übergeschnappt, paranoid und im Vergleich mit den anderen Vögeln völlig aus der Spur zu sein. Merkwürdige Gedanken schlichen mir durch den Sinn. Wie gut kannte ich Washington Ratso wirklich? Konnte es nicht sein, daß irgendwer seinen Wagen aus einem ganz anderen Grund in die Luft gejagt hatte, von dem ich absolut nichts wußte? Und was war mit der undichten Gasleitung und den beiden geheimnisvollen Anrufen? Wenn dies nicht die Tat eines entfernten Mitglieds der 88 war, blieb nur eine weitere Möglichkeit. Und von der hielt ich ganz und gar nichts.

Im Klartext gesprochen, entweder die Teile des John-Morgan-Puzzles ließen sich bald aneinanderfügen, oder ich befand mich in großer Gefahr, selbst in Einzelteile zu zerfallen. Ich blickte auf die Telefone. Wen konnte ich anrufen? Dr. Bock? Dr. Ansell? Dr. Ruth? Ich wäre aufgestanden und hätte den nächstbesten Schluck Schlangenpisse runtergekippt, der sich auftreiben ließ, aber ich wollte die Katze nicht stören.

Nicht etwa, daß ich nicht selbst schon einigermaßen verstört war. Aber Katzenlicbhaber lernen, zuerst an die Katze und dann erst an sich selbst zu denken. Albert Schweitzer, der Linkshänder war, hatte eine Katze, die sich zum Schlafen immer gern auf seinen linken Arm legte. Schweitzer wurde so dazu gezwungen, einen Großteil seines Tagebuchs und viele seiner Rezepte mit der rechten Hand zu schreiben, was der Grund dafür ist, warum sie bis heute kaum zu entziffern sind. Es gibt auch eine Geschichte über Mohammed, der, als er eines Morgens aufwacht und zur Moschee gehen will, seine Katze tief schlummernd auf dem Ärmel seines Gewands vorfindet. Aufgrund der ungenauen Aufzeichnungen aus jener Zeit wissen wir nicht, ob es sein linker oder sein rechter Ärmel war. Wir wissen nur, daß er sein Messer zog, den Ärmel vom Gewand trennte und aus ihm hinausschlüpfte, ohne die Katze zu wecken. Möglicherweise haben sich einige Araber an diesem Morgen vor der Moschee über das Aussehen seines Gewands lustig gemacht, aber Typen wie Mohammed oder Jesus waren ohnehin nie große Modegecken gewesen, die mit der Zeit gingen. Natürlich war auch Ratso in seinen Bekleidungsgewohnheiten nicht auf der Höhe der Zeit, und er haßte Katzen. Aber Jesus liebte Katzen. Andererseits liebte Jesus jeden. Was war dadurch bewiesen?

So arbeitet das Gehirn eines Detektivs, dachte ich. Das ist die Art, wie er sich Klarheit über die Dinge verschafft.

Und dann war da noch Winston Churchills Katze, Jock. Die meiste Zeit seiner späten Jahre weigerte sich Churchill, mit dem Essen zu beginnen, bevor Jock am Tisch Platz genommen hatte, und er konnte erst einschlafen, wenn Jock zu ihm ins Bett gekrochen war. Vielleicht tanzte ich im Vergleich mit den anderen Vögeln doch nur *leicht* aus der Reihe.

Die Telefone klingelten.

Die Katze spitzte ein Ohr, und ich streckte mich nach dem Hörer zur Linken aus.

Es war Ratso.

»Also, abgesehen davon, daß du eine Affäre mit einer Lesbe unterhältst, einen Agenten beschäftigst, der aus der Klapsmühle heraus eine Tour für dich plant, und du dich weigerst, mir das Grashüpfer-Spiel zu erklären, was läuft denn sonst noch so?« fragte er.

Es ist schwer, in New York ein Geheimnis zu hüten.

Ich rauchte eine Zigarre, streichelte die Katze und führte ein langes und seltsam tröstliches Gespräch mit Ratso. Wir redeten über alles von Hitler bis Hockey und wieder zurück zu Hitler. Wir erzählten uns von einigen Fällen, die wir zusammen gelöst hatten, von den aufregenden Zeiten, die wir zusammen durchgemacht hatten, und von den Augenblicken, wo es verdammt knapp geworden war. Für einen Moment schien es so, als sollte das alles der Schnee von gestern sein. Ratso und ich waren a-l-t, hockten auf der Veranda irgendeines Bungalows im Shalom-Altersheim und gönnten uns zwischen zwei Mühlepartien eine Pause.

Diese Stimmung hielt glücklicherweise nicht lange an. Ein schriller Mißklang mischte sich in unsere Unterhaltung, als Ratso mir mitteilte, Carmens unmißverständlicher Auskunft zufolge habe es in ihrer Familie nie einen Alkoholiker gegeben. Ich sagte: »Das paßt.« Ratso sagte: »Was paßt?« Ich sagte: »Das kann ich dir noch nicht sagen.« Ratso sagte etwas ziemlich Unflätiges.

»Ich gebe dir bald Bescheid«, sagte ich.

»Versprochen?«

»Wie mein Freund Fred Katz sagt: ›Auf mein Pelzhändler-Ehrenwort.‹«

Wir legten in unserem Normalzustand der Verbitterung auf.

Ich stand sehr zum Unwillen der Katze auf – die vermutlich kein Verständnis dafür hatte, daß ich unmöglich für den Rest meiner Tage dort sitzen bleiben konnte –, ging ins Schlafzimmer, schälte mich aus den Klamotten und zog meinen Sarong und mein T-Shirt mit dem Bild von Elvis an, auf dem er, aus Anlaß seiner Ernennung zum Anti-Drogen-Abgeordneten, Präsident Nixon die Hand schüttelt. Ich mochte in meinem Leben vor vielen leeren Sitzen gespielt haben, dachte ich, aber ich hatte mich besser gehalten als alle beide.

Ich wußte nicht, wann Rambam zurück sein würde, und ich hatte keine Lust, auf ihn zu warten. Kurz bevor er gegangen war, hatte ich ihm einen Zweitschlüssel zugesteckt, damit der Puppenkopf und ich uns zur Ruhe legen konnten. Aber während ich mit Morpheus einen Wettkampf im Armdrücken austrug, überlegte ich, was oder wem John Morgan begegnet sein konnte und dadurch sein und mein Leben der Gefahr ausgesetzt hatte, in der wir uns jetzt zweifellos befanden.

Irgendwo da draußen trieb sich ein dicker Fisch herum. Er war todbringend, und er war unergründlich. Und er lauerte knapp unter der verschatteten Wasserlinie meines Gesichtsfelds.

58

Ein Zug rast durch Nacht und Nebel. Die Cowboy-Stars stieren mit leerem Blick in die verwaiste Dachkammer. Zusammengedrängte Gesichter im Zug. Augen wie schwarze Schlieren gegen den dunklen Wald der Nacht.

Die Wand eines Labors, bestehend aus der festen Masse menschlicher Augäpfel. Ein Lampenschirm, der bei näherer Betrachtung aus straff gespannter Menschenhaut hergestellt zu sein scheint.

Es ist einer jener Träume, die der Realität so nahe kommen, daß sie überhaupt keinen Sinn ergibt.

Der Himmel ist taub für diesen Zug. Eisenbahnschwellen können die hoffnungslose Wunde nicht verbinden, die er in die Welt reißt. Dies ist der Zug, den Frank und Jesse James nicht stoppen können.

Er folgt seiner Bahn wie der stille Schrei eines Souvenirs des Bösen, das keiner erlösen wird und dessen sich nur wenige erinnern werden. Nur die Cowboy-Stars, die sich zitternd an die Wand kauern, während der Wind durch die Dachkammer fegt.

Der Zug hält auf der Fahrt in die Ewigkeit an einer Station. Dort steht ein unbeschwerter junger Mann mit schwarzglänzenden Stiefeln und einer Zahnlücke. Er ruft ein fremdes Wort in einer fremden Sprache, das wie »Zwillinge! Zwillinge!« klingt.

Die Kinder laufen paarweise aus dem Zug, wie aus einer kleinen, mit Menschen beladenen Arche Noah.

Eine furchtbare Seite aus dem Alten Testament, sauber herausgetrennt und in den Wind geschleudert.

Manchmal hat ein Songwriter einen Traum, in dem er den Text und die Musik hört, und er weiß ungeachtet seines Traums, daß eins genau zum anderen paßt. Wenn er erwacht, kramt er zuerst nach Stift und Papier, um alles so aufzuschreiben, wie er es im Traum gehört hat. Er geht mit äußerster Konzentration vor, denn er weiß aus Erfahrung, manchmal ist alles noch da und manchmal verschwunden.

Ich schwebte in einer Stimmung, in der sich Euphorie und Ernüchterung die Waage hielten. Ich hatte es, und ich wollte es nicht verlieren. Es hatte mit »dem größten Genius aller Zeiten« zu tun. Es hatte mit Morgans Aufnahmen des alten Mannes im Dschungel zu tun und mit dem jungen Mann mit den schwarzglänzenden Stiefeln am Zug, die beide eine Zahnlücke hatten. Es hatte mit meiner Traumvision der beiden kleinen, blauäugigen Eingeborenenjungen zu tun, die mir in meinem Delirium erschienen waren, als man mir die Tätowierung verpaßt hatte, von der ich nun bei Gott hoffte, sie würde meine Seele beschützen.

Plötzlich fügte sich alles klar und deutlich zusammen. Die Musik im Traum hatte einen mit starkem Dopplereffekt unterlegten, verzerrten, wagnerianischen Country-Rock-Einschlag. Sie klang nicht danach, als ob sie musikalisch auf einen Nenner kommen würde. Der Text war eine Art unterbewußter Rap, gebildet aus dem Geflüster des Bösen in der ganzen Welt.

Wie verrückt Träume manchmal auch sein können, ich spürte in meinem Inneren, daß dieser Traum auch dann noch der Wahrheit entsprechen würde, wenn ich die Augen aufschlug. Ich wußte, wo der dicke Fisch sich herumtrieb. Und nicht nur das, ich kannte auch seinen Namen.

Doch dann brach eine neue Empfindung wie eine Welle des Schreckens über mich herein. Ich fühlte, oder sah, oder erahnte irgendwie die Anwesenheit eines Fremden im Raum gleich neben meinem Bett. Ein Mann mit einer Schirmmütze. Für einen Augenblick dachte ich, der Türsteher des Helmsley Palace habe sich in mein Schlafzimmer verirrt.

Eine weitere Woge des Entsetzens schlug krachend in meinen Traum. Jetzt blickte ich durch die Augen des einzigartigen, keine Strapazen scheuenden Journalisten Piers Akerman. Piers war auf Neu-Guinea geboren, und was ich nun erlebte, schien sich in einem primitiven, kannibalischen Ambiente zu vollziehen. Das Ambiente ist nur an zwei Orten von Bedeutung: in Träumen und in Restaurants. Wenn ich mich gegenwärtig in einem Traum befand, so nahm er zunehmend die unangenehme Qualität dessen an, was gemeinhin als Realität durchgeht. Wenn es allerdings ein Restaurant war, so wurde es höchste Zeit, dem Kellner zu sagen, er solle das Erdbeer-Sorbet abräumen und mit der Rechnung anrücken.

Aber es war kein Restaurant, und es war offenbar auch kein bloßer Traum. Ich war Piers Akerman, und ich trieb inmitten eines wütenden Sturms aufs offene Meer hinaus. Das Schiff, das mich trug, hatte das Aussehen und die Unbequemlichkeit von McGoverns Couch.

Ein irischer Hintern von der Größe eines unter liberianischer Flagge fahrenden Tankers schien drohend über mir zu schweben wie der Schatten eines Spielplatzrowdies aus längst vergessenen Kindheitstagen. Ich war nicht Piers Akerman. Ich war ich selbst. Ich befand mich in großer Gefahr.

Ich schlug die Augen auf.

Da stand tatsächlich wer. Es dauerte ein oder zwei Sekunden, bis sich meine traumtrüben Glupscher an die Dunkelheit des Raums gewöhnt hatten. Dann erkannte ich, wen ich vor mir hatte.

Es war nicht McGovern.

Es war Wilhelm Stengal.

59

Ich hatte das Gefühl, der Höllenweckdienst hätte mich aus dem Schlaf gerissen. Vielleicht *war* dies die Hölle, denn soweit ich wußte, war Stengal tot. Er sah sogar halbwegs tot aus. Wie ein kurz in der Mikrowelle aufgewärmter Leichnam. Und wenn dies nicht die Hölle war, was hatte Stengal dann in New York zu suchen?

Natürlich stellte ich mir die Hölle normalerweise nicht als einen geographischen Ort vor. Aber Angst ist eine komische Sache. Manchmal läßt sie einen zum katholischen Internatszögling werden. Gerade erst sechzehn Sekunden da, und schon griff ich nach dem Rosenkranz.

Dann rastete die Logik ein.

Wie Descartes fing ich mit einer sehr grundlegenden Deduktion an. In meinem Schlafzimmer steht ein ergrauter Nazi, also bin ich.

Ich sah mir Stengals Mütze genauer an. Immer noch besser, als ihm ins Gesicht zu blicken. Auf der Vorderseite prangten ein silberner Totenschädel und darunter zwei gekreuzte Knochen. Ich erinnerte mich vage, daß ich Mützen mit dieser Art Emblem in alten Filmen, die im Zweiten Weltkrieg spielten, im Nachtprogramm gesehen hatte. Sie wurden von SS-Todesschwadronen getragen. Aber der Krieg war vorbei. Mittlerweile waren fast fünfzig Jahre vergangen. Es schien unvorstellbar, daß sich inzwischen so viel in der Welt ereignet und so wenig in Stengals Kopf bewegt hatte.

Zwischen der dunklen Kappe und einem schwarzen Hemd hing ein Gesicht, in das ich nun mit einiger Verwunderung blickte. Sein Äußeres war schockierend. Es sah aus wie die kalte, zerfurchte Maske eines blanken, vernichtenden, völkermordenden Hasses.

Dann lächelte er.

Es war auf eine eher krankhafte Art charmant, aber je länger man dieses Lachen ansah, desto horrender wurde es. Vor etlichen Jahren mochte es ein oder zwei Fräulein herumgekriegt haben, aber jetzt bestand es nur noch aus den wächsernen Lippen eines alten Mannes, der ein Dauerlächeln aufgesetzt hatte, dessen wahre Absicht eher einem finsteren Hohngelächter entsprach. Entweder war es das, oder die Welt stand auf dem Kopf. Die eine Möglichkeit war in etwa so wahrscheinlich wie die andere.

Aus der Schwärze seines Hemds stach eine rote Armbinde mit einem schwarzen Hakenkreuz auf weißem Grund hervor. Eine gelungene Farbkombination.

Wie Stengal den Feuersturm in der East Eighty-sixth Street überlebt hatte, war mir ein Rätsel. Vielleicht verfügte der Bunker über einen geheimen Notausgang. Vielleicht hielt Satan ein schützendes Auge auf Kinderschänder und Altnazis. Möglicherweise war der Bunker auch feuerfest. Wie Smokey der Bär stets zu sagen pflegt: »Verlasse nie dein Lagerfeuer, bevor der Braten nicht so knusprig und braungebrannt ist, wie du ihn haben möchtest.«

Stengal hielt wieder die Luger im Anschlag, und diesmal wäre ich keine Wette eingegangen, daß er nicht auch einen Volltreffer landen würde. Seine Augen leuchteten wie das Mondlicht auf dem Rhein. Er liebte seine Arbeit. Er war ein alter Nazi, und ich ergab mich mit fliegenden Fahnen dem Umstand, daß ich wohl nie ein bejahrter jüdischer Bürger würde, der ins Land seiner Väter, Miami, übersiedelte.

Wir sahen einander an, wenn schon nicht mit Vertrauen, so doch mit gegenseitigem Verständnis. Man konnte fast sagen, wir genossen den Augenblick. Denn wir teilten beide, zusammen mit John Morgan, ein monströses Geheimnis.

Ein kalter Schauer wehte durch den Raum und hüllte uns ein. Es war zuviel Macht, zuviel Geschichte und zuviel Verantwortung für ein menschliches Hirn, um sich damit wohl zu fühlen. Stengal, dessen war ich mir gewiß, fühlte sich wie all die anderen Nazis »nicht verantwortlich«. Nicht verantwortlich für die Züge, den Rauch oder die Kinder. Nicht verantwortlich für von Menschen gemachte, eingekälkte Täler des Todes, in denen Abertausende lebendig oder fast noch lebendig begraben wurden. Nicht verantwortlich für die Juden. Nicht verantwortlich für die Zigeuner. Nicht verantwortlich dafür, ein Papierschiffchen auf einem Strom aus Blut hinabtreiben zu lassen oder die Sonne über Bergen von Menschenhaar untergehen zu sehen.

Wer *war* verantwortlich? Der Rote Baron? Hänsel und Gretel? Während ich im Halbdunkel in Stengals Augen sah, war mir allerdings klar, daß er sich im Augenblick für etwas verantwortlich fühlte. Er fühlte sich verantwortlich, das Geheimnis zu wahren. Ich, und auch er wußte das, fühlte mich verantwortlich, das Geheimnis aller Welt mitzuteilen.

Keiner von uns wußte vermutlich genau, wo John Morgan sich aufhielt. Aber in einem waren wir ganz sicher. John mußte im Dschungel von Borneo tatsächlich auf einen weißen Tiger mit blauen Augen gestoßen sein.

Das Geheimnis war, daß dieser Tiger auf zwei Beinen ging.

60

Ich ließ meinen Blick von der Knarre zum Hakenkreuz, von dort zum Totenschädel und den gekreuzten Knochen und dann zu den Augen wandern. Es waren vor allem die Augen.

Während ich in ihnen nach einem Zeichen oder auch nur einem Schimmer von Menschlichkeit forschte, fand ich sie so leer wie einen Büroturm in Texas. Sie leuchteten wie ein gläserner Wolkenkratzer in der Wintersonne, mit jenem kalten und spröden Licht, das aus dem Dallas der Seele kommt.

Ich war noch in Stengals Augen vertieft, als sie plötzlich wie verrückt klimperten. Kein gutes Zeichen, wie Ratso sagen würde. Er klimperte auf Hochtouren, und ich brachte meine grauen Zellen auf Hochtouren, und das ging dann etwa sieben Jahre so weiter.

Dann stützte er sein rechtes Handgelenk mit einem Griff der linken Hand ab. Bei mir spannte sich jeder Muskel.

Sein Gesicht war so düster wie eine altdeutsche Wanduhr, und mit jedem Blinzeln schienen die Falten in den Augenwinkeln die Sekunden meines Lebens auszuzählen. Dann hörte das nervöse Klimpern ganz plötzlich auf, und die Augen des alten Mannes öffneten sich weit wie die Brennöfen.

»Heute Deutschland«, rief er. »Morgen die ganze Welt!«

»Halt die Hochzeit auf, Kumpel«, sagte ich und versuchte meiner Stimme einen beruhigenden, vernünftig klingenden Tonfall zu geben. »Wir sind beide hinter der gleichen Sache her.« Natürlich war das eine dreiste Lüge. Ich hatte jedoch nicht das Gefühl, daß es sich dabei um einen Tatbestand handelte, den der heilige Peter gegen mich verwenden würde, falls Stengal mir das Hirn wegpusten sollte.

»Haben wir Morgan erst einmal gefunden«, fuhr ich im gleichen Tonfall fort, »können wir unsere Differenzen austragen. Wie Ted Kennedy sagte: ›Darum kümmern wir uns, wenn es soweit ist.‹«

»Juden raus!« brüllte Stengal und fuchtelte wild mit der Luger herum. »Juden raus!«

Ich ahnte, daß er mich zum Verschwinden aufforderte. Ich ahnte aber auch, daß er mir dazu keine Gelegenheit geben würde. Ich hatte mein Deutsch-Englisches Wörterbuch nicht auf der Nachtkonsole liegen, so daß ich in mancherlei Hinsicht mit jüdischem Radar flog. Er schien auf reichlich beängstigende Weise immer irrationaler und aufgekratzter zu reagieren, was nichts Gutes verheißt, wenn man in der dritten Reihe, Mitte, vor einer Luger sitzt.

»Ich bin nicht allein hier«, sagte ich. Das war so unverschämt gelogen, daß wir beide nicht dran glaubten. Ich konnte beinahe den Widerhall meiner Stimme im verlassenen Loft hören. Ich versuchte Stengal in der vagen Hoffnung hinzuhalten, daß Rambam rechtzeitig auftauchen würde, um mir zum viertenmal in diesem Monat das Leben zu retten. Vielleicht hatte Baby Jesus eine Botschaft für mich. Aber wie ich Rambam kannte, war er von seinen »Botengängen« kaum vor einer Woche zurückzuerwarten.

»Sie kommen aus dieser Sache nicht ungeschoren raus, Stengal.« Ich kramte sämtliche Klischees hervor, oder besser gesagt, die Angst kramte sie aus mir hervor. Ich wußte, daß Stengal höchstwahrscheinlich ungeschoren davonkommen *würde,* und Stengal selbst schien darüber nicht auch nur einen Gedanken zu verlieren.

Ich vermutete, daß man mich erst nach Monaten auffinden würde, wenn die Katze und ich uns bereits im fortgeschrittenen Stadium der Kompostierung befanden. Vielleicht würde ein übereifriger Zeuge Jehovas vor der Türe stehn und der Gestank ihm in die Nase wehn. Ich überlegte, daß »Türe stehn« und »in die Nase wehn« einen hübschen Reim ergaben. Vermutlich war dies genau die Art von Unsinn, dachte ich, der den meisten Leuten Sekunden vor ihrem Dahinscheiden durch den Kopf geht. Oder der Clutter Family durchs Hirn klabastert. Nun, es gab nichts anderes zu tun, als sich verrückte Gedanken zu machen. Jeder Vokalisierungsversuch schien Stengal noch mehr in Rage zu versetzen, was unbedingt zu vermeiden war.

Schon komisch, überlegte ich, aber McGovern und ich hatten genau für diesen Zweck die Man-in-Trouble-Hotline eingerichtet. Damit kein übereifriger Zeuge Jehovas vor der Tür stehen und den Gestank in der Nase haben müßte, wenn einem von uns etwas zustoßen sollte. McGovern und ich funkten uns mehr oder weniger regelmäßig an, indem wir das Gespräch mit dem Akronym »MIT . . . MIT . . . MIT« eröffneten.

Wenn man in einer nordamerikanischen Großstadt lebte,

brauchte man einfach die MIT-Hotline. Für den Bruchteil einer Sekunde spielte ich die Reaktionen sämtlicher Personen in meinem Leben durch, wenn Stengal den Abzug durchziehen und sich heimlich über die Feuerleiter davonstehlen würde. Ratso würde annehmen, mir sei irgendeine Laus über die Leber gelaufen, wenn ich ihn nicht zurückrief. Darüber wäre Ratso dann eingeschnappt, und es würde einige Zeit vergehen, bis er sich ein zweites Mal meldete. Die Kompostierung würde einsetzen. Winnie würde anrufen und den ausbleibenden Rückanruf dahingehend deuten, daß ich Intimitätsängste oder sonstwas hätte. Sie würde sich in ihrer Einstellung zu Männern nur bestätigt fühlen. Vielleicht würde sie nach einigen Wochen mit Dr. Bock darüber reden. Die Kompostierung würde voranschreiten. Ein typischer Anruf könnte von Sal Lorello kommen, der draußen in Chappaqua, New York, einen Limousinenfuhrpark unterhielt und einmal mein Roadmanager war, als Cleve mit dem Anhören von Hank-Williams-Platten beschäftigt war. Sal würde etwa sagen: »Okay, Kinky Man, ich vermute mal, du läßt heute nacht die Sau raus. Ruf zurück, wenn du wieder da bist.« Vielleicht würde er noch *»Ciao«* sagen, vielleicht aber auch nicht. Wenn ich mich nicht bei Sal meldete, würde er ein paar Spiele der Giants besuchen oder ein paar Schönheiten auftun, um es dann schließlich noch einmal zu probieren. Diesmal würde er sagen: »Kinky Man! Wo steckst du? Okay, du bist also in Texas. Ich wünsche, ich wär dabei. Grüß Dad und Marcie von mir.« Die Kompostierung würde in alarmierender Weise voranschreiten. Das Fehlen einer entsprechenden Wärmequelle im Loft würde den Prozeß unter Umständen etwas verlangsamen, aber darauf durfte man sich nicht verlassen. Vielleicht würde sogar Cooperman anrufen, um einmal kurz am Gehäuse zu rütteln. Ich hatte keine regelmäßigen Sprechzeiten, und selbst wenn es spätabends sein sollte, würde er wie alle anderen auch annehmen, ich wäre gerade einen draufmachen. Er würde wahrscheinlich etwas Gehässiges sagen wie: »Tex? Hältst du auch schön dein Pulver trocken?« Kompostierung.

Offen gesagt, freute ich mich beinahe darauf, als ich Stengals Zeigefinger endlich im Anzug begriffen sah. Die Kompostierung war vermutlich einer Vielzahl anderer Dinge vorzuziehen. Eins davon war, ihm in die Augen sehen zu müssen.

In dem Moment hopste die Katze aufs Bett.

Stengal warf der Katze einen verärgerten Blick zu und trat zwei Schritte vor. Ich streckte den Arm aus und strich der Katze über den Kopf. Stengal schob die Luger in die linke Hand. Es sah so aus, als ob er mit seiner Geduld am Ende war. Er reckte die rechte Hand hoch in die Luft. Ich konnte nicht sagen, ob es absurd oder beängstigend aussah, aber es war definitiv Stengals letzte Geste. Der Nazigruß.

»Sieg Heil!« brüllte er. »Heil Hitler!«

Die Katze sah zuerst Stengal und dann mich fragend an. Eine der schwersten Aufgaben in unserem Leben ist es, einer Katze den Nazigruß zu erklären. Ich überlegte, daß ich damit warten würde, bis sie etwas älter geworden war.

Ich dachte sehr flüchtig daran, was das Mädchen im pfirsichfarbenen Dress wohl sagen würde, wenn sie meinen Anrufbeantworter erwischte. Stengal schob die Luger zurück in die rechte Hand, stützte das Handgelenk ab und legte an.

Genau in dem Moment, als Rambam zur Tür hereinplatzte und ihn wie der Rockaway Shuttle von den Beinen riß, drückte er ab.

61

Ich überlegte, daß es Zeit zum Aufstehen war. Die Katze war nicht zu erblicken. Wie es überhaupt wenig zu sehen gab, während ich durch die Dunkelheit stolperte und mit grimmiger Entschlossenheit nach dem Lichtschalter suchte. Ich hörte, wie Rambam und Stengal irgendwo zwischen der abgewandten Seite des Bettes und der Wand auf dem Boden kämpften. Der beißende Pulvergeruch verpestete den kleinen Raum so stark, daß selbst mein Riecher ihn aufschnappte. Gerade als ich das Licht anknipste, ging ein zweiter Schuß los.

Ich blickte quer durchs Zimmer, aber für einen Moment war mir die Sicht durch das Bett versperrt. Dann richtete sich Rambam mit der Luger in der Hand auf, während seine Lippen ein feines Lächeln umspielte, das dem von Charles Whitman sehr nahekam.

Ich tapste aus irgendeinem Grund auf Zehenspitzen durchs Zimmer, wobei mir einfiel, daß John Morgan sich häufig auf diese sonderbare Art fortbewegt hatte. Am Fußende des Bettes angelangt, schielte ich auf die andere Seite hinüber. Ich blickte geradewegs in Stengals Gesicht. Ein Auge war weg. Genaugenommen war es noch da. Es befand sich irgendwo tief im Inneren des Schädels und stierte wie ein Kind im Schwarzwald auf die dunklen und verknoteten Zweige, die sich durch das Gehege der grauen Zellen rankten. Ich war mir nicht sicher, was Stengal sah, sofern bei ihm nicht alle Lichter ausgegangen waren, aber mir reichte ein kurzer Blick. Noch wörtlicher als im Moment wollte ich mein Lebtag keinen Nazi unter meinem Bett finden.

Rambam schien jedoch etwas Besonderes entdeckt zu haben. Er winkte mich zu sich, hob Stengals linken Arm und deutete auf einen Riß im Hemd, das den Kampf nicht unbeschadet überstanden hatte.

»Siehst du die gezackte Narbe unter der Achselhöhle?«

»Yeah«, sagte ich mit belegter Stimme. Nicht jeder bekommt die Gelegenheit, morgens um vier eine Narbe unter der Achselhöhle eines Nazis in Augenschein zu nehmen.

»Genau an dieser Stelle hatten die SS-Leute immer ihre Blutgruppe eingeritzt. Nach dem Krieg ließen sich viele, oft nur stümperhaft, diese Tätowierung wegmachen, um ihre Identität zu verheimlichen. Sie war für Verwundungen im Krieg vorgesehen. Half den Ärzten beim Anlegen von Infusionen. Zu schade, daß Stengal seine Tätowierung weggekratzt hat. Wir hätten ihm vielleicht helfen können.«

Rambam grinste.

Ich ging rüber ins Nebenzimmer, goß zwei Doppelte aus einer jungfräulichen Flasche Jack Daniel's ein, kippte einen runter, entdeckte eine Zigarre, befeuerte sie, füllte mein Stierhorn nach und wartete auf Rambams Rückkehr aus den Killing Fields.

Kurz darauf erschien er, warf die Luger auf den Küchentisch und hob sein Glas.

»Auf die Leute von Muranowska Sieben«, sagte er.

»Auf die Chicago Seven.«

»Sehr witzig. Muranowska Sieben war die Adresse des Kommandobunkers im Warschauer Ghetto.«

»Ein ziemlich obskurer Toast, aber ich schließe mich an.«

»L'chaim.«

Wir kippten unsere Drinks, und ich lief eine Zeitlang in der Küche auf und ab, dabei an der Zigarre paffend und mir den Kopf zerbrechend, was um alles in der Welt als nächstes zu tun war. Es mußte schon ein schräger Amerikaner sein, dachte ich, der einen Toast »auf das Leben« aussprechen konnte, nachdem er Augenblicke zuvor einen Menschen umgelegt hatte, auch wenn es sich bei dem Toten um einen Nazi handelte. Andererseits, wer von uns ist schon ohne kleinere Macken und Eigenarten?

»Abgesehen von dem Faktum«, sagte ich, »daß du mir das Leben gerettet hast, welchem Zweck sollte es dienen, den alten Bastard abzumurksen? Er hätte vielleicht noch einiges über John Morgan ausspucken können. Womöglich hätte auch die Polizei noch ganz gern ein Wort mit ihm gewechselt. Du mußtest die Schießbudenfigur doch nicht gleich auf Eis legen.«

»Die Knarre ist beim Kampf losgegangen«, sagte Rambam mit breitem Grinsen. »Das ist meine Story, und an die werde ich mich halten.«

»Natürlich muß ich Cooperman anrufen«, sagte ich. Der Gedanke war nicht gerade erquicklich, aber er war immer noch adretter als die Vorstellung, einen Nazi im fortgeschrittenen Stadium der Kompostierung unter dem Bett zu beherbergen.

»Man könnte Weißwürste aus ihm machen«, sagte Rambam, während er sich einen Schluck nachschenkte, »und ihn dann neben dem Five-Alarm-Chili aus dem Lone Star Café im Kühlschrank aufbewahren.«

»Nein, kommt nicht in Frage. Es gibt zwei Berufsgruppen, die ich niemals in Aktion erleben möchte: Politiker und Würstestopfer.«

Rambam dachte einen Moment nach und zuckte mit den Schultern. »Verdammt gute Idee«, sagte er.

Ich ging zum Küchenfenster und öffnete es einen Spalt weit, um etwas Frischluft einzulassen, aber nicht so weit, daß die Katze hinausfallen konnte. Es wird immer behauptet, Katzen fallen nicht aus Fenstern, und wenn es doch passieren sollte, landen sie stets auf allen vieren. Wer sich dem anschließen möchte, sollte einmal mit Joel Siegel reden. Seine Katze segelte im Sturzflug aus dem sechzehnten Stock auf den Riverside Drive. Das Ergebnis war eher unappetitlich.

Ich ging zum Schreibtisch und rief Cooperman an.

»Ich hoffe für dich, an der Sache ist nichts faul, Tex«, sagte er.

»Keine Sorge.«

Während ich den Hörer auflegte, sah ich kurz auf die Uhr und ging dann in den Küchenbereich des Lofts rüber. Es war halbfünf an einem frostigen Dienstagmorgen im März, im Jahre des HErrn 1989, wenn man dem Gregorianischen Kalender folgte. Wenn man den jüdischen Kalender zugrunde legte, war es der Monat Adar im Jahr 5750. Nur eine unwesentliche zeitliche Differenz. Ich bin sicher, man könnte sich da irgendwie einigen.

»Cooperman ist unterwegs?« fragte Rambam. Ich nickte. Er saß jetzt am Küchentisch, auf dem sich neben der Katze die Luger befand. Rambam nahm die Luger in die Hand.

»Keine Lust auf eine Partie Russisches Roulette?« fragte ich.

Rambam ignorierte mich. Er legte die Luger zurück, ging zum Spülbecken, wusch sich penibel mit Seife und heißem Wasser die Hände, trocknete sie ab, ging zurück zum Tisch und nahm die Luger wieder an sich. Er zog ein Taschentuch hervor und lief zurück ins Schlafzimmer. Die Katze beobachtete sein Verschwinden im Schlafzimmer, dann blickte sie mich an. Ich zuckte die Achseln.

Ich setzte die Espressomaschine unter Dampf und legte einen Gang ein, und bald saßen Rambam, die Katze und ich ohne Luger um den Küchentisch, schlürften unseren Espresso und warteten auf Cooperman. Die Katze natürlich ausgenommen. Sie mochte keinen Espresso. Eine geschmackliche Angewohnheit. Rambam blickte die Katze an und äffte laut ihr Miauen nach. Auch das konnte die Katze nicht besonders leiden.

»Also«, sagte ich, »ist das nicht wunderbar?«

»Die abgefuckten Bobbsey Twins auf dem Lande«, sagte Rambam, während er seinen Espresso schlürfte.

»Ich muß Ratso anrufen«, sagte ich mit leisem Unbehagen. »Ich möchte, daß er es Carmen an meiner Stelle beibiegt.«

»Carmen was beibiegt?«

Ich blickte zum Fenster rüber. Draußen waren das Quietschen eines Reifens am Bordstein und zwei zuschlagende Wagentüren zu hören.

»Carmen beibiegt, daß wir ihren Vater gefunden haben«, sagte ich.

62

Cooperman war wenig angetan. Er versuchte seinen Ärger zu verbergen, aber ich konnte es ihm ansehen.

»Dir ist wohl alles scheißegal, Tex, oder?« rief er aus dem Schlafzimmer.

Cooperman kam ins Wohnzimmer gestiefelt. Das Loft hatte sich inzwischen in einen geschäftigen Bienenkorb verwandelt. Techniker waren zugange, den Einschlagswinkel des Projektils im Kopfende meines Bettes zu vermessen. Techniker fotografierten den Leichnam. Techniker staubten die Luger ab. Ich hatte erst vor, einen von ihnen zu fragen, ob er mir bei diversen Problemen mit meinem alten Schwarzweiß-Fernseher weiterhelfen könnte, aber für einen Spaß zwischendurch war es ein wenig spät.

Fox und ein bulliges Faktotum, das ich noch nie gesehen hatte, hatten sich Rambam in einem hinteren Winkel des Lofts vorgeknöpft. Die Unterhaltung schien reichlich Funken zu schlagen. Fox wurde mehr und mehr agitato. Rambam steuerte ein so breitgefächertes Repertoire an Handzeichen bei, daß er damit ohne weiteres die Verkehrsleitung auf dem Times Square hätte übernehmen können. Ich konnte nicht sagen, ob der Einfluß mehr von der jüdischen oder der italienischen Seite der Familie ausging, aber je hitziger die Unterhaltung anschwoll, desto mehr sah es nach der italienischen aus.

Kurz nach fünf Uhr früh kam Cooperman wie eine große und fuchsteufelswilde Biene aus dem Schlafzimmer gesurrt und fing an, meinen Kopf gegen den Uhrzeigersinn zu umkreisen. Ich saß am Küchentisch und studierte den Kaffeesatz meines siebten Espressos.

»Letztes Jahr«, zischelte er, »werden wir hergeholt und dürfen sieben tote Kolumbianer bergen. Diesmal kommen wir wieder in deine Bude, und was finden wir? Einen toten Kraut!«

»Ich gehöre zu den Arbeitgebern, die jede Form von Diskriminierung ablehnen«, sagte ich.

Cooperman ließ ein paar gedrechselte Worte fallen und entschwand in Richtung der Leiche, wobei er mehr Rauch hinter sich herzog als eine Lokomotive bei der Ausfahrt aus Grand Central. Fox kam angeschoben und schenkte sich eine Tasse Espresso ein. Als er auf dem Rückweg an mir vorbeilief, trug er seine Tasse auf eine übertrieben affektierte Art wie ein Mokkatäßchen vor sich her.

»Du mußt mir unbedingt verraten, wo du deinen Espresso holst«, sagte er.

»Sobald mein Anwalt eintrifft.«

»Weißt du, Tex, ich weiß, wie du fühlst«, sagte Fox mit rasiermesserscharfem Grinsen. »Ich habe meinen liebsten Onkel im Konzentrationslager verloren.«

»Tut mir leid, das zu hören«, sagte ich, während ich das Ende einer Zigarre befeuerte.

»Yeah, der arme Onkel Max.« Fox nahm einen Schluck Espresso, seine Rede gekonnt in die Länge ziehend. »Eines Nachmittags ließ er bei seinem Rundgang seinen Ausgehstock fallen. Ein Gefangener sprang auf und strangulierte ihn zu Tode.« Fox giggelte wie ein tollwütiges Eichhörnchen.

»Tut mir leid, das zu hören«, sagte ich.

Fox giggelte noch einmal und ging zurück zu Rambam. Cooperman trat aus dem Schlafzimmer, ging an den Schreibtisch, telefonierte, kam zu mir an den Tisch, rückte sich einen Stuhl zurecht und setzte sich mir gegenüber. Er fingerte eine Gauloise aus der Packung und zündete sie mit einem nachdenklichen und fast schon versöhnenden Blick seiner Augen in aller Ruhe mit seinem Zippo an.

»Ich weiß nicht, Tex, in was du dich diesmal hineingeritten hast. Da wäre die vor zwei Wochen verschwundene Braut aus dem Pierre Hotel, das ungeklärte Bombenattentat auf den Wagen deines Freundes in Washington, der mysteriöse Brand im Brownstone auf der East Eighty-sixth Street und jetzt dieser alte Fiesling, der im Halloween-Kostüm daherkommt – du gerätst da auf ein Gebiet, das mir eine Nummer zu groß ist. Vielleicht brauchst du Interpol oder Mr. Spock oder sonstwen. Ich habe dich letztes Jahr im Garden rausgeboxt, aber wenn die Leiche hier *kein* Halloween-Kostüm trägt, könnte es gut sein, daß ich demnächst nicht zur Stelle bin, wenn du mich zum Händchenhalten brauchst.«

Cooperman stand auf, zerdrückte die Gauloise, gab Fox ein Zeichen, steckte sich eine neue Gauloise an und blickte mich durch den Rauch hindurch mit einer Art abgebrühter Wehmut an.

»Ich weiß, du stehst auf Nero Wolfe«, sagte er. »Aber vergiß nicht, Wolfe kümmerte sich nur darum, daß die *Verdächtigen* bei ihm aufliefen. Er hatte nicht ständig deren gottverdammte *Leichen* in der Wohnung herumliegen.«

Wie auf ein Stichwort machten sich zwei Typen daran, Stengals sterbliche Überreste durchs Wohnzimmer zu karren. Er war gut verpackt, so daß man ihn nicht sehen konnte, aber man spürte förmlich, wie eine Aura des Bösen aus dem Leichensack pulsierte, als sie ihn zwischen Schreibtisch und Küchentisch durchschleusten.

»Raus mit ihm«, nölte Cooperman und fuchtelte dem Leichnam wie ein Zocker hinterher, der gerade sein Blatt weiterschiebt.

Es dauerte nicht lange, und auch der Rest hatte sich davongemacht. Es gab da zwar immer noch ein paar Dinge, über die Cooperman mich und Rambam befragen wollte, aber für diese Nacht war es das offenbar. Wofür man dankbar sein konnte, da die Sonne im Osten bereits verstohlen durchs Fenster lugte.

Ich hob die Katze hoch und schleppte sie zum Sofa, wo wir uns zu einem kleinen Expreß-Nickerchen zu zweit ausstreckten. Mir war nicht danach, den weiten Weg bis ins Schlafzimmer zu laufen.

63

»Glaube mir, Ratso, Carmens Adoptivvater war ein SS-Mann namens Wilhelm Stengal. Vermutlich seit kurz nach dem Zweiten Weltkrieg hat er einen größeren Nazi-Fisch beschützt, der sich irgendwo tief im Dschungel von Borneo versteckt hält. Niemand würde auf die Idee kommen, ihn dort zu suchen, und genau so war es, bis John Morgan, der ihn in Südamerika vermutet hatte, zufällig auf sein tatsächliches Versteck stieß.«

Es war Dienstag morgen, zehn Uhr N.E.N. (Nach dem Expreß-Nickerchen), als ich endlich der unliebsamen Pflicht nachkam, Ratso anzurufen. Vor mir waren die Katze, eine brennende Zigarre im Aschenbecher und eine Tasse heißer Schokolade mit Mini-Marshmallows aufgereiht, und zwar ganz im Stil Hercule Poirots in Idealposition zwischen den beiden roten Telefonen.

Ich war gerade dabei, von einer ziemlich strikten Espresso-Diät abzurücken, die einem die Gehirnzellen mit ungefähr der gleichen Geschwindigkeit wegbrennt wie peruanisches Marschpulver, nur eben um einiges billiger. Die heiße Schokolade schien sich immer gut mit meiner Zigarre zu vertragen, und zugleich empfand ich es als eine willkommene Abwechslung zur kolumbianischen Überholspur in Pulverform. Es war wie ein Innehalten, um den Duft der Blumen zu genießen, solange man noch einen funktionstüchtigen Riecher vorweisen konnte. Wenn nicht, konnte man sich darin üben, die Mini-Marshmallows mit der Zunge aus der heißen Schokolade zu fischen. Man konnte nie wissen, wozu einem das einmal nützlich sein konnte. Ich angelte ein paar Marshmallows mit der Zunge und hörte Ratsos ungläubig klingender Nagetierraspel zu.

»Das ist doch abso-abgefuckt-lut lächerlich«, sagte er.

»Nicht wenn du berücksichtigst, daß Stengal gestern abend bei mir im Loft war und mich umzubringen versucht hat. Zum Glück war Rambam noch rechtzeitig da, und Stengal mußte ins Gras beißen. Die Knarre ging im Gerangel los.« Ich war fast soweit, den letzten Satz selbst zu glauben. Er klang mit jedem Mal verlockender.

»Das soll wohl ein Witz sein.«

»Das ist kein Witz. Wo steckt Carmen im Augenblick?«

»Sie schläft noch.«

»Okay, dann verordne dir für einen Moment Lippensperre, und ich erkläre dir alles. Carmen und ihr Vater pflegten so eine Art Beziehung wie Patty Hearst und dieser Knabe – wie hieß er doch gleich? Bocephus?«

»Bocephus?«

»Du weißt schon. Der Kopf vom SLA.«

»Oh, Cinque.«

»Dank dir. Allerdings lebte sie in ständiger Angst vor ihm, nur kannte sie lange Zeit außer ihm niemand. Stengal –«

»Bocephus? Du lieber Himmel.«

»Stengal war Carmen zufolge ein aus Europa stammender Ingenieur, aber tatsächlich war er ein *chemischer* Ingenieur aus dem Hitler-Deutschland, ein SS-Mann, und Hüter eines furchtbaren Geheimnisses, in das ich dich ein anderes Mal einweihen werde. Er kannte sich mit Zyklon-B-Derivaten aus, hatte im Keller seines Brownstones ein chemisches Labor, und er war auch kein Alkoholiker. Als Carmen mir also erzählte, sie hätte einmal ihre Mutter sagen gehört, ›Laß mich in Ruhe, Bill. Komm mir mit deinem Gestank bloß nicht zu nahe‹, so bedeutete das entweder, daß er den ganzen Tag über mit hochätzenden Chemikalien im Labor hantiert hatte und seine Frau eine Stumpfliesel mit halbtauben Sinnen war, oder aber, daß er unter einem eher drittgradigen Fall von Mundgeruch litt. Kannst du mir soweit folgen?«

»Ich folge dir, Bocephus.«

»Carmens Mutter nannte ihn Bill, also mußte Wilhelm zu William, William zu Will und Will zu Bill oder irgend etwas in vergleichbarer Reihenfolge geworden sein. Nimm die Tatsache hinzu, daß Carmen, als wir hier im Loft unsere Unterredung hatten, mich drängte, *ihn* und nicht *beide* zu finden. Sie hatte vergessen, daß auch ihr Vater als vermißt galt, weil er es wahrheitsgemäß auch gar nicht war. Ich glaube inzwischen, die Entführung im Pierre war ein reines Täuschungsmanöver, das nicht ganz wie geplant über die Bühne ging, und ich bin mir sicher, Carmen hatte auch bei dem Überfall der Skinheads ihre Finger im Spiel. Sie war die einzige, die außer dir noch wußte, wann ich kam und ging, und die zwischendurch genügend Zeit hatte. So schnell trommelt man über den Studentendienst keine fünf Skinheads zusammen. Der Angriff war von langer Hand vorbereitet, und als wir beide dein Apartment verließen, telefonierte sie nur kurz, vermutlich mit Stengal, um ihm den Tip zuzustecken. Nur so kann die Sache gelaufen sein. Ich nehme es ihr nicht übel. Sie stand seit ihrer Kindheit unter dem übermächtigen Einfluß Stengals. Ein jüdisches Mädchen zu adoptieren, ihren ursprünglichen Namen beizubehalten und sie für seine Zwecke zu mißbrauchen reizte offenbar Stengals perversen Charakter. Außerdem bot es ihm einen idealen Schutz.

Wenn du ihr von Stengals Tod erzählst, bring es ihr bitte schonend bei, Ratso. Ich will mit ihr noch über Morgan reden. Laß uns morgen abend zusammen im Derby essen. Bring Carmen mit, wenn ihr danach ist. Ich erzähle dir dann den Rest der Geschichte.«

»Okay«, sagte Ratso. »Ich gehe sie gleich wecken.« Seine Stimme klang verändert, als sei er ganz plötzlich um Jahre gealtert.

Ich legte den Hörer auf, tätschelte die Katze, schlürfte an der heißen Schokolade, lehnte mich im Stuhl zurück und paffte die Zigarre, und mit einem Mal empfand ich großes Mitleid für Ratso.

64

Ich war zum Lunch in einem Ganztags-Dim-Sum-Restaurant in Chinatown mit Mike Simmons verabredet, der wieder mal auf Entziehungskur war und von daher einen wenig enervierenden Gesprächspartner abgab. Es ist anzunehmen, daß er von mir das gleiche dachte. Vorbei waren die goldenen Zeiten der Unschuld und Wahrhaftigkeit, wo Mike der Frau am Nebentisch auf den Kopf kotzte und ich der Bedienung drohte, ihr mit der Gabel ins Auge zu stechen. Ich entschuldigte mich damit, daß ich nur Eßstäbchen hatte. Simmons' Entschuldigung war, daß es wenig

Vergnügen bereitete, in Südkalifornien, wo er gegenwärtig die meiste Zeit weilte, auf den Knöcheln in der Gegend herumzulaufen, nur weil alle es so machten. Er zählte mir eine ganze Latte von Gründen auf, warum er Südkalifornien nicht leiden könne und warum er New York vermisse. Ich zeigte Mitgefühl.

Zu den Wahrheiten der heutigen Zeit gehört, daß immer mehr New Yorker der Stadt den Rücken kehren und sich in anderen Landesteilen niederlassen, um, sobald sie in Buttocks, Texas, Plymouth Rock oder sonstwo gelandet sind, unablässig über den Verlust von Dingen zu lamentieren, die ihnen verdammt egal waren, als sie noch in New York lebten. Auch wenn sie sich mit der Tour bei den Einheimischen wenig beliebt machen, fangen die Leute sich doch an zu fragen, was sie in ihrem Alltag in Buttocks, Texas, denn so sehr vermissen. Folglich versucht man sich anzupassen. Das Resultat ist, daß man heutzutage einen Bagel in Texas bekommt, aber man bekommt natürlich keinen *richtigen* Bagel in Texas.

Es besteht kaum die Gefahr, der Rest des Landes könnte so werden wie New York oder New York könnte so werden wie der Rest des Landes. Die Folgen wären verheerend. In Kürze würde einem in Manhattan jemand auf der Straße entgegenkommen und »Einen schönen Tag noch« sagen, bevor man ausgeraubt würde.

Aber das folgenreichste Ergebnis dieser Migration von New Yorkern ist, daß die Leute in den kleinen Städten und Gemeinden überall im Herzen Amerikas, wenn auch im Schneckentempo, Haltungen, Wertvorstellungen und eine einzigartige kulturelle Sozialisation kennenlernen, die ihrer eigenen Welt wohl völlig fremd ist. Es ist interessant, ihnen beim Prozeß des Flüggewerdens und der Aufklärung zuzusehen. Für den Augenblick können wir uns alle zurücklehnen und warten, bis die fünfziger Jahre bei ihnen Einzug halten.

Bedauerlicherweise hatten die achtziger bei mir Einzug gehalten und sich mit ziemlichem Erfolg an meinem Rockschoß festgekrallt. Irgendwo zwischen dem Traum der letzten Nacht und dem Moment, da ich aufwachte und in den Lauf von Stengals Luger blickte, war mir bewußt geworden, daß ich jemanden anrufen mußte. Da der Anruf ohnehin ein Lebensalter zu spät kam, brauchte ich nicht weiter darüber nachzugrübeln, ob ein paar Stunden früher oder später irgendeinen Unterschied machten. Trotzdem setzte ich mich, sobald ich wieder im Loft war, sofort an den Schreibtisch und nahm den Hörer zur Hand.

Mein Bruder Roger, der in der Hauptstadt der Nation tätig ist, hatte mir einmal den Namen eines Freundes gegeben, der ein ziemlich hohes Tier im Justizministerium war. Der Mann hieß Nathan Gabriel, und sein Aufgabenbereich hatte mit der Kommission für Sonderuntersuchungen zu tun. Ich wählte die Auskunft und bekam die Nummer. Ich fischte eine Zigarre aus dem Sherlock-Holmes-Kopf, köpfte das Ende mit der Guillotine, zündete sie mit einem Küchenstreichholz an, nahm einen kräftigen Zug und rief Gabriel an.

»Das ist keine abhörsichere Leitung«, sagte er mir als erstes, nachdem er seinen Namen genannt hatte.

Ich erzählte Gabriel, wie verschroben es auch klingen mochte, was ich für die Wahrheit hielt.

»Gut möglich«, sagte er. »Ich war vor zwei Jahren selbst in Brasilien und habe die dentalen Röntgenbilder und andere Beweisstücke gesehen. Die Arbeiten am Wurzelkanal, die kurz vor seinem Tod an ihm durchgeführt wurden. Das private Tagebuch, mit eigener Hand geschrieben. Natürlich wurde und wird er auch heute noch auf spektakuläre Weise gesichtet. Mal ist er Mitglied einer Marimbakapelle in Las Vegas. Mal spielt er den Zocker in Atlantic City. Und dann wieder will man ihn unter der Belegschaft in mehreren größeren Krankenhäusern in New York und Philadelphia erkannt haben. Aber offen gesagt, er ist tot.«

Es dauerte einige Zeit, aber ich unterbreitete Gabriel meine gesammelten Erkenntnisse. Das komplette persönliche Beweismaterial aus erster Hand, ungewöhnlich wie es war, nur um meiner festen Überzeugung mehr Glaubwürdigkeit zu verschaffen, daß er sich irrte. Nachdem ich damit fertig war, trat am anderen Ende der Leitung eine lange, nachdenkliche Stille ein. Als er erneut zu sprechen anfing, hatte seine Stimme einen deutlich veränderten Tonfall.

»Was Sie da sagen, klingt überaus interessant. Ich weiß nicht, inwieweit wir hier tätig werden können, aber es gibt zweifellos Stellen, die sich vermutlich gerne der Sache annehmen würden. Ich werde dafür Sorge tragen, daß Ihre Informationen an die Israelis, die Westdeutschen und an das Simon Wiesenthal Institut in Wien weitergeleitet werden.

Natürlich stehen Sie mit Ihrer Vermutung, daß er noch lebt, nicht allein da. Tausende von Leuten haben sich in einer Gruppe organisiert, die sich ›Die Kerzen‹ nennt und die ihn für ein so gerissenes Scheusal halten, daß er selbst seinen eigenen Tod glaubhaft zu inszenieren vermochte. Die Gruppe ist auch unter dem Namen ›Die Zwillinge-Vereinigung‹ bekannt.«

Mir fiel fast die Zigarre aus der Hand. *»Zwillinge«* war das Wort, das ich in meinem Traum gehört hatte.

65

Mittwoch abend gegen halb zehn saß ich in der Bar im Derby Restaurant und plauderte mit einer spindeldürren, ungefähr zwei Meter fünfundachtzig großen Frau mit konvexen Brüsten. Ich nippte einen Carta Blanca und rauchte eine Romeo y Julieta, auf der »Habana« stand und die mir eine Lady aus der Schweiz namens Rocky geschickt hatte. Andrews Sohn, der originellerweise auch Andrew hieß, stand hinterm Tresen und schenkte der dürren Braut eine unüberschaubare Zahl harter Drinks ein, die aus einer zähen, gelblichen Flüssigkeit bestanden. Ich hoffte nur, es handelte sich nicht um Galliano.

»Das war Churchills Lieblingszigarre und Travis McGees Lieblingsbier«, sagte ich.

»Wer ist Churchill?« erkundigte sie sich.

Ich hielt im Türbereich nach Ratso Ausschau, aber bislang hatte ich ihn noch nicht auf spektakuläre Weise gesichtet, wie Nathan Gabriel sagen würde. Ich wandte mich wieder der Frau zu.

»Er ist eine High School in Upstate New York«, sagte ich.

»Wer ist Travis McGee?« fragte sie weiter.

Ich fing langsam an, mir Sorgen um Ratso zu machen.

»Schlag's nach, wenn du wieder daheim bist«, sagte ich. Sie trank ihr Glas leer, und Andrew schenkte ihr eher zögerlich nach, als Ratso in einem Trainingsanzug zur Tür hereinspazierte, der ungefähr die Farbe der Flüssigkeit hatte, mit der sie sich zukippte. Er sah aus wie ein leicht überfütterter Kanarienvogel, den die Katze verspeist und wieder von sich gegeben hatte. Er hatte auch wieder die Waschbärmütze mit Schwanz und dem vorne befestigten kleinen Gesicht auf. Er gab mir nur kurz ein Zeichen und lief direkt zu einer Sitzecke im vorderen Teil der Bar. Carmen war nicht zu sehen. Das wunderte mich auch nicht sehr.

Als ich aufstand, um mich an Ratsos Tisch zu begeben, erhob sich die Lady an der Bar, kippte den vor ihr stehenden Drink runter und blickte auf mich herab wie auf einen tieffliegenden Schlangenhalsvogel.

»Wer bist du?« wollte sie wissen.

»Mir gehört der Laden hier«, sagte ich.

Ich setzte mich zu Ratso an den Tisch und erkannte sofort, daß ich mit ihm ungefähr genausoviel Spaß bekommen würde wie mit der Lady an der Bar.

»Sie ist weg«, sagte er.

»Carmen?«

»Wer zum Teufel sonst?«

Ich winkte den Kellner zu uns und bestellte zwei Hochprozentige. Als er damit anrückte, tranken wir schweigend unsere Gläser leer und bestellten zwei neue. Der Kellner war ein älterer Gentleman, von dem eine frühere Freundin von mir gesagt hatte, er hätte das knuffigste Gesicht, das sie je gesehen habe. Natürlich hatte ihr mein Gesicht nie sonderlich zugesagt, aber damit muß man leben. Außerdem ging es mir ohne sie viel besser. Sie war ziemlich neurotisch. Wenn ich ihr ein Kaugummi anbot, wollte sie immer das zweite von oben haben. Sie wollte auf keinen Fall eins bekommen, an dem womöglich »Taschensaft« klebte. Ich war zu der Zeit von der Liebe so geschlagen, daß ich das für süß hielt. Allerdings hatte ich später Ratso davon erzählt, und er hatte gesagt, es wäre die widerlichste Geschichte, die ihm je zu Ohren gekommen sei. Während ich das Gesicht des Kellners betrachtete, der gerade die zweite Runde anschleppte, überlegte ich, daß die Liebe etwas Großartiges sein konnte und daß sie einen blind machen konnte, daß aber die Angst davor, ein eingepacktes Kaugummi mit Taschensaft zu bekommen, niemals in die Kategorie anziehendes Verhalten aufgenommen werden durfte.

Wir gaben unsere Essensbestellung auf, widmeten uns mit weniger Eile unseren Gläsern und sahen einander an. Ich hätte Ratso nichts zu sagen gewußt, was ihm irgendwie weiterhelfen konnte. Es gibt einfach Dinge, über die man nie hinwegkommt. Es kann einem nur gelingen darüber zu stehen.

»Kopf hoch, Ratso, sie war mit Morgan verlobt, hat mit dir geschlafen und ist zu mir gekommen, als ihr danach war. Sie hat sich weder dir noch John gegenüber loyal verhalten, und nachdem Stengal aus der Welt geschafft war, hat sie sich davongemacht. Sie hatte hier nichts mehr verloren.«

»Ich weiß«, sagte Ratso.

»Wie mein Freund Alden Shuman zu sagen pflegt: ›Sie gehörte zu der Sorte Frauen, die mit einem nur durch dick und nicht durch dünn gehen.‹«

»Ich weiß«, sagte Ratso. Ihm war das Gegenteil anzusehen, nur wer zum Teufel war ich denn, so daherzureden? Immerhin war ich fünf Jahre in der Gegend herumgelaufen und hatte »Taschensaft« für süß gehalten.

Als das Essen kam, hellte sich Ratsos Miene etwas auf, und zwar soweit, daß er mich erneut danach fragte, was das Grashüpfer-Spiel sei und was es mit dem dicken Fisch auf sich habe, von dem ich kürzlich in einigen dunklen Andeutungen gesprochen hätte. Ich versprach ihm, das Thema nach dem Essen aufzugreifen.

Es gehörte zu Nero Wolfes Grundsätzen, beim Essen niemals Geschäftliches zu besprechen, und in Anbetracht der Tatsache, um welchen dicken Fisch es hier ging, verspürte ich wenig Lust, mich darüber auszulassen, während wir uns über den Fang des Tages hermachten.

»Zuerst bin ich durch die Zahnlücke auf ihn aufmerksam geworden. Die Bilder, die Morgan Carmen geschickt hatte. Auf einem war ein Mann im Dschungel mit Panamahut und einer Zahnlücke vorne zu sehen. Die Skinheads haben mir die Bilder später abgenommen, aber wie bei den Lücken in den Watergate-Bändern sagen fehlende Dinge manchmal mehr aus, als wenn man sie vor sich liegen hat. Ich habe mich ein wenig umgesehen, und die Lücke war eins der hervorstechendsten Merkmale des Mannes.«

Der Kellner hatte die Teller abgeräumt, und Ratso und ich tranken Kaffee und schlürften Sambuca. Ratso attakkierte außerdem heftig ein Stück der Nachtischspezialität des Derby, eine Walnuß-Apfel-Pecan-Torte, die ungefähr die Größe seiner Mütze hatte.

»Du wirst dich erinnern, daß Morgan im Zusammenhang mit dieser Aufnahme Carmen gegenüber eine ziemlich kryptische Bemerkung gemacht hatte: ›Dr. Breitenbach, nehme ich an!‹ Ich konnte herausfinden, daß es sich dabei um eins seiner vier oder fünf häufig benutzten Pseudonyme handelte. Ich glaube, ich habe dir bereits gesagt, wieso und warum ich den Hauptverdächtigen in Borneo vermute – Morgans Landrover, der auf der Landstraße im Dschungel auf der linken Seite fuhr.

Ich denke, die Sache hat sich wie folgt zugetragen. Morgan war in Südamerika, möglicherweise dem Gesuchten bereits auf der Spur – erinnerst du dich an das Bild des Manns mit der Zahnlücke, das Carmen in seinem Apartment fand?

Morgan, der ausgebuffte Profi, stieß dort unten zufällig auf diesen Freiwilligen im Friedenskorps, einen Kerl namens John Morgan aus Cleveland, Ohio. Der Typ, den ich unter John Morgan kenne, besorgte sich den Paß des Friedenskorps-Knaben, seine Papiere und sogar alte Aufnahmen seiner Eltern, ließ davon Duplikate anfertigen und frisierte sie vielleicht noch ein wenig und nahm auf diese Weise eine sogenannte ›Flexible Identität‹ an, unter der er arbeiten konnte. Als sich die Verdachtsperson nach Borneo absetzte – wobei sie durchaus viele Male hin und her gesprungen sein kann –, war ihr Morgan stets dicht auf den Fersen. Genau in dieser Zeit lernte ich Morgan kennen, ihn verständlicherweise für den haltend, für den er sich ausgab.«

»Das klingt alles ziemlich weit hergeholt«, sagte Ratso,

während er riesige Stücke seiner Walnuß-Apfel-Pecan-Torte in sich hineinschaufelte. »Es gibt vermutlich jede Menge alter Knacker, die sich mit Panamahüten und einer Zahnlücke zwischen den Frontzähnen an den unmöglichsten Orten herumtreiben. Und worauf läuft das alles hinaus?«

»Nun, lange Zeit lief es auf gar nichts hinaus. Der dicke Fisch lauerte ganz am Grunde eines sehr tiefen Gewässers. Ich konnte lediglich seinen Schatten im Wasser erkennen. Dann setzte ich mich daran, ein paar Einzelheiten zusammenzufügen, die ich von verschiedener Seite erfahren hatte. Den Bericht meines Freundes Dylan über seinen Malaria-Anfall im *ulu,* als er sich auf der Suche nach dem sagenumwobenen weißen Tiger mit den blauen Augen befand. Nachdem er den Tiger gesehen hatte – sicherlich eine Art malariabedingter Halluzination –, verlor er das Bewußtsein. Als er wieder zu sich kam, wurde er von einer Gruppe Eingeborener umringt, die, sofern er es nicht selber besser gewußt hätte, wie er sagte, ihn angestarrt und mit dem Nazigruß salutiert hatten. Natürlich schrieb Dylan das später einem Fiebertraum zu, genau wie den Anblick des Tigers. Mag sein, daß der Tiger nur in seinem Kopf existiert hat, aber die Eingeborenen, die ihm den Nazigruß entgegenstreckten, waren echt.

Ich frage dich, Ratso, wo haben Mitglieder vom Stamm der Kenya den Nazigruß her?«

»Vielleicht haben sie das Nachtprogramm im Fernsehen gesehen wie wir alle.«

»Ich fürchte, Manhattan Cable ist auf Borneo nicht zu empfangen. Genauer gesagt, es gibt dort überhaupt kein Fernsehen, kein Video und auch keinen McDonald's.«

»Das nenne ich primitiv.«

»Ich verrate dir, wo sie den Nazigruß herhaben. Genau wie die Kayan ›Waltzing Matilda‹ von australischen Fallschirmjägern gelernt haben. Wie die Iban von mormonischen Missionaren aus West Memphis, Arkansas, gelernt haben, sich die Haare zu schneiden, ihre Perlenketten wegzuwerfen und ›Oh, Susanna‹ zu singen. Die Kenya haben den Nazigruß von einem Nazi gelernt. Im Krieg waren die Japaner auf Borneo. Viele ihrer Schädel zieren heute noch den *ruai* der Langhäuser. Aber die Deutschen waren im Krieg nicht dort.«

»Also hat dieser Stamm – wie war noch gleich der Name, die Ubangi –?«

»Die Kenya.«

»Die Kenya«, sagte Ratso nachdenklich. »Sie bekamen also den Nazigruß von einem echten Nazi in den Nachkriegsjahren beigebracht.«

»Stimmt genau, Watson.«

»Interessant.«

»Nimm hinzu, daß John Morgan niemals den Begriff ›anthropologische Landbrücke‹ benutzt hätte, wie Dylan behauptet, als er Morgan die Story mit dem weißen Tiger und dem Nazigruß erzählte. Morgan hatte keinen Schimmer von Anthropologie. Und er hätte sich nie ins Quellgebiet des Ulu Ayer begeben, wenn es dafür keinen verdammt guten Grund gegeben hätte. Aber er hatte einen. Nämlich den Typen zu finden, der einem friedliebenden, primitiven Stamm, der für Jahrhunderte von der Außenwelt abgeschottet war, den Nazigruß beibringt.«

»So weit, so gut.«

»Mehr oder weniger. Wir wissen jetzt also, daß es nach dem Krieg einen Nazi auf Borneo gibt. Wie knacken wir seine Identität? Wir verfügen über das markante Merkmal der Zahnlücke und den Namen Dr. Breitenbach. Und jetzt nimm noch Stengals Bemerkung mir gegenüber hinzu, er habe ›den größten Genius aller Zeiten‹ zu beschützen.«

»Er beschützte Spinoza?«

»Knapp daneben, Watson. Erinnerst du dich, als Rambam Dr. Bocks Praxis anzapfte? Wir saßen bei mir im Loft und hörten meiner Stimme unter Hypnose zu, und ich erzählte, wie ich tief im *ulu* meine Kayan-Tätowierung bekam. Morgan war damals übrigens auch dabei und vermutlich nicht nur rein zufällig. Wie dem auch sei, erinnerst du dich an die beiden kleinen Eingeborenenjungen, die ich vor mir sah, mit ihrem scheinbar identischen Aussehen und den verblüffend blauen Augen? Es waren Zwillinge, Ratso. *Zwillinge.* Woran erinnert dich das?«

Ratso starrte mich mit stummem Entsetzen an. Ein großes Stück Walnuß-Apfel-Pecan-Torte, das ziemlich bedenklich auf seiner Gabel schaukelte, fiel runter und landete einen Drei-Kaffeebohnen-Treffer inmitten seines Sambucaglases.

»In Auschwitz und dem ganzen übrigen Höllenstaat gab es nur einen Unmenschen, der vorzugsweise mit Zwillingen experimentierte. Wobei das Wort ›experimentieren‹ noch viel zu beschönigend ist.«

»Genau wie das Wort ›Unmensch‹«, sagte Ratso.

Ich beobachtete, wie sich in seinen Augen ein grauenvolles Verstehen abzeichnete, das der eisigen Morgendämmerung über einem Parkplatz glich, der früher einmal die Welt war.

»Du hast es begriffen, Kumpel«, sagte ich. »Der Mann, hinter dem Morgan her war, hieß Dr. Josef Mengele.«

66

»Zu schade, daß sie hier keine deutsche Schokoladentorte haben«, sagte ich, als der Kellner Ratso einen neuen Sambuca brachte. Ratso hatte bis dahin noch kein Wort gesagt. Er saß einfach nur da und schüttelte langsam den Kopf.

»Abbie Hoffman«, fuhr ich fort, »hat mir einmal ein großartiges Rezept für deutsche Schokoladentorte gegeben. Der erste Schritt besteht darin, die gesamte Küche in Beschlag zu nehmen.«

Ratso gluckste leise vor sich hin, nippte an seinem Sambuca und sah mich mit unverstellter Warmherzigkeit an.

»Und es ist gerade verrückt genug, um wahr zu sein«, sagte er. »Du bist einfach unschlagbar, Sherlock.«

»Das sagst du doch allen Kerlen.«

»Ich nehme an, man wird sich um Mengele kümmern.«

»Auf jede nur mögliche Weise«, sagte ich, »was, wie ich befürchte, nicht gerade viel ist.«

Der Kellner kam mit der Rechnung.

»Und jetzt erkläre mir noch«, sagte Ratso, »was zum Teufel das Grashüpfer-Spiel ist?«

Ich kaute bedächtig auf einer Kaffeebohne und ließ mir seine Frage durch den Kopf gehen. Dann spülte ich sie mit dem letzten Rest Sambuca hinunter. Ich blickte in Ratsos sanfte und verständige Augen.

»Ich ziehe es vor, mein lieber Watson«, sagte ich, »dir zumindest ein Geheimnis im Leben zu lassen.«

Ratso stand unversehens auf, zog seine Jacke über und stapfte zur Tür. Vor der Tür drehte er sich nach mir um.

»Ich ziehe es vor, Sherlock«, sagte er, »dir die Rechnung zu lassen.«

67

Zwei Tage später, an einem windigen, regenverhangenen Freitagnachmittag, lag in meiner Post ein Päckchen von Wolf Nachmans Büro. Päckchen von Anwaltspraxen sind mir nicht sonderlich geheuer, so daß ich es äußerst behutsam aufzurrte. Drinnen lag Stengals Feiertagsdolch. Der mit der »Blut und Ehre«-Gravur. Außerdem enthielt es eine Rechnung von Nachman in so exorbitanter Höhe, daß sie mich mehr Blut und Ehre kosten würde, als ich aufzubieten hatte.

Noch am gleichen Abend traf ich John Rapp in einem Thai-Restaurant Ecke Eigth Avenue und Twenty-second Street, das Rapp für das beste der Stadt hielt, und übergab ihm den Dolch. Er war nicht nur ein Experte in Dingen, die teutonischer Natur waren, sondern galt außerdem als ausgewiesene Koryphäe, was die thailändische Küche anging. So etwas nennt man eklektisch.

John versicherte mir, daß der SS-Dolch das Prunkstück seiner Sammlung würde und einen Platz genau zwischen der Pickelhaube aus dem Ersten Weltkrieg, was einem Pikkel als Kopf eindeutig vorzuziehen ist, und dem Toilettenpapierhalter der Luftwaffe von 1944 bekommen werde.

Ich verkniff es mir, Rapp zu sagen, daß, wenn man seine kleine Kollektion von links nach rechts betrachtete, sie in mancherlei Hinsicht ein ziemlich genaues Abbild der geistigen Entwicklung der deutschen Nation abgab.

Es gab noch eine Reihe anderer kleiner Probleme, mit denen ich mich an diesem Wochenende herumzuplagen hatte, aber nach dem, was ich durchgemacht hatte, konnte mich das alles nicht sonderlich anfechten. Nummer eins war ein aufgebrachter Anruf von McGovern, den ich in Horizontallage um 9:02 Uhr am Samstagmorgen erledigte.

»Wer ist dieses Friedenskorps-Arschloch, das ständig bei mir in der Leitung hängt und sich nach einer Story über John Morgan erkundigt, an der ich angeblich arbeiten soll?«

»McGovern«, sagte ich im Ton der Erschöpfung, »mehrere tausend junger Amerikaner haben im Friedenskorps ihrem Land gedient. Ich war nur einer dieser jungen Idealisten. Wie kommst du auf den glorreichen Gedanken, daß ausgerechnet ich etwas zu dieser Sache beitragen könnte?«

»Weil ich hier eine feine jüdische Hand am Werk sehe«, sprudelte McGovern hervor. »Letzten Monat tauchst du bei mir auf und bittest um meine Unterstützung, deinen alten Friedenskorps-Kumpan John Morgan ausfindig zu machen. Ich lasse mich breitschlagen. Ich besorge dir die Todesanzeige aus der Lokalpresse in Cleveland. Und ich besorge dir auch den Bericht des Leichenbestatters über meine Pressekontakte in New Jersey.«

»Okay, McGovern, ich habe also deinen ruhmreichen Namen benutzt, um an ein paar Informationen beim Friedenskorps in Washington heranzukommen.«

»Das ist also dein Dank dafür, daß ich für dich den gottverdammten Laufburschen spielen durfte. Jetzt macht dieser Typ mir und den Herausgebern die Hölle heiß und fragt täglich nach, wann denn die John-Morgan-Story erscheint!«

»Du wirst zugeben müssen«, sagte ich, »daß es eine Story wert wäre.«

McGovern sagte etwas, das zu jeder Tageszeit ziemlich unflätig klingt, und teilte mir in präziser irischer Terminologie mit, es wäre nur zu meinem eigenen Vorteil, den Typen schleunigst abzuwimmeln. Ich sagte, ich würde mich darum kümmern.

Natürlich tat ich die Bohne. Und zwar deshalb, weil mir absolut nicht daran gelegen war, innerhalb der gleichen zwanzig Jahre zweimal mit Norman Potts zu sprechen. Ich überlegte, entweder würde Potts schließlich Vernunft annehmen und McGovern in Ruhe lassen, oder McGovern würde früher oder später klein beigeben und eine Story über Morgan bringen. Zweifellos hatte er schon über hirnverbranntere Sachen als diese berichtet. Wo war sein aufgeweckter journalistischer Esprit abgeblieben? Was würde

H. L. Mencken dazu sagen? Vermutlich nicht viel, dachte ich. Er war seit zweiunddreißig Jahren unter der Erde.

Ich drehte mich auf den Rücken, die Katze rollte sich an meiner Seite zusammen, und wir beide sanken zurück in den Schlaf.

Vielleicht elf Minuten waren vergangen, als Cleve anrief. Wer glaubt, es sei schwierig, sich an einem Samstagmorgen mit McGovern herumzuschlagen, der sollte es einmal mit Cleve probieren.

»Kinkster!« dröhnte Cleve. »Wir sind am Start, Baby! ›The Kinky Sexperience‹ ist am Start!« Es war brutal.

»Großartig«, sagte ich so enthusiasitisch, daß nur ein Verrückter mein Desinteresse mißverstehen konnte.

»Und erst die *T-Shirts,* mein Lieber, *die T-Shirts!*«

»Die T-Shirts?« Der einzig mögliche Verwendungszweck eines T-Shirts, der mir einfiel, war der, Cleve damit den Kehlkopf zu zerquetschen.

»›The Kinky Sexperience‹-T-Shirts! Ich habe zehntausend geordert! Meine Kusine Lissa verkauft sie bereits in der Geschenkboutique des Lone Star. Lissa sagt, es wäre der größte Renner, den sie je hatten. Wir stecken mitten drin, Baby!«

»*Du* steckst mitten drin«, sagte ich vielleicht ein wenig grob.

»Oh, kein Problem. Meine Psychiater lassen mich als Maßnahme im Rahmen einer Arbeitstherapie an der Tour teilnehmen. Ich bin für die Dauer der Tour auf Freigang. Du bürgst mit deiner Unterschrift für mich.«

»Na ausgezeichnet.«

Unsere Unterhaltung schleppte sich eine Zeitlang auf diesem gefährlich schmalen Grat dahin, um schließlich völlig aus den Fugen zu geraten, als Cleve und ich uns gegenseitig aus vollem Hals anbrüllten und die Katze völlig verstört ins Wohnzimmer flüchtete. Cleve brüllte, daß sein Name auf dem Spiel stehe, daß es vertragliche Abmachungen gebe und daß er, sollte ich meine Unterschrift verweigern, höchstpersönlich vorbeikommen und sich um die Unterzeichnung kümmern werde. Ich meinerseits wiederholte mit kräftiger und sich überschlagender Stimme, daß »The Kinky Sexperience« zu den Erfahrungen gehöre, die ich mit niemandem teilen wolle, am allerwenigsten mit Cleve.

Cleve beendete unser Gespräch mit einer milden Drohung, indem er mir versicherte, er werde mich um die Ecke bringen, das Lone Star Café in die Luft jagen und den Gouverneur von Texas ermorden, falls ich die Tour platzen ließe. Mit dieser Drohung in der Luft hängte er ein. Eigentlich hatte das Ganze einiges für sich. Wenn er mich um die Ecke brachte, wäre ich aller Sorgen ledig. Wenn er das Lone Star Café in die Luft jagte, würden wir nicht auf gar so vielen T-Shirts sitzenbleiben. Und wenn er den Gouverneur von Texas ermordete, würde das überhaupt wer bemerken?

Später am Nachmittag rief mich Cleves Seelenklempner vom Hospital an, ein Dr. Stumpfschädel oder so ähnlich, um mir mitzuteilen, Cleve habe einen leichten Rückschlag erlitten und stehe für mindestens vier Monate nicht für eine Arbeitstherapie außer Haus zur Verfügung. Er redete mir ziemlich lange ins Gewissen, Cleve überhaupt zu einer solchen Schnapsidee ermuntert zu haben, und wollte von mir wissen, was er mit der Rechnung für zehntausend bestellte T-Shirts machen solle.

Ich sagte es ihm.

»Das«, sagte Dr. Stumpfschädel, »halte ich für eine überaus unreife Antwort, Mr. Friedman.«

»Wie gut«, sagte ich. »Ich hatte schon befürchtet, meinen Schwung zu verlieren.«

68

An einem Abend in der darauffolgenden Woche befand ich mich allein auf dem dunklen Nachhauseweg vom Monkey's Paw. Mit Stengals Ausscheiden hatte sich auch der Gedanke an Skinheads weitgehend aus meinem Kopf verflüchtigt. Carmen war verschwunden. Der Westküstenkraut, den Kent Perkins ausfindig gemacht hatte, war tot. Mengele, wenn er denn noch lebte, mußte inzwischen um die siebenundsiebzig sein und sich irgendwo im Dschungel von Borneo versteckt halten. Von dieser Seite her betrachtet, konnte man den Fall so ziemlich als abgeschlossen ansehen. Die einzige Sache, bei der ich immer noch im dunkeln tappte, war die, die mich zuallererst in die ganze Geschichte hineingezogen hatte.

Wo war John?

Ich ließ meine Gedanken in die Zeit zurückschweifen, als ich zum erstenmal in Erwägung gezogen hatte, dem Friedenskorps beizutreten. Ich hatte meinen Schulfreunden erzählt, ich würde mit dem Gedanken spielen und würde, wenn ich mich dazu entschloß, ungefähr elf Cents in der Stunde verdienen. Die meisten von ihnen hatten mir in etwa folgendes gesagt: Wie kannst du es dir bloß leisten, so lange wegzugehen? Wenn du zurückkommst, hatten sie gesagt, sind wir mitten im Medizinstudium. Oder kurz davor, das Juraexamen zu machen. Und wo stehst du dann? Was hast du vorzuweisen?

Inzwischen arbeiten viele an ihrer dritten Karriere und haben ihre zweite Scheidung laufen, und ich bin ein zum Amateurdetektiv gewendeter Countrysänger, der mit seiner Katze in New York lebt. Die Dinge scheinen einen ziemlich unvorhergesehenen Gang genommen zu haben, aber wie Joseph Heller sagt: »Nichts läuft so, wie es geplant ist.«

In den vergangenen vier oder fünf Wochen waren die Engelsflügel häufiger über meinen Cowboyhut gestrichen, als mir lieb sein konnte. Auch wenn ich für keine Familie zu sorgen hatte oder durch irgendeine Form von geregelter Arbeit eingeschränkt wurde, welche Möglichkeiten konnte ich noch ergreifen, John Morgan zu finden? Wieviel Zeit konnte man 1989 von seinem Leben opfern, um nach einem alten Freund zu suchen?

Es gibt noch ein paar Bäume in der City, und zufällig blickte ich an einem von ihnen hoch, und da sah ich die Affen. Es war während meiner ersten Tage auf Borneo, als ich Morgan zum erstenmal auf dem kleinen Markt von Long Lama begegnet war. Wir hatten uns auf Anhieb verstanden, hatten gemeinsam ein paar Kurze getrunken und waren dann einen nahegelegenen Hügel hinuntergelaufen, um den kleinen Kayankids mit ihrem Haarschnitt, der sie wie Kaulquappen aussehen ließ, beim Spiel am Ufer des Baram River zuzusehen. Frauen machten im Fluß ihre Wäsche. Das schien mir eine gute Idee, und ich sprang in voller Montur ins Wasser. John folgte mir, aber bevor er dazuhüpfte, zog er sein neues Hemd aus, das er gerade erst gekauft hatte, und hängte es in die Zweige des nächstbesten Baums.

Wir schwammen beide in der Mitte Flusses, als ich zuerst die Affen erblickte, die Johns Hemd hoch oben in den Baumkronen von einem zum nächsten wandern ließen. Die Kids am Ufer verfolgten unbeteiligt das Schauspiel und warteten ab, was John unternehmen würde. John schrie zu den Affen rüber: »Hey! Gebt mir mein Hemd zurück!« Die Affen wurden nervös. Sie ließen das Hemd immer hektischer kreisen. Dann machten sie sich daran, es in schmale Streifen zu zerreißen und die bunten Stoffetzen im gleißenden Sonnenlicht untereinander auszutauschen. Es war wirklich ein besonderer Anblick.

Ich weiß nicht mehr, wer als erster lachen mußte, aber jetzt, wo ich darüber nachdenke, war es wahrscheinlich John. Dann fingen auch die Kids alle an zu lachen. Und dann begannen auch die Affen zu lachen. Na gut, zu kekkern.

Während ich in der Kälte den Bürgersteig in New York entlangschlurfte, mußte sogar ich schmunzeln. Wir waren zwei junge Amerikaner von je etwa 55 Kilo, und es gab nichts, so dachte ich damals, was unser Herz beschwerte, keine Sorge der Welt. Es war ein Moment des ungetrübten Glücks. Genau so wollte ich John in Erinnerung behalten.

Ich hatte nicht die leiseste Ahnung gehabt, in was John damals verstrickt war, und wenn ich es mir recht überlegte, wußte ich auch jetzt nicht viel mehr darüber zu sagen. Eben deshalb werden »Flexible Identitäten« ins Leben gerufen. Ich war mir nicht sicher, ob John tot oder lebendig war. Ich wußte nur, er würde so lange in der Welt sein, wie ich meinem Herzen folgte und das tat, was ich für richtig hielt.

Wie Jesus, John Brown oder Joe Hill hatte Morgan sich vorwiegend in der Spielbank des Geistes herumgetrieben, und vielleicht hatte er genau wie sie zu hoch auf die Menschen gesetzt. Wenn ich John Morgan jemals finden sollte, hatte ich für mich beschlossen, dann konnte es nur in mir selbst sein.

Ich bog nach rechts in die Vandam Street ein und lief forschen Schritts zurück in Richtung Loft.

Unterwegs kam ich noch an ein paar weiteren Bäumen vorbei, aber es ließen sich keine Affen mehr blicken.

69

Ungefähr drei Wochen später wachte ich morgens mit einem merkwürdigen Stechen in der Herzgegend auf. Jeder braucht mal Ferien, heißt es. Wenn natürlich das ganze Leben aus Ferien besteht, ist es manchmal schwierig zu sagen, wann der beste Zeitpunkt zum Aufbruch gekommen ist. Diesmal war ich mir ganz sicher.

Ich rief Winnie an, um zu fragen, ob sie während meiner Abwesenheit die Katze füttern und sich um meinen Anrufbeantworter kümmern könne. Im Hintergrund war zu hören, wie sie ihre Mädchen durch eine ziemlich flotte Version von »Gonna Wash that Man Right Out of My Hair« hetzte. Ich versuchte, das nicht persönlich zu nehmen.

Winnie war von meinem Vorhaben nicht übermäßig begeistert, aber nachdem ich eine Zeitlang gutwillig auf sie eingeredet hatte, stimmte sie zu.

»Braves Mädchen«, sagte ich zu ihr.

»Woher willst du das wissen?« fragte sie.

Ich sagte, ich würde unter Umständen etwas länger wegbleiben als vorgesehen, und fragte, ob ich ihr den Schlüssel vorbeibringen solle oder ob sie lieber wie gewohnt weiter die Feuerleiter benutzen wolle.

»Laß den Schlüssel rüberwachsen, Bogie«, sagte sie.

Das tat ich.

Winnie nahm den Schlüssel zusammen mit einem flüchtigen Kuß von mir in Empfang und schlug ihre Tür zu. Ich stiefelte zurück ins Loft.

Ich knipste die Espressomaschine aus, nahm meinen Koffer und ging zur Tür hinaus.

Ich übergab der Katze die Verantwortung.

Ein kaffeebrauner Fluß. Er schien einem Märchenbuch der Kindheit zu entspringen, friedvoll und vertraut, seine träge Bahn unter tropischer Sonne fortzusetzen, um dann, an einem nie ganz genau zu erkennenden Punkt, an Fahrt zu gewinnen und zu jenem trüben und unkontrollierbaren Ding zu werden, das einem in den Ohren dröhnt, die Augen blendet und unerbittlich an den Windungen des Verstands vorbeischießt, um jenseits der Ufer der Vorstellungskraft zu entschwinden.

DANKSAGUNG

Der Autor möchte den folgenden Amerikanern für ihre Hilfe danken: Dr. Tom Friedman, Dylan Ferrero, John Woodford Rapp, Jr., Alden Shuman, Hilda Pierce, Larry »Ratso« Sloman, Marcie Friedman, Tony Kisch und Max Swafford; Esther »Lobster« Newberg vom ICM; James Landis, Jane Meara und Lori Ames bei William Morrow; sowie Steve Rambam als technischem Berater.

Der Autor möchte auch seiner fünfjährigen Nichte Amanda für den Ausdruck »das Grashüpfer-Spiel« danken.